国际传播研究丛书

视角与手法

中国新闻奖国际新闻优秀作品解析

高晓虹　赵淑萍　王婧雯　赵希婧　付海钲［著］

中国传媒大学出版社
·北京·

序 言

随着我国日益走向世界舞台的中央,中国与世界的关系正在发生历史性的变化,中国在国际格局与秩序当中发挥着至关重要的作用。相比之下,我国新闻媒体的国际影响力及在国际舆论场当中的话语权却仍较为薄弱。党的十九大提出,“推进国际传播能力建设,讲好中国故事,展现真实、立体、全面的中国,提高国家文化软实力”,为新时代中国国际传播能力建设指明了方向。在当前的国际环境下,抓住历史机遇期,补上“国际话语权”的短板,让我国的国际传播能力与国际地位相匹配,是我国面临的重要课题。

从2009年国家实施国际传播能力建设工程以来,我国的国际传播事业砥砺奋进,不断在实践与创新中探索中国特色的国际新闻,顺应媒介环境发展趋势,从无到有,从弱到强,逐步搭建起了立体化的传播格局。新闻工作者为了讲好中国故事、传播好中国声音、阐释好中国特色,锐意探索,肩负起“联接中外、沟通世界”的历史使命与责任担当,取得了较为显著的成效,涌现出一批拨动国际舆论场琴弦的国际新闻报道。

中国新闻奖是我国新闻领域的最高奖项,也是中国新闻事业发展的风向标。它于2011年正式在其中增设“国际传播”奖项,评选出一批优秀的国际传播报道作品。本书立足于中国当下国际新闻传播实践,将第25届和第26届中国新闻奖获奖作品中的国际新闻报道优秀案例集结成册,80个优秀国际传播案例涵盖时政报道、文化报道、经济报道、军事报道、社会新闻、重大突发事件报道等多种主题、体裁和报道形式,兼顾国内传播和国际传播。这些作品积极回应世界关切,主动设置议题,引导国际舆论,为打造融通中外的新概念、新范畴、新表述作出了有益的尝试。

在进行案例解析的同时,本书通过探析当前主流媒体国际传播的现状、经验、问题和挑战,从行业高水平获奖作品中以点带面地提炼优秀国际新闻报道作品中的话语体系、编辑理念与实践规律,并以理论延伸的形式强化国际新闻报道要素,树立优秀国际新闻报道标准,厘清当前媒介环境下,作为一个合格国际新闻报道者应具备的理论、思维、技能要求,以此反哺新闻传播教育教学,观照国际新闻人才培养的路径与方法。

目 录
contents

电视专题篇

纪录片篇

深度报道篇

广 播 篇

文字消息篇

文字评论篇

新闻版面篇

专 栏 篇

网络报道篇

新闻摄影篇

新闻漫画篇

电视专题篇

生命的记忆——犹太人在上海

【作品类别】电视专题
【所获奖项】第26届中国新闻奖国际传播类一等奖
【创作单位】上海广播电视台
【作品时长】97分钟
【刊播日期】2015年9月4日
【刊播频道】东方卫视
【主创人员】集体

案例简介 >>>

纪录片《生命的记忆——犹太人在上海》用平等的视角和温暖的人文风格展现了二战历史中最具温情的篇章:犹太难民避难上海的故事。

在二战期间,上海曾庇护了约两万名犹太人,其中很多人成为其家族唯一的幸存者。但遗憾的是,这段历史鲜有人知。随着当年的幸存者逐渐衰老离世,这个关于“接纳和帮助”、关于“生命和尊严”的动人故事,面临被湮没和遗忘的危险。本片独家采访了约40位幸存者,辗转德国、奥地利、美国和以色列等国,开展了中国电视史上最大规模的上海犹太难民寻访行动。

在拍摄过程中,摄制组真切地感受到时间的紧迫。有一位亲历者,原本约定2015年5月在美国和摄制组见面,但就在摄制组出发的前几天,她的儿子发来一封邮件:她突发急病去世了。这部作品是和时间赛跑,更是向生命致敬。摄制组拍摄素材约5 000分钟，最后成片 97 分钟。创作者精雕细琢、精益求精，从内容到制作打造出一部经得起时间考验的精品。2015 年 10 月 3 日晚间 8 点，该片在纽约有线电视 73 频道及全天候地面数字 24.4 中文频道首播，3 集连播。国内外媒体对该片给予了极高的评价。

点评分析 >>>

纪录片《生命的记忆——犹太人在上海》用极具人文情怀的温暖影像，抢救性地挖掘了“犹太人在上海”的珍贵历史，使之免于被湮没和遗忘。同时，这部作品也完成了一次出色的国际传播，不仅再现了战争历史，更是让世界看到了跨越国籍与文明的大爱与包容，展现了中国对和平的渴望和支持。

1. 主题鲜明深刻，彰显大国气度

该电视专题片以 20 世纪三四十年代为背景，几万犹太难民为逃避纳粹大屠杀，来到当时唯一的避难地——上海。当世界都拒绝犹太人时，中国上海是唯一的例外。该片选取了这一容易被忽视却具有世界性意义的历史事件，以温情的基调、鲜明的主题，真实地还原了犹太人在上海的那段令人感慨的历史记忆。该片通过大量的采访和资料的挖掘，阐释了中国作为世界大国在面对战争、面对灾难时体现出的大国气度与担当，展示了中国和平、包容、人道的国家形象，有效提升了我国的国际影响力，具有重大的国际传播价值。

同时，这一重大历史事件与我国当前外交工作中提出的“打造人类命运共同体”的理念不谋而合，不同种族、不同宗教信仰的人们站在人类命运的高度相互依存，与苦难抗争，不向命运屈服，凝聚起休戚与共的共同体。而战乱年代中国对犹太人民的无私接纳更体现出我国一以贯之的和平友好外交原则。该片产生了良好的国际反响，以患难与共的情感共鸣进一步深化了中国与以色列两国的深厚友好关系，以电视纪录片为桥梁，发挥出“媒体外交”的巨大能量。

2. 融合多元手法，烘托历史温度

《生命的记忆——犹太人在上海》电视专题片独家采访了约 40 位幸存者，辗转德国、奥地利、美国和以色列等国。该片综合运用人物访谈、口述历史、情景

再现、文献资料等手段结构历史叙事，将犹太人避难上海的社会背景、人物关系、战争历史进行了清晰的勾勒，并通过空镜头与音乐渲染表情达意，营造出浓郁的回忆气氛与时代情绪，全方位、立体化地展现了犹太人逃亡上海的难忘岁月。

此外，该片采用时空交错的叙事手法，以强烈的对比深化了主题的历史厚重感与时代意义。片中，创作者对历史资料图片、视频中的地点进行了再次拍摄，并通过分剪插接将历史影像与现代影像拼接在一起，让观者在两者的交错之下进入时光倒流70年的场域当中，体味叙述者回忆往昔的深沉情感，深化叙述者话语表达的意义空间。70年的年代反差在镜头剪接之间缩短了距离感和疏离感，时空交错的呈现方式将时代大背景全方位展现在观众面前，体现出该片宏阔的历史格局。

理论延伸 >>>

1. 电视节目深度报道

电视深度报道是指纪录片在制作过程中充分发挥电视媒体的优势，通过画面、解说、字幕、现场同期效果声等多种因素的有机结合，对重大新闻事件、有影响力的社会问题和现象进行背景介绍、分析解释等深层报道，以探寻事物内涵和本质为最终目标，以具有时效性和客观性的方式将内容传递给受众。可以说，掌握深度报道的规律和特点，是一名优秀电视新闻工作者所应具备的素养。

纪录片的展现方式对电视节目报道也具有一定的启示作用。深度报道是电视节目中一种特殊的类型。纪录片《生命的记忆——犹太人在上海》拍摄的是70年前的故事，该片在创作中大量使用了寻求、探索的视角，节节深入、层层递进，寻访了近40位曾经避难上海的犹太难民，通过他们的讲述，力图全面还原犹太人在上海避难时期的全景图像，进一步推动犹太人与中国人民之间的深厚友谊。该片对创新电视节目报道方式是很好的启示，尤其是深度报道，更加需要这样层层深入的逻辑和内容。

2. 情景再现

情景再现是近年来纪录片的常用表现手法，是对纪录片艺术性与真实性的平衡把握。由于历史题材纪录片在搜集历史资料、还原历史情境方面存在较大的局限性,情景再现的手法能够在兼顾历史史实的基础上对历史情境进行艺术化演绎,增强历史事件的完整性、可看性和感染力。

但是在使用情景再现手法时,首先要做到的便是保持情景的真实性。画面可以由真人来演出,但所表现的内容必须是真实可靠的,是能够经得起史料推敲的,这样才能尽可能地体现纪录片的真实性,帮助观众更直观、更准确地了解历史事件。

这部97分钟的纪录片不仅仅是一部历史回顾片。摄制组从各国的二战纪念馆、犹太博物馆、犹太人联合会等处获得了大量珍贵的档案资料,很多文献、照片和视频等都是首度对外公开,通过“情景再现”的合理运用,将珍贵的历史史料再次呈现。这是对传统纪录片的创新,也是对纪录片“故事化”的尝试。

你所不知道的中国(第二季)

【作品类别】电视系列

【所获奖项】第26届中国新闻奖国际传播类二等奖

【创作单位】江苏省广播电视总台

【作品时长】25分42秒

【刊播日期】2015年12月17日至12月31日

【主创人员】集体

案例简介 >>>

《你所不知道的中国》(第二季)是江苏省广播电视总台于2015年重点推出的大型新闻纪实节目,是响应习总书记号召,“做好对外宣传工作,创新对外宣传方式,着力打造融通中外的新概念、新范畴、新表述,讲好中国故事,传播好中国声音”的又一力作。

第二季系列节目以“中国魅力”为主题,努力挖掘在实现中华民族伟大复兴中国梦过程中那些具有代表性的精彩人物和故事,展示生机勃勃、日新月异的现代中国,对内激发国人的自豪感、自信心,对外让海外观众更多地了解中国,爱上中国。

点评分析 >>>

《你所不知道的中国》(第二季)以国际化的视野,从外国人的视角探寻发现中国的精彩故事,展现历史悠久、文化璀璨、时代进步的大国魅力。通过"洋眼看中国"的视角,该片将生硬的成就宣传变为以文化软实力为切入口的柔性表达,是我国对外传播话语方式的一次创新性转变。

1. 从"我"到"你",转变对外传播思维

构建融通中外的话语体系首先需要完成对外传播理念的转变。过去中国的对外传播往往采用"以我为主"的宣传思维,因而易于形成"自说自话"的传播效果。要在国际传播中达到理想的效果,首先应树立平等互动的对话思维,在深入了解海外观众需求的基础上,选取传播内容、制定传播策略,用符合海外观众收视习惯的方式传递中国声音。

《你所不知道的中国》(第二季)节目开创性地邀请了九位来自不同国家、性格与经历都迥异的青年精英,他们从各自的文化背景、兴趣爱好出发,带着对中国的好奇与思考,行走于中国大地,从为人熟知的中国符号、中国名片切入,用他们的所见所闻、所思所想真实展现当代中国的变化与活力。詹姆斯与大熊猫、安闹闹与美食、罗密欧与瓷器、罗盈盈与时装……外籍嘉宾通过自己的亲身体验发现当代中国巨变,感受立体多彩中国,让对外传播的话语方式从"展示"变为"发现",变"我说"为"你看",这样既能对"中国理念"做全新解读,又可兼顾外国观众的话语习惯,提升对外传播的交流感。

2. 以点带面,凝练中国时代精神

经过前期的大量调研和大数据挖掘,《你所不知道的中国》(第二季)精选了15个代表当代中国特色,同时也具有国际辨识度、深受国际受众关注的主题进行纵向挖掘,每个主题为一集,比如互联网、精工制造、创业、新农村、现代化都市等。

在每个主题的呈现中,该片选取了一系列大时代背景下的平凡人物,从一个个小切口、接地气的人物故事出发,以人物精神烘托中国气质与时代精神。例

如,在呈现"精工制造"的主题时,该片讲述了宋文立先生试验300多个配方、烧制1 000多次,终于恢复失传800多年的宋代汝窑配方的故事,通过这一故事见微知著,将精益求精、坚持不懈的大国工匠精神折射出来,易于强化中国故事的感召力,引发受众的共鸣。

3. 全媒体制播,开创融合传播新格局

新媒体技术为纪录片的融合传播提供了新的可能。《你所不知道的中国》(第二季)全面运用全媒体制播、多平台联动手段,全案策划、全案营销、全案操作,建构起立体混合的传播格局。自2015年6月启动以来,"江苏新闻"官方微博、微信,荔枝新闻客户端,"你所不知道的中国"官方微信等新媒体平台同步对拍摄花絮进行了跟进,用视频、图文多样形式展现拍摄亮点,与外籍嘉宾亲密互动。自10月起,节目花絮也开始在江苏卫视《新闻眼》《新闻360》栏目播出,对节目进行全面预热导入。精心制作的三版节目宣传片在江苏广电总台旗下各频道滚动播出,使节目在开播前便积累了大量的人气与话题,为纪录片的播出创造了良好的舆论环境。

该片在江苏卫视频道、江苏国际频道播出的同时,荔枝网、凤凰视频在台网零时差同步直播,荔枝新闻客户端、乐视视频、乐视超级电视等多平台联合上线。在节目正片播出的同时,为了适应网络碎片化传播的特点,栏目组对电视正片进行了二次加工,制作了42集网络微片,在荔枝网、凤凰视频、乐视互联网电视、美拍、今日头条、爱奇艺、优酷、微博、微信等平台上线,强化了该片互联网传播的长尾效应,将该片内容价值最大化,实现了一次生产、多次加工、多渠道分发。

理论延伸 >>>

1. 纪录片的国际合作

近年来,中国的纪录片产业不仅在数量上呈现出蓬勃发展的势头,在质量上也向国际水平迈进。2015年3月,亚洲阳光纪录片大会在厦门召开,来自国内外的600多个提案带来纪录片的饕餮盛宴。国际交流与合作,成为纪录片产业的新课题,中国也处在摸索经验和学习的阶段。

各大电视台在纪录片创作和国际合作方面不断探索,但由于东西方媒体制度、文化背景不同,合拍同样会面临很多困难,这就需要一个深入了解双方意图的制片进行协调和管理,对接东西方纪录片制作标准,平衡双方理念与价值。同时,国际合拍模式也使我国的纪录片创作能融合东西方智慧与文化精华,促进文化交融。《你所不知道的中国》(第二季)在创作时就特别留意了各国的文化差异,用易于被海外受众接受的方法进行拍摄,选取了独特的角度,从“我”到“你”,站在海外观众的角度来讲述中国故事,一方面,使得内容更容易被受众接受;另一方面,这样的做法更利于节目在海外的传播,增强对外传播的影响力,这样的国际合拍纪录片既是对创作者的考验,也是对文化交流的贡献。

2. 全媒体

“全媒体”指媒介信息传播采用文字、声音、影像、动画、网页等多种媒体表现手段,利用广播、电视、电影、出版、报纸、杂志、网站等不同媒介,通过融合的广电网络、电信网络以及互联网络进行传播,最终实现用户通过电视、电脑、手机等多种终端均可完成信息的融合接收,实现任何人、任何时间、任何地点、以任何终端获得任何想要的信息。

作为继《舌尖上的中国》(第二季)之后又一个在全媒体环境下诞生的大型纪录片,《你所不知道的中国》从策划之初就被誉为“脚尖上的中国”,它以现代文明和古老文明为两大主题线路,以古老技艺、风土人情、传奇历史、神秘物种为主要表现内容,通过邀请名人嘉宾分赴全国探秘的形式,为广大观众呈现了一个不为人们所熟知的神奇中国和文明中国,全媒体的宣传效果让中国的文化更好地在世界范围内得到传播,多平台的同步直播更是适应了网络碎片化传播的特点。

“殉教天堂”的谎言

【作品类别】电视专题
【所获奖项】第26届中国新闻奖国际传播类二等奖
【创作单位】中央电视台
【作品时长】24分钟
【刊播日期】2015年1月19日
【刊播栏目】中央电视台新闻频道、英语频道《法治在线》
【主创人员】吴闯、刘晨、徐平、武兵

案例简介 >>>

近年来我国西南边境地区组织偷渡活动呈增多的态势。根据中央指示，公安部成立专案组，从2014年5月初开始部署多地警方，统一开展打击组织偷渡专案行动。和普通偷渡犯罪不同的是，这些偷渡者出境的目的是参加所谓的“圣战”。在公安部展开的专案行动当中，偷渡的面纱逐渐揭开，露出了“迁徙圣战”暴恐犯罪的真面目。

《“殉教天堂”的谎言》是近年国内外暴恐犯罪活动频发以来，国内电视媒体唯一公开播出的反恐题材电视专题片，以事实真相驳斥了部分西方媒体将中国反恐贴上“民族、宗教压迫”标签的舆论歪曲。摄制组在新疆、云南、广西等地进行了历时4个月的拍摄，对重大暴恐事件进行独家采访，获取了大量一手素材。全片以暴力恐怖袭击事件背后的驱动共性、极端宗教思想的传播路径、暴恐分子如何被洗脑并成为杀人机器为三个着力点,构成采访与结构的逻辑主线。在节目编辑过程中,人物采访同期声使用维吾尔语原声,确保内容真实可信。

点评分析 >>>

《“殉教天堂”的谎言》较好地发挥了电视新闻的特性,把解说、画面、同期声、采访甚至字幕有机地结合在一起,形成了一个“三合一”的整体效果极好的节目。该节目的编辑记者在采制新闻时充分考虑到了电视新闻的特点,把采访融合到电视新闻的整体中考虑,尽量将采访和解说、画面紧密结合。同时,该片不同于常规的新闻报道,片中的人物采访同期声使用了维吾尔语原声,且素材丰富、内容充实,使观者不觉得枯燥无味,而是一环扣一环,紧抓人心,编辑的功力由此可见一斑。

《“殉教天堂”的谎言》于 2015 年 2 月 13 日、14 日先后两次在央视英语频道播出,起到了良好的舆论引导作用。针对个别西方媒体刻意将发生在中国的暴恐犯罪混淆为民族与宗教问题,全片用事实说话,有力回应与驳斥了不实舆论。这是中国国家级媒体首次通过电视专题片对外披露中国反恐真相,在国际舆论场上引起较大反响。根据公安部国际合作局介绍,该专题片促使泰国、马来西亚政府加大对偷渡者的遣返力度,加深了相关国家对中国反恐情况的了解与理解。

1. 价值深远,意义重大

国际恐怖主义是对当今世界和平最大的威胁之一,引起了全世界的关注。《“殉教天堂”的谎言》是国内电视媒体迄今唯一公开播出的反恐题材电视专题片,节目精短,新闻价值深远,国际传播意义重大。该片立足于时代背景,抓住选题的时间深度、空间跨度、内涵厚度和传播广度,具有一定的国际传播影响力。

该片具有时间深度和内涵厚度。在时间深度方面,其选择“殉教天堂”狂热的伊斯兰信仰者越境、“圣战”、冲突、悔改等最有意义的画面,通过不同时间的陈列,使作品更应景、出彩,震撼人心。同时,该片把握住恐怖主义的危害以及反恐大背景,追溯了多年“圣战”为世界人民带来的伤痛。在内涵厚度方面,该片除了聚焦新闻事件本身外,还通过展示暴乱分子的心理变化,展现其克服自身对宗教理解的思想误区的艰难历程。

2. 直面敏感话题，揭露事实真相

《“殉教天堂”的谎言》历时4个月，多地采访，获取了大量珍贵的一手素材。对人物采访同期声使用了维吾尔语原声，素材丰富，内容充实。涉恐题材是新闻报道很少涉及的“敏感区域”，此专题片能够实现深度采访并在国内外公开播出，体现了创作者的突破能力和把控能力。

该专题片不仅在境外110个国家和地区落地，传播范围广泛，还起到了良好的舆论引导作用，有力回应与驳斥了个别西方媒体的不实舆论。该专题片独家披露了备受国际社会关注的“昆明301暴力恐怖袭击案”等暴恐犯罪发生的起因与经过，同时对幕后故事进行了解密，揭露了暴恐分子“迁徙圣战”暴力犯罪的背后是“圣战殉教进天堂”暴恐思想的鼓动与蛊惑，揭开了暴恐组织通过“殉教天堂”歪曲伊斯兰教义、鼓动恐怖活动的真面目，实现了中央对国家媒体“联接中外、沟通世界”的要求和使命，以事实呈现真相，对国际舆论进行了有力的引导。

3. 横纵主线清晰

电视专题片《“殉教天堂”的谎言》以暴力恐怖袭击事件背后的驱动共性、极端宗教思想的传播路径、暴恐分子如何被洗脑并成为杀人机器为三个着力点，构成全片采访与结构的逻辑主线。

主线明确的报道有利于受众理解和接受其主要思想，有利于引领社会舆论。节目对“圣战”进行研判，并系统筹划主线，适时协调、调配采访力量和新闻资源，从机制上保证了主线更为明确、科学、可持续。该报道不仅有纵向的主线，还有横向的主线。纵向主线主要突出“殉教天堂”早有出现，并持续至今，且有愈演愈烈的趋势，还分析了该现象出现的原因是对教义的误解。而横向主线则主要是某一次“圣战”中发生的事件，以及该事件的起因、经过和结尾，呈现深化报道的横向路径。纵横主线结合所打造的带有鲜明观点的新闻综述，有利于观者梳理其中的信息脉络，有效处理和理解片中所传递的正确思想。

理论延伸 >>>

暴力犯罪新闻

作为新闻报道的一大类,暴力犯罪新闻报道在社会生活中发挥着重要作用。以电视这种媒介形式呈现暴力犯罪新闻,所产生的社会影响力是巨大的。近几年来,电视犯罪新闻报道中出现伦理失范的事例比比皆是,严重影响媒体的公信力和社会的发展。作为社会的记录者和反映者,新闻媒体理应及时报道暴力犯罪案件,如果报道不当,暴力犯罪新闻就会产生一系列的"副作用",若报道得当,该类新闻便能发挥重要的积极作用。

当然,暴力犯罪类新闻专题目前在国内数量并不多,这类报道容易抓人心、提思想,内容新鲜,具有一定的时代特点。《"殉教天堂"的谎言》在主题人物的采访和刻画上下足功夫,力求通过短段落尽可能地表现人物的变化、面对新问题时的困惑以及情绪的波动,这些都是以往的新闻作品鲜能达到的高度。同时,在具体事件的报道上,该片并没有详尽刻画犯罪过程和犯罪方式,而是尽可能真实地展现了犯罪者自身经历的事件原态,较为深刻地呈现了人性,引人思考。

“芷江受降”彩色照片首次公布

【作品类别】电视消息

【所获奖项】第26届中国新闻奖国际传播类三等奖

【刊播单位】怀化市广播电视台

【作品时长】1分24秒

【刊播日期】2015年4月17日

【刊播栏目】新闻综合频道《怀化新闻联播》

【主创人员】刘水华、谭仕光

案例简介 >>>

1945年8月21日，侵华日军副总参谋长今井武夫飞抵芷江，在投降备忘录上签字，侵华日军自此向中国军队投降，标志着我国近代史上抵御外敌入侵第一次取得完全胜利。2015年，恰逢中国人民抗日战争暨世界反法西斯战争胜利70周年，当得知中国人民抗日战争胜利受降纪念馆将公布日本在芷江投降的彩色照片的消息后，怀化市广播电视台的记者第一时间赶赴芷江，挖掘照片背后的故事。

《“芷江受降”彩色照片首次公布》这则特别报道紧扣“芷江受降”这一历史事件，采取彩色照片加专家现场解说的形式，直观、生动地再现了日本侵略者向中国人民无条件投降这一历史事件，新闻当晚在怀化电视台、湖南卫视、中央电视台等各级媒体播出。同时，这条消息积极拓展传播渠道，先后被中央电视台

《新闻联播》、CCTV-4、CCTV-13、湖南卫视《新闻联播》、凤凰卫视、凤凰网、世界新闻网、YouTube、文汇网、东网、东方网等境内外媒体播发,在国内外引起热烈反响,达到了很好的外宣效果。

点评分析 >>>

《"芷江受降"彩色照片首次公布》这则电视消息依托纪念中国人民抗日战争暨世界反法西斯战争胜利70周年的历史大背景,发挥地方媒体优势,抢抓"芷江受降"彩色照片首次对外公布这一历史事件,第一时间真实再现了日本投降过程、美国大兵展示刊登日本投降消息的外文报纸以及芷江全城欢庆胜利的历史场景。作品以铁的事实粉碎了日本军国主义颠倒历史的恶行,警醒世人勿忘历史、珍爱和平,也充分说明了中美军民在世界反法西斯战争中团结一致、浴血奋战,共同取得抗战胜利。该作品题材重大、主题突出、时效性强,具有极强的历史和现实意义。

1. 新闻价值突出,报道时效精准

中国人民抗日战争胜利,是近代以来中国抗击外敌入侵的第一次完全胜利。这场战争中,中国人民以巨大民族牺牲支撑起了世界反法西斯战争的东方主战场,为世界反法西斯战争胜利作出了重大贡献。2015年恰逢中国人民抗日战争暨世界反法西斯战争胜利70周年,这一事件对中国、对世界都具有重大的历史和现实意义。这则电视消息依托这一历史背景刊播,不仅能够纪念抗战胜利这一重大历史事件,更能警醒世人勿忘历史、珍爱和平,向世界释放中国的观点立场,通过主动设置议题,营造良好的海外舆论氛围,提高国际传播的精准度和有效性。

此外,这则电视消息用彩色照片系统地反映日本在芷江投降的场景,这在国内尚属首次。这些照片也是对日本在芷江投降历史资料的重要补充,因此这个选题视角独特,能够以小见大,具有极大的新闻价值。

这则消息把握住受降彩色照片首次对外公布的契机,极具时效性。当得知中国人民抗日战争胜利受降纪念馆将公布日本在芷江投降的彩色照片的消息后,怀化市广播电视台的记者凭借极强的新闻敏感性,借助地方媒体的资源优

势,第一时间赶赴芷江,采访到中国人民抗日战争胜利受降纪念馆的专家,并获得了一系列珍贵的历史照片资料。经过精良的编排制作后,《"芷江受降"彩色照片首次公布》这则电视消息应运而生。

2. 历史照片叙事,增强新闻厚重感

随着电视新闻的不断发展以及观众需求的不断提高,人们已经不满足于对新闻事实本身的认知,还需要对相关背景情况进行全方位了解。而这些历史背景多为过去发生的事实,相当一部分事实年代久远、无法找到对应的电视画面。适时采用一些"老照片",对新闻事实进行概括性和形象性的回顾,既可以弥补画面的缺失、丰富报道的内容、增加新闻的真实性,还能因为"老照片"本身所承载的历史厚重感和"在场感",使报道更具深度和可信度。

《"芷江受降"彩色照片首次公布》编排得十分巧妙。虽说"芷江受降"彩色照片是此次报道的主体和重点,但这则新闻却另辟蹊径,没有将新闻单纯地做成一个照片展映会,而是采用历史照片叙事的方式,以精练的解说词配上相符的背景图片,辅以受降纪念馆专家的权威解说,生动、形象地再现了芷江受降的背景、过程,芷江全城欢庆胜利的历史场景。新闻最后点明这些历史照片的来源(由美国原飞虎队队员约瑟夫·德拍摄并捐赠),升华了中美军民共同抗战的情谊,确保了整则消息的全面性和思想性。

理论延伸 >>>

1. 消息类电视新闻报道

电视消息是迅速、简要、广泛、新颖地报道新近、正在或即将发生的事件和事态的新闻类电视节目形态。电视消息可进一步细分为电视短消息和电视长消息两种子形态。电视短消息是指长度在 1 分 30 秒以内的电视消息节目形态。有学者将其特点归纳为"五个一",即一个事件、一个时效、一个现场、一个动态、一个主题。以小见大、视角独特、主题鲜明、视觉冲击力强,是电视短消息的魅力所在。

《"芷江受降"彩色照片首次公布》就是一则典型的电视短消息。该消息切

口小而巧:以受降纪念馆首次对外公布的彩色照片为切入点,完整全面地交代了日方投降的背景和过程。彩色照片的直观展示不仅可以辅助叙事,帮助重现日方投降、芷江人民欢庆的历史场景,而且提高了新闻报道的真实性,丰富了新闻报道的内容,增强了观众对这条新闻的兴趣。

2. 重大历史题材新闻的对外报道

重大历史题材新闻的对外传播关系到中国国际形象的塑造和国际话语权的把控。2015年恰逢中国人民抗日战争暨世界反法西斯战争胜利70周年,在中国和平崛起势头渐劲,美国重返亚太,日本右翼势力抬头,“冷战”遗留未去、“新冷战”思维又端倪初现的复杂情势下,中国作为二战东方主战场和四大同盟国之一,要通过媒体把握好这次纪念活动宣传报道尤其是外宣的重要契机,加强议程设置,充分展示中国在世界反法西斯战争中的突出贡献,传播中国和平发展理念,积极影响境外舆论,占领国际话语制高点。

本着“用事实说话,用史料佐证”的原则,记者完成了《“芷江受降”彩色照片首次公布》这条电视消息,以铁的事实粉碎了日本军国主义颠倒历史的恶行,警醒世人勿忘历史、珍爱和平。在整条消息中,史料充足可信、内容全面生动、叙述客观真实,极具说服力和感染力。

谎言包装下的“迁徙圣战路”

【作品类别】电视深度报道

【所获奖项】第 26 届中国新闻奖国际传播类三等奖

【刊播单位】中央电视台

【作品时长】36 分 49 秒

【刊播日期】2015 年 7 月 18 日

【刊播栏目】中文国际频道《中国新闻》

【主创人员】集体

案例简介 >>>

《谎言包装下的“迁徙圣战路”》是境内外媒体针对国际恐怖组织“东伊运”内幕而制作的一组深入、系统的独家调查报道。

该组报道采制时间跨度长达 10 个月。其间,记者采访了十余名由境外押解回国的“东伊运”恐怖组织成员,并通过国家安全部门及秘密渠道获取了上百小时从未对外发布过的境外恐怖组织成员的自拍视频。采访中,包括该组织核心要员在内的所谓“圣战者”,以其亲身经历讲述了大量鲜为人知的恐怖组织内幕,如“东伊运与基地组织之间的历史勾连”“恐怖组织招募成员的手段及洗脑方式”“恐怖组织高层为谋求个人利益驱使成员充当炮灰”“制作假视频包装自我”“幼儿从 7 岁起就要接受‘圣战’培训”等内容,结合该恐怖组织成员自拍视频,有力揭露了这一臭名昭著的恐怖组织的真实嘴脸及其分裂国家的政治意图。

节目还通过采访有关专家和宗教界权威人士,对恐怖组织假借宗教之名行罪恶之实进行了抽丝剥茧的分析,并解读了国际社会打击暴恐犯罪活动的通行做法。

点评分析 >>>

电视系列深度报道《谎言包装下的“迁徙圣战路”》由《被“迁徙圣战”改写的人生》《罪恶碾压下扭曲的童年》《是“圣战”还是“火坑”?》《从“年赚30万”到“右腿截肢”》《恐怖组织内“最神秘的事”》《充斥欺骗与谎言的恐怖组织》《“迁徙圣战”法理不容》七个部分组成,总时长36分49秒。每个部分由参加境外恐怖组织的犯罪嫌疑人和“东伊运”恐怖组织成员等人的自述串联,围绕其主题展开一个真实可感的故事,这些人对亲身经历的讲述清晰、真实、细节丰富,他们讲述时自然流露的情感具有极强的感染力。因为参加了恐怖组织,他们原本美好的人生愿望被摧毁,他们原本幸福的家庭支离破碎,这样的前后对比让观众无不痛心。由此可见,此深度报道不仅用事实真相之手将境外恐怖组织编造“圣战”的谎言撕碎,更是用好了深度报道中的“人”,用每个亲历者的故事在“情”和“理”的层面都做到了表现力最大化。

1. 具备广泛的国际影响力

该组报道在《中国新闻》播出的同时,还在央视英语、西班牙语、法语、阿拉伯语、俄语等国际频道高频次播出,引发境外广泛关注。其间,该组报道通过“央视国际视通发稿平台”向境外电视机构发稿,被BBC英语及阿拉伯语频道、西班牙第五电视台、马来西亚电视二台、首尔广播电视台等数十家境外电视频道采用,其所涉内容被路透社等境外通讯机构转引。央视英语新闻频道通过推特、脸书及独立客户端等平台发布相关帖文108篇,送达海外网民超800万人次,视频观看量近50万。境外网民评论分析显示,86%的海外网民信任该组报道,如此高的比例在央视英语新闻频道开播以来的涉疆题材报道中尚属首次。境外观众评价“通过该片了解到新疆暴恐问题不是什么‘民族’或‘宗教’问题,更不是‘少数民族人权受到压迫’,其根源与面临的问题与国际恐怖主义泛滥关系更为密切”,并表示“对中国打击暴恐予以理解和支持”。

2. 用事实打造公信力

该组报道的推出有效促进了国际社会对中国打击暴恐犯罪活动的认识和理解,也反映了国际反恐合作的成效。片中披露的大量事实,为中央以新疆为主战场开展"严打暴恐专项行动"营造了良好的舆论氛围;境外媒体的广泛关注也是此类敏感议题争夺国际话语权的一次成功实践,是历年来中国媒体在涉疆、涉恐敏感题材报道方面取得的一次重大突破。

报道深刻揭露了宗教极端思想的邪恶本质和宗教极端分子的丑陋面目,还原了"迁徙圣战"的真相,揭穿了境外恐怖组织的谎言。境外恐怖组织利用我国信教群众对宗教的朴素情感,蛊惑、哄骗甚至胁迫信教群众参与所谓"圣战",将信教群众带上了一条违法犯罪的不归路。

3. 情理结合造就感染力

报道充分发挥电视系列深度报道的特点,用一个个片段讲述一个个故事,其中包括一批现被遣返回国的外逃人员之前受宗教极端分子的蛊惑非法出境,在境外噩梦般的经历。有的人变卖所有家产,带着妻儿偷渡出境;有的人放弃在国内风风火火的服装生意,踏上了一条不归路;有的人错失成为一名大学生的机遇,而今只能面对囹圄的铜墙铁壁……

通过观看此片,观众能形象直观地认识到参加所谓"圣战"的人,之所以会走到今天这个地步,是因为被宗教极端分子利用,成为境外恐怖组织的"炮灰"。片中所要传达的就是:希望人们擦亮眼睛,明辨是非,不受极端思想的蛊惑,旗帜鲜明地与宗教极端分子作斗争,只有这样才能保卫我们的家园,才能真正拥有幸福生活和美丽天堂。

理论延伸 >>>

1. 新环境下电视深度报道发展策略

如今的数字化、网络化时代,世界传媒业的环境与格局正在发生巨大变化。当今世界正经历着复杂而深刻的变革,经济全球化、全球信息化、传播技术新型化以及世界文化多样性与共通共融,为世界传媒业的发展提供了广阔前景,也为媒体报道世界事件和全球问题打造了重要舞台。

(1)深度报道与新闻策划的结合

随着电子通讯技术的飞速发展,信息传播速度越来越快,传播面越来越广,新闻事件出现后,各级各类新闻媒体都能在极短的时间内迅速赶到现场,电视媒体要想通过独家新闻取胜的难度越来越大。在现场信息占有量大体相同的情况下,真正决定电视媒体影响力的就只能是新闻事件背后的新闻。新闻策划包括编辑部策划和单个新闻报道策划。如《谎言包装下的“迁徙圣战路”》这一电视深度报道采制时间跨度长达10个月,加之其报道主题的特点,显然,这与过去一般的调查报道不同,是经过精准策划的成功的深度报道,将涉疆涉恐问题的话语权把握在我国媒体的手里。

(2)深度报道与新型纪实手段的结合

随着我国改革的不断深化,电视深度报道的范围越来越广,电视观众对电视深度报道的期望值也越来越大,要求其在一些信息纷繁复杂、鱼龙混杂的情况下能够提供全方位的信息、令人信服的观点等。为了达到上述目的,电视深度报道逐渐开始吸收别的电视报道的手段,尤其是电视纪录片中的长镜头、同期声以及精彩的解说等。本案例中还创新性地运用了UGC第一手素材,也即大量从未对外发布过的境外恐怖组织成员自拍视频。这些素材在电视摄影专业层面也许不够规范,但在记者未能直接获得第一手资料的特殊情况下,UGC第一手素材就显得尤为重要。而UGC素材的运用现在已经被广泛地运用到电视报道当中,这也是电视报道拥抱新的媒体环境和新时代的表现。

我们只有构建健康的媒体生态环境,才能向全世界传播真实、客观、公正、公平的新闻信息,提高政府和公共机构的透明度和公信力,促进世界不同国家和地区人民间的相互理解和交流。

2. 在报道中掌握涉疆话语主动权,树立美好新疆新形象

如今科学技术的发展突飞猛进,网络媒体逐渐在人们的日常生活中得到普及,影响深远。新闻媒体作为一个窗口,传播区域虚拟形象并帮助构建公众认知形象,将某一地区在政治、经济、文化、社会等各方面的内容间接传递给受众,使他们在大脑中生成对该地区的整体形象。所谓“新疆形象”是新疆的历史传统、文化价值观念、政治社会形态以及经济发展成就等多方面因素作用的集合体。

如今，我们希望改善英美媒体带有偏见的新疆形象，向国际受众传达真实有效的新疆民族关系理念。要改变西方在涉疆涉恐问题上的态度，中国应该提供更多的机会和平台，让西方全面地认识和了解新疆，解读暴恐事实的真相。像《谎言包装下的“迁徙圣战路”》这样的电视深度报道就是成功的案例。

今后，我们要充分开创多元平台来述说新疆特色的故事，传递新疆特色的声音，贯彻党和政府的指导方针，充分展示新疆多民族和谐共处的美丽画面。新闻宣传工作者要积极掌握涉疆话语主动权，不断提高舆论引导水平，讲好新疆故事。

一路向南——构筑跨文化桥梁

【作品类别】电视专题
【所获奖项】第26届中国新闻奖国际传播类三等奖
【创作单位】云南广播电视台
【作品时长】40分钟
【刊播日期】2015年6月16日
【刊播栏目】云南卫视《新视野》
【主创人员】张秋荻、朱正波、王淑萍、周雪萍

案例简介 >>>

2015年1月，习近平总书记在云南省调研时指出，希望云南主动服务和融入国家发展战略，闯出一条跨越式发展的路子来，努力成为民族团结进步示范区、生态文明建设排头兵、面向南亚东南亚辐射中心，谱写好中国梦的云南篇章。近年来随着建设面向南亚东南亚辐射中心发展战略纲要的提出，在国家“一带一路”建设中，云南北上可连接丝绸之路经济带，南下可连接21世纪海上丝绸之路，向东通过长江经济带可连接“长三角”，向西通过孟中印缅经济走廊可连接印度洋沿岸国家。

如何发挥文化的作用？云南的优势在哪里？文化输出的时候应该具备怎样的技巧？如何寻找云南与南亚东南亚国家之间的契合点？就以上问题，云南卫视《新视野》栏目的《一路向南——构筑跨文化桥梁》节目分别从文化、文化产业

的层面进行了探讨，给出了很多建设性的意见。该专题片不仅介绍了云南文化的起源和当代的发展，还说明了与其接壤的其他文化及其产业之间的相互影响对云南文化的再塑与重构，肯定了云南作为“文化桥梁”的地理位置优势。

点评分析 >>>

专题片《一路向南——构筑跨文化桥梁》立足云南本地特色，以专题加访谈的形式表现出云南近几年在“一带一路”倡议的影响下如何通过文化交流展现地域特色、文化特色以及当地的历史发展。文化作为软实力的代表，是人们最能直观感受到的也是最适合作为交流纽带的手段之一，云南卫视总结了近几年云南在海内外文化交流方面的重大成果，把中华文化作为讲好中国故事的生动载体，向观众解读了云南深厚的文化底蕴和魅力，推动了中华文化走出去的步伐。

1. 立足区位优势，紧跟时代潮流

文化是一个国家、一个民族的灵魂。文化兴则国运兴，文化强则民族强。云南地理位置独特，与东南亚连接紧密，不仅是中国对外的重要关口之一，也是多个少数民族的聚居地。云南作为重要的边境城市，已成为民族文化传承与跨文化传播的桥梁与纽带。在“一带一路”倡议的带动下，云南多元化的民俗、鲜明的民族风等特色得以凸显，成为云南对外传播的重要文化名片和符号。

十九大提出，要繁荣社会主义文化，加强中外人文交流，以我为主、兼收并蓄。在“一带一路”的大背景下，云南卫视紧跟潮流，把握时代脉搏，结合当地特色，创作了电视专题片《一路向南——构筑跨文化桥梁》，既体现了“一带一路”的中国特色，又展现出云南特殊的融合文化和地方特色。节目重点讨论了《吴哥的微笑》《舞乐传奇》等经典艺术作品。这些艺术作品都带有鲜明的云南特色，将云南多民族文化和异域风情展现得淋漓尽致，深受人们的喜爱，不仅在艺术创作上有所成就，也能够深入人心，成为外界了解云南最直观、形象的名片。

2. 融合节目形态，兼具思想性艺术性

该片对节目形态进行了较为精心的设计，将演播室访谈与电视专题片进行了有机融合。首先，该片以电视专题片为先导，镜头语言丰富，通过航拍的特殊

视角向观众展现了云南美丽的城市风景,并对云南的历史文化发展概况以及跨文化桥梁纽带作用进行了全面立体的呈现,给受众具体形象化的认知。

其次,该片加入了主持人和嘉宾互动讨论的演播室环节,以更富针对性的议题与深入理性的评论深化专题片的内容,对云南在跨文化传播中的优势与契机、民族文化的创新与输出策略等进行了深入的剖析研判,从理性认知的维度强化了受众对云南在"一带一路"经济文化交流中重要作用的认知。两种节目形态相互融合、互为补充,使该片兼具思想性和艺术性,增强了节目的可看性,对云南对外经贸文化发展也具有较强的借鉴价值。

3. 透析文化交往,建构解释性话语

伴随着我国国际地位的提升以及国际传播能力建设的不断深入,在国际话语当中,我们不再被动地回应国际热点,而是主动通过解释性的话语设置议题,防止与澄清舆论的误读。在《一路向南——构筑跨文化桥梁》中,"一带一路"倡议与跨文化交往是其贯穿始终的核心要义,因此,做好政策的解读与区域文化的剖析是把握舆论导向的关键。该片不仅呈现云南文化桥梁"是什么",更深度透析其"为什么"能够发挥文化桥梁的作用。例如,片中立足云南的历史、文化、周边关系以及区位优势,厘清"一带一路"倡议在云南的特殊发展价值,对云南的对外交往、文化交流进行了解释性的分析,从而体现了文化桥梁存在的意义。

理论延伸 >>>

1. 解释性话语

电视报道中的解释性话语代表了新闻作品的指向,也是我国国际新闻传播话语的建构要点之一。我们常说,"讲故事"是对外传播中向世界介绍中国的着力点,而"作解释"在一国文化的对外呈现、角色塑造以及政策解释中也同样重要。当前我国在国际格局当中正处在快速崛起期,立足世界舞台中央,中国故事、中国智慧吸引着世界的目光。尤其是伴随着"一带一路""打造命运共同体""亚投行"等一系列国际倡议的提出,中国的方针、政策有待精准、深入、详尽的话语解释。在当前复杂的国际舆论环境中,国际传播作品肩负着向世界阐释说

明一个立体、真实、全面的中国的时代使命，国际话语权竞争也已进入解释性话语的博弈中。《一路向南——构筑跨文化桥梁》这则电视专题报道就围绕“一带一路”这一重大新闻主题展开，立足云南本地的地理位置优势，紧贴国家发展大背景，对当地与国外的文化交往进行了解释性的描述。

2. 电视访谈技巧

电视访谈是以面对面的交流为表现形式，通过现场讲述，对话题和人物进行深入了解的过程。受访者来自各行各业，表达能力有高有低，而话题又有深有浅，因而记者需要运用一些特殊的采访技巧才能获得节目所需的内容。

面对面是采访者与被采访者之间心灵和智慧的互动过程，电视访谈节目的访谈对象来自各行各业，他们在丰富的人生历练中形成了自己独特的世界观、人生观和价值观，要通过一期节目把最有特色的内容展现在电视屏幕上，就要根据不同的人物和话题，选取不同的报道思想和主题，设计缜密的提纲结构，采用新颖的提问方式，游刃有余地把握提问的尺度，进行灵活的判断与选择，而这些都重在策划。策划能力的高低来源于采访技巧的运用水平，这也是电视节目主创人员在提升节目水平和质量的过程中，需要不断学习的内容。

《一路向南——构筑跨文化桥梁》中主持人和嘉宾的谈话深入且丰富，让人印象深刻，主持人的风格鲜明，语言简练，直奔主题，不拖泥带水，并且能适当地引导嘉宾，符合节目的风格和定位。

天津犹太人

【作品类别】电视专题

【所获奖项】第26届中国新闻奖国际新闻三等奖

【创作单位】天津广播电视台

【作品时长】7分钟

【刊播日期】2015年9月3日

【刊播栏目】天津广播电视台国际频道《Hello天津》

【主创人员】庚慧明、杨帆、任晓路、任玥

案例简介 >>>

从20世纪三四十年代开始大批犹太人跋涉迁徙至中国，至二战期间陆续有3 500多名犹太人来到天津，他们在饱尝颠沛流离之苦后在异国扎根重生，也由此诞生出一个新的词汇——天津犹太人。

2015年夏天，天津广播电视台摄制组远赴以色列，追寻历史往事，回顾那段珍贵的生命旅程。在以色列的中国友谊协会，记者采访了多位耄耋之年的天津犹太人，在他们心中，天津依旧是让他们深深眷恋的童年开始的地方。而通过以色列政要、学者对往事的回溯，一个具有大国担当的中国形象徐徐地展现在观众眼前。

点评分析 >>>

在纪念中国人民抗日战争暨世界反法西斯战争胜利70周年之际,《天津犹太人》这期节目聚焦于二战时期前往中国天津避难的犹太人,通过对这些“天津犹太人”的采访,回忆岁月往事,用跨越了种族、信仰、文化和国界的真实中国故事诠释了爱与和平的永恒主题,彰显了中国人民为人类和平与发展作出的突出贡献。

1. 助力国际关系,凸显战略价值

以色列是“一带一路”沿线一个重要的节点国家,它的区位独特、社会稳定、经济繁荣、科技发达,对于实施中国的“一带一路”倡议具有难以替代的地缘政治和地缘经济价值,在“一带一路”倡议中发挥着重要的战略支点作用。60多年来,中以关系经历了复杂和曲折的发展历程。近年来,两国关系发展顺利,双方开展了大量经贸、科技、教育和文化方面的合作,但双边关系仍有较大的提升空间。本片从特殊历史时期诞生的特殊犹太人——“天津犹太人”为切入点,回望历史,展望未来,将中国在抗战期间为犹太人提供的无私帮助进行了生动的描摹。从两国人民共同经历的历史出发,以情动人,拉近了两国人民的距离,达到了良好的国际传播效果。

作品在拍摄过程中得到了中以双方有关政府部门的重视与支持,通过长城平台在美国、欧洲、非洲、澳大利亚、新加坡等国家和地区播出,产生了广泛的国际影响力。

2. 聚焦细节元素,还原中国记忆

本片由天津广播电视台制作播出,细节中充满了鲜明的天津地域特色。这些在战争中远涉重洋,逃难到天津的犹太人的命运、感情、生活与天津交织相融。

几位“天津犹太人”用他们的童年回忆向我们描绘着天津的历史过往,既情真意切地向观众表达了自己对童年生活的向往、对旧时天津的眷恋,也带领观众重回那段历史,重温当年的天津印象。通过“天津犹太人”饱含深情的讲述,一系列避难天津的生活细节唤起了温暖的中国记忆,一幅幅回忆场景仿佛浮现在

观众眼前。例如,片中犹太老人流利的中文中夹杂着浓重的天津口音,老人回忆中烤红薯的叫卖声,以及煎饼果子、饺子等富有地域特色的传统中国食物,一对犹太老夫妇依然保持着中国式沏茶方法……这些融入犹太人骨子里的中国习惯和生活细节在不经意间流露出避难天津的历史印记,向观众展现出“天津犹太人”对中国的眷恋与情谊。

3. 丰富视听语言,深刻诠释主题

影片用纪实影像和珍贵的历史资料回顾了犹太人所经历的黑暗战争历史,记述了中国以开放包容的胸怀为反法西斯战争作出的突出贡献。在采访中,以色列首任驻华联络官表示:“我们都知道中国人为犹太人做了什么,我们心存感激,因为没有其他国家像中国这样对犹太人敞开国门。”全片使用丰富的历史资料,利用历史与当代的交叉剪辑营造出时空感;采访扎实全面,既有亲历者的真挚讲述,又有以色列外交官员从政府角度的权威证实,从侧面印证中国在二战期间对犹太人提供了无私的帮助,在纪念中国人民抗日战争暨世界反法西斯战争胜利70周年之际,向世界展现了中国作为大国的担当和风度。

理论延伸 >>>

1. 电视片的解说词设计

与其他媒体相比,电视具有视觉和听觉的双重功能,因此,把握好“视听语言”至关重要。要让观众从感官认识进入理性共鸣,增加收视黏性和社会影响力,除了画面设计,解说词的写作和策划同样不可或缺,要紧紧抓住观众情感的结合点,学会用文字语言对画面内容进行提炼升华。

“天津、以色列,遥远却亲切。”这是开篇解说词,伴随着悠扬的以色列民歌,向我们娓娓道来。“遥远却亲切”,短短五个字,拉近了天津和以色列的距离,同时激发了观众的好奇心:“亲切”一词从何谈起呢?带着这样的疑问,观众跟随记者远赴以色列,去探寻究竟是怎样的“历史往事”,看看是怎样的“生命旅程”,让两个地区的人民彼此亲近。影片的最后,“战争中,人性的善爱良知缝合着撕裂的伤痕,如明亮的阳光照进黑夜,为未来柔软沉重地记忆。天津犹太人的故

事，终将在时光中远去，而永恒定格在那生命的路口，写下爱与和平的祝祷。”短短80余字的解说，将主题升华到一个全新的高度，既对整部影片的内容进行了完整收束，又点明了爱与和平的永恒主题。

2. 电视专题片中历史资料的运用

电视专题片不是纯新闻，它不要求时效性，而是追求历史深度、文化价值和社会意义。因此，在电视专题片的创作过程中，使用历史影像资料是强化专题片纵深感与真实性的关键。历史资料是一把双刃剑，用得好可以事半功倍，用不好则会让资料和影片产生断裂感：用得少了，难以成片；用得多了，难免喧宾夺主。因此，在历史资料的运用中，首先要注重细节的选取。故事因为有了时间的跨度，有了前后的变化才能体现出来龙去脉，使情节变得丰富起来。而在时间跨度的展现上，细节的作用毋庸置疑，一方面，真实表现客观变化；另一方面，能于无形中将观众笼罩在人物故事里，提升专题片的可看性。其次，要重点明确，合理使用。即便历史资料价值珍贵，也并非万金油，将好钢用在刀刃上，更能体现资料的价值。最后，对资料的处理方式也要多方考量，尽可能做到合情合理，自然而然地过渡，符合观众的思维习惯。

会武功的洋媳妇

【作品类别】电视专题
【所获奖项】第26届中国新闻奖国际传播类三等奖
【创作单位】亳州广播电视台
【作品时长】20分钟
【刊播日期】2015年2月18日
【刊播栏目】亳州广播电视台国际频道《感知安徽》
【主创人员】尹广富、王征、周吉、李孟君

案例简介 >>>

德国姑娘安娜因武术与丈夫结缘，远嫁安徽亳州农村。她通过博客向世界各地的朋友们介绍亳州的好吃的、好玩的，让更多的外国朋友了解亳州，了解中国。本片对安娜进行了为期10天的拍摄，通过搜集整理老照片、影像资料以及大量生动扎实的采访，让一位聪明朴实、有才气的“洋媳妇”形象跃然于荧屏。本片在安徽亳州广播电视台国际频道播出后，在美国、加拿大、澳大利亚以及非洲、欧洲等国的华人世界影响较大。

点评分析 >>>

本片全面生动地刻画了安娜热爱生活、追求幸福的“洋媳妇”形象，同时也通过记录安娜在安徽的生活状态和人生故事,以个性化的视角展示了安徽和亳州文化,折射了当代安徽的发展变化以及开放包容的社会文化氛围。

1. 线索清晰,激发受众好奇心

该片基调欢快,结构清晰,以安娜习武求学并与中国小伙喜结连理的过程为线索,将这位德国姑娘远嫁安徽的奇缘故事层层展开,呈现出徽派乡村的惬意生活状态。

该片以安娜与丈夫的武术表演开篇,通过富有节奏感的视听剪辑,带领观众领略了安娜和她丈夫的"真功夫",一套剑法,一套拳脚,打得有模有样,抓住了观众的好奇心与注意力,为故事的展开铺设悬念。随后,故事场景转换,安娜在亳州义务帮忙的学校马上要举行一场迎新春晚会,她将在舞台上表演一段武术。通过对学校学生和家长们的采访,侧面展现了安娜夫妻二人不俗的武术功底。采访中,安娜表示当天的表演让她非常激动,让她回想起了和丈夫在武术学校的快乐时光。通过安娜的自述,该片把观众带回了安娜当年的求学时光,将安娜的个人成长、求学经历、情感生活、工作状态串联在一起,塑造了一个活泼开朗、阳光乐观的"洋媳妇"形象。

2. 细节丰富,强化立体纵深感

安娜的父母是俄罗斯人,安娜 4 岁那年,父母离异,母亲独自一人带她在德国生活。为了让她有安全感,母亲将 11 岁的她送到了当地一所中国人开办的武术学校学习。校内少林寺师父的中国功夫深深吸引了这个独在异乡的女孩,从此,安娜迷上了中国功夫。

尽管本片的拍摄周期只有短短 10 天,但通过老照片的展示和影像资料的整理,极大地丰富了人物的生活细节,充实了故事的时间线,将安娜 20 年的生活经历压缩到短短的 20 分钟专题片内,将其在德国、俄罗斯、中国的生活经历一一呈现,强化了时间和空间上的纵深感。此外,采访过程中,每每提及自己与中国功夫的结缘经历,安娜脸上都会带着开心的笑容和满足的神态。老照片中英姿飒爽的风姿和采访中天真烂漫的神情两相辉映,让人物一下子鲜活起来,人物个性得到了很好的呈现和强化,增强了影片的亲切感和可看性。

3. 角度独特,促进中西文化交融

武术和“洋媳妇”,两个关键词颇具吸引力和话题性,让本片从众多人物专题片中脱颖而出。武术作为中国传统文化的重要组成部分,一直广受国际人士的关注,甚至在很多外国人眼中,武术就是中国的缩影和代表,也是国际传播中的话语共通点与情感共鸣点。因此,本部专题片以武术为表现对象,拍摄了大量武术表演的镜头,在塑造专题人物性格形象的同时,抓住了海内外受众的兴趣点,充分展现出中华文化的动人魅力与时代风采,大大提升了国际传播的有效性。如果说,武术让中国的传统文化“走出去”,那么“洋媳妇”的关键词选取则是让外国的文化“走进来”。通过“洋媳妇”安娜,我们不仅看到了外国人的亲切开朗,而且也看到了中国对国际友人的包容和开放。“各美其美,美美与共”,会武功的“洋媳妇”成为中西方文化交融的代表符号,在彰显大国文化自信的同时也向世界传递出融通中外、交流共享的中国时代精神。

理论延伸 >>>

1. 电视人物专题片

电视专题片是电视新闻的一种深度报道形式。生活中的人物形形色色,拍摄一部优秀的电视人物专题片并没有想象中那样简单。要拍好电视人物专题片,首先要选取具有“新闻点”的人物作为报道对象,即拍摄对象本身具有一定的特殊性,创作者需要找到平凡人身上的特别之处,并将它深入挖掘、全面展现。

创作过程中,细节的选取和把控至关重要,场景、服饰、肢体动作、语言、心理处处都有待记者进行深入的探索。要用细节塑造人物形态、展现人物性格,同时通过平民化、生活化的方式进行呈现,让观众产生亲切感,进而增加收视黏性,提升传播效果。在专题片的创作过程中,应学会以小见大,从细节入手体现人物特征,通过人物行为的细节反映人物的“内在美”与“外在美”,体现人物的生动感和真实性,进而更为有理有据地突出主题。一处精彩的细节呈现可以带给观众视听神经的享受,引发人们对人物和所讲述事件的思考,从而实现专题人物与观众之间的情感交流,引发观众情感共鸣。

2. 前期采访的必要性

高质量的新闻采访有赖于扎实深入、接地气的采访，运用好新闻采访技巧，将新闻采访活动的各个环节有效地串联起来，才能保证新闻采访过程的流畅和完整，提升新闻采访活动的质量和水平。

新闻记者在采访前没有做好充足的准备，带着对被采访者的认知盲点匆忙进行访问，会导致采访双方不能形成深度的互动交流，记者的提问不能戳中采访的关键点，使得新闻作品流于表面和形式。因此，在拍摄前期，记者应当与被摄对象进行适度的前期采访，一方面，给被采访者一个熟悉的过程，消除陌生感和紧张感，帮助其在实际拍摄过程中更加自如、放松地交谈；另一方面，也让记者对被采访者的个性、想法有一些初步了解，便于在实际拍摄中提炼问题关键点，选取话题切入点。

东北虎“串门”

【作品类别】电视专题

【所获奖项】第25届中国新闻奖国际传播类一等奖

【刊播单位】黑龙江电视台

【作品时长】10分03秒

【作品语种】英文

【刊播日期】2014年12月31日

【刊播栏目】黑龙江卫视《这就是黑龙江》、〔美〕《亚洲之窗》

【主创人员】张晨、李艳清、姜莹、胡淑玲

案例简介 >>>

《东北虎“串门”》以2014年两只俄罗斯东北虎来到黑龙江“串门”为切入点,展示了人与自然和谐共处这一主题。《这就是黑龙江》栏目制作团队前后耗时20余天,深入黑龙江省广袤的林区和湿地,同野生动物保护专家、森林公安一道,对两只东北虎在黑龙江的活动进行了跟踪拍摄,在这两只老虎结束它们悠闲的“中国假期”返回俄罗斯之后,旋即制作了《东北虎“串门”》这部专题片,全程记录了东北虎乌斯京在黑瞎子岛范围内的行踪及活动,摄制组同东北虎乌斯京进行了“面对面”接触,这一独家场景极具视觉冲击力。

由于报道的主角乌斯京来自俄罗斯,此报道引起了俄罗斯媒体的高度重视,中俄两国对自然保护的共同关注更进一步深化了人类命运共同体的深刻含义。

俄罗斯《西伯利亚时报》编委会高度评价该片的新闻价值及社会意义,并将与黑龙江广播电视台开展更多合作。

该专题片是关于两只东北虎在中国境内活动最权威、最翔实、最近距离的电视报道作品,产生了较强的国际影响力和较好的社会效果,让东北虎搭建起了中俄友谊的桥梁,也给中国对外传播事业开辟了新的思路和构想,是“讲好中国故事”的优秀范本。

点评分析 >>>

该电视专题片凭借极强的新闻敏感,报道了全球十大濒危动物之一的东北虎在我国黑龙江省内的活动轨迹,既向国内观众普及了东北虎的相关信息,发挥了新闻媒体的教育功能,满足了海内外观众对中国境内东北虎生存环境的好奇心,也突出地展示了东北地区良好的林业发展状况。“天保工程”呵护下的林区正在形成愈加优越的生态环境,东北虎“串门”已然成了青山绿水下的“新常态”,传递出我国绿色、和谐的生态发展理念。该片既蕴含着世界共通的生态文化内涵,也体现出国际新闻报道的政治外交价值,具有很强的战略意义和现实意义。

1. 选题新鲜,意义深远

《东北虎“串门”》电视专题报道从濒危动物生态保护角度出发,以俄罗斯放生的乌斯京东北虎为主角,以黑龙江林区全面停止商业性采伐后的良好生态环境为背景,体现出国际传播类新闻专题作品所应具备的重要性和显著性。

具体而言,该片主角东北虎是全球十大濒危动物之一,在中国境内已很久没有捕捉到它们的影像。因此,乌斯京虎在东北出现这一新闻事实本身就具有新鲜性和重要性,是具有新闻价值的选题。另外,该东北虎来自俄罗斯,它的行踪不仅受到国内民众的关注,也引发了俄罗斯媒体和俄罗斯人民的关心。以两国观众都感兴趣的东北虎行踪作为主题,选取能够促进中俄交流的新闻事件,使得该片在具备新闻价值的同时也具有政治外交意义,体现出该片创作者的国际视野。

2. 信而有征,采访扎实

该片采访扎实、真实权威,通过对东北虎专家、林业专家的采访,以小见大,抓住了黑龙江省生态环境大幅改善这一“新闻眼”,借专家之言,以英语作为新闻语言,将我国自然保护工程的良好效果及青山绿水的“新常态”传播给世界。同时,采访对象不仅有国内专家,也涵盖海外专家,并采用《纽约时报》等海外媒体的报道作为资料,体现了报道的客观性。

片中对事实进行了细致的求证,为中俄两国的外交拓展了新的空间。在该片播出之前,国内媒体普遍将“乌斯京”报道为“普京虎”,该片经过调查考证,通过对俄罗斯专家的独家采访,证实乌斯京并非普京亲手放生的东北虎,该片对这一关键事实进行了有力的澄清。不仅如此,通过对“普京虎”的提及、对俄罗斯媒体报道的引用和对俄专家的采访,巧妙地展现了两国在野生动物保护领域的密切合作,以东北虎跨越领土“串门”的故事,从侧面烘托出两国人民友谊不受民族和地域的限制。该片播出后,俄罗斯媒体主动向国内媒体发出合作的请柬,这也反映出该片促进了两国在媒体外交领域更丰富多元的交流。

3. 巧设悬念,现场感强

首先,该片叙事结构清晰、线索明确,具有较强的故事性。本片开篇借专家之言阐述东北自然环境现状,证实东北虎存在的可能性,之后以记者的主观视角记录东北虎的足迹,最终成功拍摄到老虎的画面。以此为主线,全片叙事节奏紧凑,结构连贯,前后呼应。

其次,该片通过多次设置悬念,巧妙地把握观众的好奇心理。例如,在等待东北虎出现时,该片利用画外音交代野生虎的背景信息,烘托乌斯京出现的不确定性,增添悬疑氛围。片中的悬念并非编造的,而是在客观存在的新闻事实的基础上巧妙设置编辑思路,抓取该片矛盾最突出的关键时刻铺设悬念,成为新闻报道的点睛之笔。

此外,该片充分利用电视新闻的画面语言优势,注重场景的渲染和细节的抓取,通过刺激观众的视觉和听觉,营造强烈的现场感。在该片的高潮部分,等待许久的东北虎终于出现在监控录像中,通过切换黑白监控画面与现场人员紧张等待的彩色画面,叙事节奏显著加快,形成了强烈的紧张感和代入感。在整个报道中,尽管现场音有时略显嘈杂,但主创人员依然保留了空镜部分的现场声,在渲染出报道环境寒冷艰苦的同时营造出强烈的现场感,使观众的情绪伴随视听语言的切换而起伏变化。

4. 联接中外、强化命运共同体

“联接中外、沟通世界”是习近平总书记在党的舆论工作座谈会上对国际传播工作提出的希望和要求。进入新时代以来,我国的对外传播逐渐从“宣传”思维转向“对话”思维,沟通对话成为提升对外传播时、度、效的有效手段。民族间、国家间对政治、经济、文化的认识差异是文化折扣产生的根源,也是对外传播中最大的沟通障碍。近年来,我国在国际舞台不断凝聚海内外的共识,通过强化“同一个世界、同一个梦想”的人类命运共同体意识,改善对外传播话语体系。该片以保护绿色生态文明、人与自然和谐共处为主题,这一主题不仅适用于中国,也适用于同处一个“地球村”的每个成员,因此是能够跨越政治、经济和文化背景的、具有共通价值的主题。另外,保护珍稀动物、共建绿水青山的理念符合“构建人类命运共同体”的中国方案,体现出我国对外传播工作者立足现实、放眼全球的天下情怀。本片中,俄罗斯是乌斯京虎的新家,中国是它“串门”的老家,通过讲述一只老虎的故事,展现了中俄两国在生态文明建设上共同努力的成果,立足人类共同家园的开阔格局,拉近了国际传播报道的距离。

理论延伸 >>>

1. 记者的新闻敏感和敬业精神

由“东北虎可能出现在居民家中”,到证实“镜头中的东北虎并非普京虎而是自俄罗斯放生的乌斯京”,再到“黑龙江林区状态好转已适宜东北虎居住”,该片创作团队抓住了这则有趣新闻事实背后的文化价值、政治价值和外交价值,而这些价值的发现需要记者具有很高的新闻敏感度。培养新闻敏感以发掘更多的新闻价值要求记者具备深厚的文化底蕴,这也是全媒体时代报刊、电视、广播等媒体提升竞争力的需要。该片记者在零下二十度的严寒中与当地目击者及专家

进行了连续多天的跟踪拍摄、采访工作,拍摄前通过田野调查从各方面严谨求证具体细节的真实性,体现出创作团队的敬业精神。

2. 以小见大,注重报道角度和高度

该片播出后,得到了黑龙江省内相关部门以及中国工程院的认可和好评,认为该片为我国东北虎保护研究工作提供了宝贵的资料;同时,因为乌斯京与俄罗斯的联系,在该片采编过程中我国媒体与俄罗斯媒体交往密切,结下了深厚的友谊,双方也因为该片拥有了未来更多合作的可能性。这提醒新闻工作者,尤其是国际新闻工作者要立足国家,把眼光放远,通过充分的背景调查和故事化叙述迎合东西方受众的审美习惯,在保证基本的新闻价值的同时,努力提高观众的观看兴趣,丰富观众的知识,增强报道的沉浸感,努力创作具有深度和高度的新闻作品。

跨国取证 16 年

——侵华日军 731 部队老兵证词实录

【作品类别】电视专题

【所获奖项】第 25 届中国新闻奖国际传播类一等奖

【刊播单位】新华通讯社

【作品时长】8 分钟

【作品语种】英语

【刊播日期】2014 年 8 月 14 日

【刊播栏目】*China View*(《中国观察》)

【主创人员】王敬中、倪瀚琳、王爱华、何山、马迪

案例简介 >>>

侵华日军 731 部队罪证陈列馆馆长金成民 16 年来 20 多次前往日本,专访了 20 余名 731 部队原队员,搜集整理了总计 200 多个小时的取证视频资料。作为侵华日军的核心成员,这些日本老兵曾直接参与活体解剖、细菌实验、押送受害者等行为。他们对于战争罪行的明悟忏悔,铁证如山,亲口证实了曾经被日本军国主义严令"必须要带进坟墓"的绝密消息,唤起了世人反思历史、拒绝战争、祈愿和平的共识。到 2014 年 8 月,接受过金成民专访的 731 部队原成员已经全部过世,这些视频资料愈加显得珍贵难得,最终由新华社得到独家授权播出。

点评分析 >>>

这部专题片通过对731部队罪证陈列馆馆长金成民的专访,结合731部队日本老兵的陈述实录等珍贵资料,真实而又直观地展现了日本731部队犯下的罪行,充分证明了日本军国主义“国家犯罪”的本质,回击了日本少数人掩盖罪行、美化暴行的言论。该片主题重大、素材珍贵、制作精良、网络点击率高,海外观众积极留言、反响热烈,达到了很好的国际传播效果。

1. 独家发布,题材重大

在新闻资源同源化和新闻报道同质化日趋严重的今天,“独家性”意味着“人无我有”,独家新闻是传统媒体的核心竞争力。然而在信息时代里,新闻已很难单纯靠时效取胜,追求新闻的内在价值越来越成为媒体竞争的重要手段。在得知金成民的跨国取证经历后,新华社黑龙江分社音视频部敏锐地察觉到这些视频素材的重要性以及这一题材的重大意义,经过反复争取,金成民签署授权,同意由新华社对他的相关研究成果进行首次独家权威发布。在得到金成民馆长资料授权之后几个月的时间里,记者反复观看了近百小时的视频资料,翻阅了数千页的一手文献书证资料,拍摄了大量的照片与视频,然后按照人物身份,分类整理了731部队成员犯下的累累罪行,并与编辑反复沟通,挑选出具有代表性的日本老兵的证言。其间,分社还多次与金成民馆长进行长时间的沟通交流,并进行了视频专访。

对一些日本国内势力无视历史事实、逆历史潮流而动、一再否认甚至美化侵略历史的行径,用参与当年事件的日本老兵的亲口供述印证历史,用加害者的证言还原史实,凸显了该报道的新闻价值与社会价值。此外,《跨国取证16年》对于素材的使用编排也成为主题表达的推动力。本片以日本老兵的忏悔证词和金成民的专访两条线交替并行,穿插图片视频资料作为佐证,画面丰富、冲击力强。专题片结尾提到,金成民馆长还将继续远赴日本寻证,即使当事人都已辞世,但当事人在世时的日记、口述录音等诸多铁证终将汇合成巨大的精神力量,推动中华民族不断增强民族凝聚力,屹立于世界民族之林。

2. 全媒体传播，引导舆论

在复杂的国际关系背景下，如何主动、有力、有效地传递中国声音，应对国际舆论显得十分重要。《跨国取证16年》在“8·15”日本投降日前一天播发，后又上传至世界最大视频分享网站 YouTube，点击量三天突破一万，并且持续上涨，总计有将近10万海外受众观看该专题片。视频被其他网站转发后，观看率进一步提高，影响范围进一步扩大。观看视频后，外国网民的留言几乎全为正面，他们纷纷表示谴责侵华日军731部队惨绝人寰的反人类暴行，认为其应当受到惩罚，同时也表达了对金成民馆长历时久远且无比艰难的取证行为的敬意。统计显示，点击率名列前五名的国家是美国、英国、加拿大、澳大利亚、荷兰，日本的点击率位居第八位，达到了良好的国际传播效果。报道的客观性与真实性既激发了当代社会不忘国耻、振兴中华的爱国情怀，又避免了狭隘民族主义情绪的宣扬，问题意识和分寸意识并重，更好地发挥了引导舆论、凝聚共识的关键作用，赢得了海内外的广泛认同。

理论延伸 >>>

1. 用事实说话

构建融贯中外的话语体系是当前提升国际传播话语权与影响力的关键，也是我国国际传播事业着力建设的战略重心。而事实是新闻的本源，构建融通中外的话语体系当以事实为基础，坚持用事实说话，因为事实本身具有强大的说服力，最符合国际范围内受众的需要。国际新闻报道的根本任务之一是为国家发展营造良好的国际舆论环境，尤其要善于把传播的结论和意图寓于所报道的事实和平实客观的叙述之中。《跨国取证16年》不带入主观情绪，以口述历史的形式客观冷静地呈现事实，多叙少议，让观众自己作出判断，这最大限度地提高了观众对新闻传播的信任感，增强了新闻的真实性。片中731部队老兵的口述：“我亲眼见过一个7岁的小女孩被毒死的情景，每当我闭上眼，她的样子就像鬼魂一样在我面前游荡。”这句口述比记者的千言万语更能令人信服。

2. 重大题材报道的新闻敏感

重大题材报道重在思辨的深度和播出的时机,应坚持精选素材与深入开掘、生动表述相统一。就新闻发现而言,如果记者缺乏准确判断新闻价值的能力,那么必然会在实践中茫然失措;就社会角色而言,新闻媒介的"社会公器"性质决定了记者在看待事物时必须站在社会和公众立场上进行深入思考。本案例中,只有记者运用敏锐的新闻触角发现了原素材的重要价值,并通过深入挖掘,对典型事迹、细节加以整理概括、升华,才能使其中所蕴含的精神更具有摄人心魄的力量。

3. 新媒体时代中国对外传播的媒介表达

自 20 世纪 90 年代互联网迅速崛起以来,网络已成为现代人获取资讯、交换信息的重要工具,也为不同文化群体的交流提供了便利。与此同时,数字媒体的兴起、受众收视习惯的数字化变迁也影响着对外传播的渠道,成本低、速度快、可复制的数字媒体渐渐登上塑造国家形象的舞台。近年来,中国主流传统媒体和对外传播机构的传播能力有了很大提升,但仅依靠主流的影响力是远远不够的,还要综合运用大众传播、人际传播等方式,构建全方位、多层次、宽领域的文化走出去格局。传统媒体一方面积极寻求数字转型,另一方面也在积极借助 YouTube、Twitter 等国外新媒体平台传播内容。《跨国取证 16 年》就是通过海外的视频网站获得广泛传播,并取得了正面的宣传效果,使我国在重大国际议题上掌握了舆论主导权。

“新改革”元年:中国向深水区发起冲击

【作品类型】分析性报道
【所获奖项】第25届中国新闻奖国际传播类二等奖
【创作单位】新华社
【作品字数】中文2 227字、英文1 053单词
【刊播日期】2014年6月30日
【刊播单位】新华社
【刊播栏目】对外中英文大广播
【主创人员】集体

案例简介 >>>

2014年被称为“新改革”元年,如何开好局尤为重要。然而在此重要时刻,海外却有一些声音认为中国新改革可能遭遇“肠梗阻”而无法落实,此外各种唱衰中国的论调此起彼伏。针对这些猜疑,新华社对外新闻编辑部主动策划,扎实采访,精心打磨,推出此篇稿件,引用最新数据和事实,回应海外关切。

《“新改革”元年:中国向深水区发起冲击》这篇中英文深度分析性稿件从最受关注的上海自贸区改革切入,全面、客观、深刻地分析中国在简政放权、国企改革、生态文明等领域取得的进展,同时又不回避其中存在的问题。文章高屋建瓴、论述严密、平衡客观,有力回击了部分海外舆论对中国改革的质疑论调,展示了中国改革的力度和决心,有效传播了中国的声音,有利于为我国营造良好的国际舆论环境。

点评分析 >>>

《“新改革”元年:中国向深水区发起冲击》是我国外宣媒体较早深入总结改革进展的一篇正面报道,具有及时、充分、全面且针对性强的优势。该报道被多家网络媒体转载30余次,并被英国BBC网站、《中国日报》、《环球邮报》、《环球时报》、巴基斯坦每日新闻等境内外主流媒体或网站全文采用,积极影响了海外舆论。

1. 主题鲜明,紧跟时事热点

全面深化改革是近年来全党的重中之重,而2014年是中国全面深化改革的“元年”,其进程受到全世界的关注。2014年,中央全面深化改革领导小组共召开了八次全体会议,在党中央、国务院的领导下,各地区、各部门积极有效地抓改革,各领域的深水区改革都在积极稳定地推进,全面深化改革取得了重大进展。2014年年中,新华社专门策划,精心打磨,推出了《“新改革”元年:中国向深水区发起冲击》中英文深度分析性报道,聚焦深化改革这一重大选题,全面客观地分析了改革在“攻坚期”“深水区”所取得的进展,用改革的成绩打破海外一些舆论认为中国新改革可能遭遇“肠梗阻”而无法落实的猜疑。

该报道从中国全面深化改革的“试验田”上海自贸区改革切入,进而深刻地分析了行政体制改革、国企和国有资产管理体制改革、司法体制改革、文化体制改革、户籍制度改革等各个方面的改革所取得的进展和问题。从生态环境到能源体制,从消费领域到投资机制,从党的建设到国防军队,该报道展示了中国改革的力度和决心。此外,该报道紧跟时事热点,有针对性地正面回应了海外的质疑和猜测,积极维护了中国的国际形象。

2. 层次分明,论述有理有据

自1978年十一届三中全会以来,“改革”二字一直围绕着中国发展的方方面面;十八届三中全会之后,党又提出要全面深化改革,开启了全面改革的新局面。中国的改革进程需要总结梳理并对外传播,作为国家通讯社,新华社一马当先,播发《“新改革”元年:中国向深水区发起冲击》一文。该报道内容翔实、主题鲜明，首先介绍了中国深化改革的概况，从全局的角度把握改革成就，强调落实改革的重要意义，再将各领域的改革细分为“优化行政体制”“激发市场活力”“提升经济质量”“更多改革”等四个方面，分层总结我国全面深化改革以来的重要举措与成绩，层次分明、条理清晰，通过全面系统的总结梳理，有理有据地回应了国际社会对中国改革的负面观点，起到了有效影响国际舆论的作用。

3. 双语报道融通中外话语

《“新改革”元年：中国向深水区发起冲击》以中英文双语形式呈现，“中国故事、国际表达”，是探索中国对外传播话语体系创新的一次尝试。作为外宣媒体，新华社在推出中文报道的同时推出英文报道，及时、准确地向国际世界传播了中国全面改革的概况，发出了中国的声音，并有效消除了海外媒体在翻译报道时可能出现的偏差，将国际传播的主动权牢牢把握在自己手中。

该报道在总结我国深化改革进展的同时，还回应了海外舆论对中国改革和发展的种种质疑，以英文稿件面向国际媒体，以“联接中外、沟通世界”的话语姿态，更直接地进行“国际表达”，实现了信息的有效传播。该篇报道的英文版本被英国 BBC、巴基斯坦每日新闻等境外主流媒体或网站全文采用，极大地扩展了中国话语的能见度，对海外舆论产生了积极的影响。

理论延伸 >>>

1. 分析性报道

分析性报道又称解释性报道、解释性新闻，是运用背景材料来分析新闻事件发生的原因、意义、影响或预示发展趋势的一种新闻报道。它侧重说明新闻事实的来龙去脉，阐述事实发生的原因、结果以及相关事物之间的联系。分析性报道适用的题材主要包括：政党和国家颁布的重要方针、政策及举措；政治、军事、经济等突发重大事件及趋势变化；重要的科技成果；涉及公众切身利益的重大问题等。

《“新改革”元年：中国向深水区发起冲击》这则报道以中国“新改革”为背景，阐述各相关部门的改革举措以及改革决心，对改革各个方面所取得的最新进展作出较全面的梳理和总结,并且表明中国改革不畏“深水区”,将直面艰巨的任务和严峻的形势。我们可以通过本案例了解如何更好地完成分析性报道,更全面地分析、展现新闻事件。

2. 讲好中国故事

习近平主席曾强调,要精心做好对外宣传工作,创新对外宣传方式,着力打造融通中外的新概念、新范畴、新表述,讲好中国故事,传播好中国声音。无论是中英文双语报道,还是多媒体形式呈现,外宣新闻都需要在“国际表达”上持续不断地探索。

在本案例中,首先,报道以中英文两种语言的形式发出,第一时间打破了语言上的传播隔阂;其次,报道以最受关注的上海自贸区改革成就为切入点,直面海外舆论的质疑,表明了文章立场;最后,文章引用“攻坚期”“深水区”等概念形象生动地描述“全面深化改革”,更利于海外受众理解。

党的十九大进一步对“讲好中国故事”提出了要求,指明了方向,在改革任务千头万绪的形势下,在社会主义进入新时代的关键历史时期,中国新闻传播学界与业界应肩负未来,牢记使命,努力构建融通中外的话语体系,向世界展现一个真实、开放、美好的中国。

怀化芷江首次对外公布日本投降原始视频

【作品类别】视频新闻

【所获奖项】第25届中国新闻奖国际传播类二等奖

【创作单位】怀化市广播电视台

【作品时长】2分51秒

【刊播日期】2014年7月7日

【刊播栏目】新闻综合频道《怀化新闻联播》

【主创人员】田连友、张继、滕健、谭仕光

案例简介 >>>

1937年7月7日,日本以无端的借口向我国开战。2014年7月7日,正逢卢沟桥事变77周年,湖南省怀化市广播电视台得知位于芷江的中国人民抗日战争胜利受降纪念馆将首次对外公布日本投降原始视频的消息后,第一时间赶到现场采访。这段视频是中国人民抗日战争胜利受降纪念馆20多年来遍访世界各地档案馆、资料馆,找到的“芷江受降”完整视频。

视频中,侵华日军中国派遣军最高司令官冈村宁次的代表今井武夫一行在芷江洽降,交出了侵华日军的兵力配置图,在投降备忘录上签字。参与签字的日军代表目光呆滞,不停地擦拭汗珠。记者紧扣这一历史性的新闻点,采取视频资料+专家现场解说的形式,抓住鞠躬、擦汗等细节,制作成消息,在新闻节目中第一时间予以报道。

点评分析 >>>

《怀化芷江首次对外公布日本投降原始视频》以及时、有力的新闻报道再现了中华民族重要的历史瞬间,将日军投降的珍贵历史真相呈现在世人面前,以不容置喙的真实影像谴责了历史上日军对中国人民的侵略行径,在警醒国人铭记历史的同时,也再一次证明了我国在世界反法西斯战争中的重要历史地位。

1. 定格历史瞬间,深耕画面细节

该案例在表现形式上是一则传统的新闻报道,借助视频资料说明新闻事件,结构完整,内容充实。该片最重要的价值在于将富有历史性意义的瞬间定格,重点记录下了侵华日军中国派遣军最高司令官代表今井武夫一行在芷江洽降,交出侵华日军的兵力配置图,在投降备忘录上签字的重要瞬间,报道内容安排得详略得当。在对这一历史瞬间的描述中,该片引导观众将主要关注点聚焦于日军代表的动作细节,尤其是可以突出人物内心活动的微表情。例如,片中强调了日军代表目光呆滞的表情、不停擦汗的动作以及频频鞠躬的行为,这段短短两分多钟的新闻报道将历史事实用人物个性化的细节勾勒出来,将日军投降时心虚、充满罪恶感的心理表现得淋漓尽致,极具戏剧冲突性与新闻表现力,充分证实了日本法西斯的侵略罪行。该新闻利用特殊的时间节点,深耕画面细节,用事实讲故事,让整个新闻报道成为重要的历史证据,揭露了日本政府掩盖历史真相的虚伪行径。

2. 引导社会舆论,凸显现实意义

该新闻报道播出之时正值卢沟桥事变 77 周年和中国人民抗日战争胜利 69 周年。依托一系列纪念日的社会大背景,该报道积极发挥地方媒体的新闻资源优势,抢抓日本投降视频首次对外发布的历史时刻和新闻事件,运用第一手视频资料,第一时间客观、真实地再现了日本投降的历史场景,以铁的事实粉碎了日本军国主义颠倒历史的恶行,向国际社会表明了中国人民尊重历史、反对侵略、维护和平的决心与信心。节目播出后,社会反响热烈,很好地营造出勿忘国耻、铭记历史、珍惜和平的社会舆论氛围。湖南卫视、湖南经视、中央电视台先后播

出了这一新闻,部分外媒以及国外网站进行了转播和转载。该新闻的播出让更多海内外受众了解了历史,更向日本右翼分子证明了日本侵华历史不容否认,警醒世人要珍惜与保卫来之不易的世界和平。

该报道题材重大、主题突出、时效性强、可视性亦强,既有现实场景的采访解说,也有历史资料的回顾反思,时空转换恰当自然,让整个时间描述井然有序,具有极强的历史和现实意义。

3. 肩负媒体责任,塑造影像记忆

新闻常常被称为正在发生的历史。新闻媒体以其特殊的方式记录着社会的变迁与时间光影的痕迹。记录历史,塑造社会的影像记忆,既是新闻媒体的重要功能,也是媒体工作者神圣的责任。新闻不仅可以记录当下发生的最新消息,也可以成为记录历史的工具,这是对新闻价值的升华。因此,作为新闻媒体,在具有特殊意义的时间点创作具有历史见证作用的内容,不仅仅是传播新闻消息,更是对历史的记录与创造。这不仅仅是新闻对过去历史记忆的延伸,更深化了新闻对现在与未来的影响。《怀化芷江首次对外公布日本投降原始视频》这则新闻报道将国家重大历史记忆以视频新闻的形式进行记录与传播,该投降视频的公布填补了世界反法西斯战争中的一大影像史空白,通过新闻报道的有效传播将这一视频的重大历史价值与现实意义最大化,很好地践行了新闻媒体的社会责任。

理论延伸 >>>

新闻报道时机

报道时机的选择恰当与否会直接影响整个新闻报道的质量。新闻的时效性不仅仅体现在新闻内容所具有的及时性上,更体现在新闻内容与时间的契合度上,即报道时机,其中两者的契合可以跨越时间与空间。借助重要历史时间节点宣传历史事件真相,进行爱国主义教育是这则新闻被广泛关注及传播的重要原因之一。同时,完整的编辑制作、充实的内容表现以及正确的价值观也是这则新闻被多家权威媒体采纳,进而传播的重要保障。

APEC 峰会特别节目

【作品类别】电视新闻节目编排

【所获奖项】第 25 届中国新闻奖国际传播类二等奖

【创作单位】中央电视台新闻中心

【作品时长】1 小时

【刊播日期】2014 年 11 月 9 日

【刊播栏目】英语新闻频道《中国 24 小时》

【主创人员】张翎、袁晓园、于莉

案例简介 >>>

2014 年 11 月 5 日,亚太经合组织峰会(APEC 峰会)在北京召开,会议涵盖推动区域经济一体化,促进经济创新发展、改革与增长,加强全方位基础设施与互联互通建设,以及反腐败执法合作四大议题,明确了未来亚太地区合作的发展方式和目标,勾勒出建设互联互通网络的蓝图,拓展了全球性问题的合作新领域,深化了中国与亚太主要国家的双边关系。

为全面介绍 APEC 会议的成果和共识,中央电视台英语频道《中国 24 小时》栏目推出 APEC 峰会特别节目。本期节目以工商领导人峰会为切入点,着重探讨亚太一体化的现状和趋势,调动记者出镜、访谈、连线、口播等多种报道形式,采用北京总部演播室、峰会现场以及中央电视台北美分台三地联动的形式,有效地扩展了节目的信息量,增强了节目的吸引力。

点评分析 >>>

APEC 工商领导人峰会于 2014 年 11 月 9 日至 10 日在北京举行，习近平主席发表题为《谋求持久发展 共筑亚太梦想》的主旨演讲，强调“推动区域经济一体化，促进经济创新发展，加强全方位基础设施和互联互通建设”等重要议题。APEC 峰会特别节目发挥独家资源优势，多层次、多角度展开相关报道，并深入解读了经济投资、基础设施建设、教育改革、中国国际影响力等问题，全面回应国际社会关切，向世界传递中国声音。

1. 主题定位鲜明准确，注重时效性

在 2014 年 APEC 工商领导人峰会上，习近平主席首次提出“亚太梦想”，即顺应和平、发展、合作、共赢的时代潮流，共同致力于亚太繁荣进步。该节目结合习近平主席在开幕式当日的讲话内容，围绕峰会主题及“亚太梦想”内涵，深入探讨亚太一体化的现状和趋势，通过北京总部演播室、峰会现场及中央电视台北美分台三种视角立体解读推进亚太自由贸易区（FTAAP）进程的措施及区域经济一体化的构想。

2. 报道形式多种多样，突出现场感

该节目发挥了独家资源优势，集合连线、记者出镜、访谈等多种报道方式，以丰富的节目样态提升严肃类时事节目的趣味性，有效调动起观众的观看兴趣。节目首先采用三地开场导语，形成联动效应。随后会场记者结合工商领导人峰会现场的影像进行出镜报道，讲述第一手参会体验，增强现场感。节目同时引入嘉宾访谈环节，在主持人的引导下，中、印双方专家在演播室现场从不同的角度和立场剖析当前形势及未来走向，最后与北美演播室进行对接，极大地提升了节目的可看性。

3. 节目内容逻辑清晰，全方位呈现

节目按照“总分总”的框架进行编排，并将具体内容划分为“国际新闻亚太

一体化进程”和“国内新闻经济改革议题”两个版块,每个版块均遵从“从总体形势到核心问题再到问题核心”的逻辑逐一进行解析。

以“国际新闻亚太一体化进程”为例,该版块首先以习近平主席的主旨演讲开头,提出中国愿景:希望亚太地区注入更多经济活力,更自由,沟通更紧密。基于此,中国呼吁加快 FTAAP 进程,以记者在马来西亚的出镜报道佐证东盟合作对两地贸易的正面影响,强调建立包容、自由的贸易合作机制的必要性。最后直指问题核心:日本、美国等发达国家支持跨太平洋战略经济伙伴关系协定(TPP)及与发展中国家仍需长期对话以建立共识和互相妥协是机制建设的阻力。

4. 回应国际社会关切,提升话语权

美国于 2008 年 2 月正式宣布加入跨太平洋战略经济伙伴关系协定,并在 2009 年 11 月正式提出跨太平洋伙伴关系计划,推行贸易议题,主导亚太地区经济一体化进程。至此,国际社会高度关注中国的应对措施。习近平主席在此次 APEC 工商领导人峰会上表示要启动 FTAAP,批准实施亚太经合组织推动实现亚太自由贸易区的路线图。

因此,在嘉宾访谈环节,节目邀请经济学家向松祚先生和印度媒体中国特派记者 K. J. M Varma 先生对如何化解亚太一体化进程中的阻力进行详细分析。除了亚太视角,北美分台主持人也盘点了西方国家对 APEC 的关注点,并分析了中美关系的走向。节目在平衡的原则下展现了多元的声音和不同观点的碰撞,话题内容丰富,既拉近了节目与海外受众的距离,也达到了较好的宣传效果,提升了中国的国际话语权。

理论延伸 >>>

1. 记者出镜报道

记者出镜报道是现代新闻报道的常见表现形式,通过记者在新闻现场讲述事件发生的背景信息及自己的所见、所闻、所感等,有效增强新闻的真实性和立体感,并通过现场采访当事人和专家等,让不同的人站在不同的立场对同一问题进行阐述。这不但丰富了事件的内容,更能引申事件的意义,使报道主题更加深入。

本期 APEC 峰会特别节目包含峰会现场及记者探访以“黄太吉”为代表的小微企业的出镜报道,有效增强了节目的现场感。此外,本期节目考虑到国内外受众的需求,平衡了“国际新闻亚太一体化进程”和“国内新闻经济改革议题”的版块内容,深化了节目内涵。

2. 电视新闻编排

电视新闻编排是指电视编辑人员根据新闻栏目的定位和编辑方式,确定要编发的稿件之后,根据一定的原则,将新闻稿件通过一定的组织形式串编成一个有机整体的过程。电视新闻编排不同于报纸的版面设计,应坚持重要性、有序化和优化组合的原则,根据材料的相互关系进行编排。

本期节目首先连线了会议现场的记者,简述了习近平主席在工商领导人峰会上的讲话内容,随后按照编排原则,围绕“国际新闻亚太一体化进程”和“国内新闻经济改革议题”两个版块进行内容编排串联,通过国际、国内视角分析如何共建面向未来的亚太伙伴关系,回应国际社会关切,形成“1 + 1 > 2”的传播效果。

洋眼看平遥

【作品类别】电视专题
【所获奖项】第 25 届中国新闻奖国际传播类二等奖
【创作单位】河南电视台、美国环球东方卫视
【作品时长】24 分 35 秒
【作品语种】英文
【刊播日期】2014 年 5 月 23 日
【刊播栏目】河南电视台新农村频道《乐游中国》(*Joy in China*)
【主创人员】潘伟、郭翔、王汀

案例简介 >>>

从腊月二十三小年开始,到正月初一,河南电视台新农村频道联合美国环球东方卫视在山西省平遥古城进行了为期 9 天的拍摄。在"平遥中国年"期间,该栏目通过美籍主持人的视角讲述最正宗的中国年味,为每一位想来平遥旅游小住的外国游客提供一幅轻松愉悦的旅游全览图。

《洋眼看平遥》以龟城、银子、热炕头、中国年等关键词为线索,记录了主持人游在平遥、住在平遥、吃在平遥的生活体验,巧妙地还原了古老平遥的生活状态,生动形象地展现了清代平遥城的一幕幕往事。通过记者幽默生动的表达,该片有效增强了节目与西方受众的文化接近性,传播了中国古典文化和节庆民俗,以文化软实力叩开国际传播的大门。

点评分析 >>>

该片本着“中国故事,世界表达”的原则,以美国人的视角讲述最正宗的中国年味,为每一位想来平遥旅游小住的外国游客,提供了一幅原汁原味的中国年俗旅游全景图。两位来自美国的主持人,在平遥的古城墙、古县衙、古票号和古宅邂逅,这既是一次梦回明清的穿越,也是一次异国文明的碰撞,推动了中国文化的海外传播。通过充满艺术感的镜头表达、轻松有节奏感的配乐、有趣紧凑的叙事结构和两位颇具个人魅力的主持人,《洋眼看平遥》实现了文化价值、历史价值、人文情怀和国际传播效果的融合。

1. 中国故事,国际化表达

文化是由一系列的象征符号构成的,人们通过对这些符号意义的解读来理解文化的内涵。不同文化背景的人对文化符号的考察维度不同,常会产生不同的认知。该片面向海外受众传播中国文化,为了适应海外受众的文化认知体系,该片用国际化的表达方式承载中国故事,较好地贴合了海外受众的文化心理。

首先,借助“洋眼”的视角,该片用中西方之间的文化融合来突破跨文化传播的障碍。两位来自美国的“洋主持”成为连接中西文化的桥梁,与当地村民一同制作美食,深入百姓生活,展示古镇百姓富有生气的真实场景。两位主持人都曾在中国生活过,有一定的汉语基础并具有较强的幽默感和亲和力,通过“洋主持”的人际交流与民间往来,带动跨文化的交融。

其次,该片以海外传播的对象国文化引入中华文化,用本土化的策略强化对外传播效果。例如,该片主持人将平遥的特色饰品、小吃与西方观众更加熟悉的美国印第安文化、墨西哥文化做比较,用西方受众较为熟悉的文化元素促进受众对中国元素的理解,增强平遥文化的包容性和吸引力。

2. 视听丰富,艺术化表现

平遥是世界文化遗产地,是拥有2 700多年历史的国家历史文化名城,也是当今中国保存最完整的古代县城,且带有浓郁的山西地方色彩。该片通过丰富的视听语言与艺术化的表达方式,在有限的篇幅中将这座历史文化名城的深厚文化呈现出来。

该片情景交融、妙趣横生、广征博引、生动有趣,片中大量快速的逐帧镜头与延时摄影对平遥的历史文化古迹进行了总览和概括,穿插延时摄影也使画面更加生动。此外,由于片中设置了诸多趣味情节,丰富的镜头设计与剪接营造出多元的情境。该片通过俯拍、仰拍、特写等镜头语言强化片中情节的戏剧性和趣味性,并借助蒙太奇镜头组接叙事,营造轻松诙谐的气氛,把中国文化传播与平遥旅游宣传寓于情景交融的叙事之中,有效提升了受众了解中国文化的兴趣,具有很强的吸引力。

3. 情景演绎,妙趣横生

故事化叙事是国际传播中通用的叙事技巧。该片以海外受众为主要目标,为强化海外受众对中国文化的理解与认同,片中多次设置情景,展现古时候平遥百姓的生活状态,通过充满戏剧性的情景表演使海外受众对古代平遥产生具象化的认知,于生活百态的演绎中展现历史名迹的壮观和历史文化价值。例如,该片设计编排了过城墙、票号取银两、县衙打官司、对簿公堂、贴春联包饺子等诸多情节,两位主持人身着中国传统服饰,混合中英双语,通过角色扮演还原这些场景的过程与细节,呈现出平遥传统生活方式与风俗习惯。栲栳栳、一根面、莜面卷等面食的大快朵颐,平遥县衙和日升昌票号里荒诞不经的穿越剧,同兴公镖局里传承千年的功夫,永隆号华美绚丽的推光漆器……两位"洋主持"以中国传统扮相出现在片中,外表诙谐幽默,情节对话生动有趣。此外,该片还设置了主持人与当地百姓之间的游戏环节,以游戏调节电视片的节奏,烘托出轻松愉快的节日氛围,在富有趣味的游戏比赛中拉近中外文化距离,强化受众对平遥传统文化元素的印象。

理论延伸 >>>

文化差异

文化差异是文化多样性的结果,它受到多方面因素的影响。不同的社会政治体制决定了人们不同的行为规范;不同的道德观念影响着人们的习惯和传统,塑造出不同的价值观;语言、文字、历史的差异则影响着人们的沟通、理解和判断。

在国际传播中,文化差异常常导致传播"排异",从而使传播效果大打折扣。为了弥合因文化差异而造成的国际传播障碍,中国媒体在国际传播报道中应适应全球传播思维,注重传播对象、目的、内容之间的差异,在接受心理的基础上,以"中国立场、世界眼光、人类情怀、国际表达"为原则,创新话语表达。在本案例中,为了克服文化差异,该片选取了"洋眼"的切入角度、本土化的表达方式以及轻松诙谐的节奏气氛,打造出一个融合、开放的跨文化传播场域。

中国面临的挑战 II:中国能实现和谐吗?

【作品类别】电视专题

【所获奖项】第 25 届中国新闻奖国际传播类二等奖

【刊播单位】上海广播电视台

【作品时长】45 分钟

【刊播日期】上海外语频道:2014 年 10 月 13 日;东方卫视:2014 年 10 月 14 日

【刊播频道】上海外语频道、东方卫视

【主创人员】集体

案例简介 >>>

《中国面临的挑战》由国际知名中国问题专家罗伯特·劳伦斯·库恩主持,是国内首部以西方人视角观察、研究、分析中国现状的社会现实题材纪录片。《中国能实现和谐吗?》是《中国面临的挑战》第二季中的一集,它涉及了外来务工者落户城市遇到的瓶颈、留守儿童面临的教育机会不均等、城管这一特殊群体所折射的城市治理困境以及老龄化社会面临的养老难题等四个极具代表性的问题,探讨如何让每一个中国人都享有公平、平等的保障与和谐美好的生活。

这部纪录片的第一季获得了中国新闻奖一等奖和上海新闻奖特别奖,第二季除获得中国新闻奖二等奖之外,还斩获了美国洛杉矶地区艾美奖,出品方上海广播电视台也成为在国际上获此重要奖项的首家中国主流媒体机构。

此外,《中国面临的挑战》系列纪录片在海内外媒体中表现出良好的传播力。其中,第一季英文版(5集)自2013年4月21日登陆美国公共电视网加州电视台后,截至2015年1月,已在全美189家公共电视台累计完整播出1 323集次,在中心城市如纽约、华盛顿、洛杉矶、芝加哥等地,覆盖率高达76%。第二季英文版(5集)于2015年5月9日起在美国公共电视网播出后,截至当年8月中旬,已在美国37个州117个城市的186个频道完整播出2 456集次,在美国前十大中心城市的观众触及率达96%。截至2016年7月,《中国面临的挑战》两季在全美210个公共电视台播出,播出总次数近4 000集次。①

点评分析 >>>

《中国能实现和谐吗?》以西方人的视角记录中国问题,聚焦中国崛起难以回避的挑战,直面国际社会普遍质疑中国的尖锐问题,观察和思考中国梦实现进程中的矛盾和努力、挑战与机遇。专题片以生动的故事、真实的案例、国际化的视角、富有感染力的纪录片语言,真实反映出中国政府和社会各界为应对挑战所做出的积极努力。该片主题宏大、内容翔实、论证到位,是中国立场国际表达的典型呈现。

1. 中国故事,世界坐标

"联接中外、沟通世界"是习近平总书记在党的新闻舆论工作座谈会上对我国国际传播能力建设提出的希望和要求,也是新闻舆论工作者的重要职责与使命。习近平总书记在十九大报告中强调,要"推进国际传播能力建设,讲好中国故事,展现真实、立体、全面的中国,提高国家文化软实力"。在新时代的国际新闻传播中,要讲好中国故事、传播好中国声音,首先要转变思维,由"从我出发、以我为主"的传统宣传思维转换到立足国际、平等交往的对话思维,从国际视角出发讲述中国故事,回应国际关切。

《中国能实现和谐吗?》由外国主持人贯穿全片,从西方视角来审视中国的

① 李君娜. 中国立场国际表达 从国际视角讲好中国故事回应国际关切 连获大奖《中国面临的挑战》第三季启动[N]. 解放日报,2016-12-30(01).

留守儿童、城管、人口老龄化等众多问题,将中国面临的这些问题和挑战置于整个世界的坐标之上,以第三方的客观姿态营造出陌生化的隔离感,也挖掘出中西方忽视的重要细节,告别自说自话的主观臆断,也避免刻板印象带来的误解与偏见。例如,该片既描绘了中国成为世界第二大经济体的巨大发展成就,也聚焦其经济奇迹背后近2亿的产业工人的付出,反思社会底层务工者的幸福感。透过更加宽广的世界坐标,中国故事变得立体丰满、真实客观,片中提出的实现中国梦所需要的新的思路与选择也更具价值与前瞻性。

2. 问题意识,开放思维

《中国能实现和谐吗?》突破了以往的外宣模式,将"和谐"这个通常以肯定、正面的态度进行表达与传播的主题变成了一个疑问句,用"中国能实现和谐吗?"这个疑问统领全片,并用一个个接地气的纪实片段和故事来回答该疑问,以开放性的思维启发受众,呈现中国政治社会生活领域的现实与前景,真实反映一个面临诸多挑战与困境却又努力奋进、充满希望的大国形象。

对于海内外高度关注的敏感性问题,该片都毫不避讳地给予展现。正如习总书记所指出的,"中国的今天是从中国的昨天和前天发展而来的"。比如该片直面中国教育机会的不平等,讲述北京皮村打工子弟的生活困境,将城市边缘人口最真实的状态呈现出来。但与此同时,该片也层次分明、逻辑清晰地分析了困境背后中国户籍制度的历史缘由,积极呈现了中国政府为帮助新一代务工者享有平等竞争机会所做出的不懈努力,以客观理性的态度激发观众的自主思考,使报道更具开放性、可信度与说服力。

3. 大处着眼,小处入手

主题故事化、故事人物化、人物细节化是提升新闻报道质量的有效手段,也是提高中国故事国际传播力的关键。《中国能实现和谐吗?》从小处入手,将抽象的宏观主题寓于典型人物的典型事件中。例如在叙述留守儿童问题时,节目选取了在上海打工的杨明金一家作为主人公,通过"采访+纪实片段"的方式展现了他与留守女儿视频交流的细节,由点及面地扩展到外来务工人员的群体面貌上,从而立足社会环境与国家政策的宏观全局,对"教育机会能平等吗"这个事关中国和谐社会建设的关键性问题进行深刻剖析,抽丝剥茧、层层递进。

此外,生动的细节刻画与丰富的视听语言也能够有效地强化中国故事的吸引力,受众可以通过画面景别、角度的变化与蒙太奇的剪接来感受视听语言背后所要表达的情感。《中国能实现和谐吗?》的镜头语言运用得恰到好处,比如在讲述留守儿童的故事时,在父亲说出"今年不回家"之后,画面给了女儿面部表情的特写,虽没有其他的旁白和音乐来渲染情绪,但一个特写镜头的剪接却在此时起到了无声胜有声的效果。

理论延伸 >>>

1. 故事化叙事

故事化叙事是指利用电视这一传播媒体,采用悬念、高潮等叙事技巧,巧妙地把包括各种叙事元素在内的信息有效地传递给电视受众,以此达到传播信息、引导舆论、社会教育、娱乐生活的目的。近年来,我国的国际传播理念正逐渐由宣传思维向故事思维转变,通过讲故事的方式缓解跨文化传播中受传者的抵抗情绪,将观点隐藏在故事背后,能够有效唤起传受双方的共情,提高中国故事的传播力。

《中国能实现和谐吗?》是故事化叙事的典型范例。该片将"中国能实现和谐吗?"这一宏观问题具体细分到四个有代表性的小问题上,这些问题是中国在实现中国梦的道路上必须要面对的问题,也是之前外宣媒体很少涉及而外国主流社会又非常关注的问题。在具体呈现和讨论这些问题时,该片分别用四个典型人物的典型故事,穿插纪实、采访、资料、空镜片段,由浅入深,由小见大,层次鲜明地阐述问题、探讨方案,用小人物的平凡事还原出客观真实的中国社会现状。

2. 对外传播中的"两面提示"

单方面消息(也称"一面提示")是指在消息中,仅向说服的对象提示自己一方的观点或于己有利的半段材料;而正反两方面消息(也称"两面提示"),指在消息中也提示对立一方的观点或不利于自己的材料。[①] "一面提示"容易使人产

---

① 塞佛林,坦卡德. 传播理论:起源、方法与应用[M]. 郭镇之,等,译. 北京:华夏出版社,2000:175.

生抵抗心理,“两面提示”难度增加,却能给人以“公平”感。以往我国的外宣策略通常以我为中心进行单方面的正面宣传,只关注发展成就。这种正面宣传是必要的,但在表达方式上若能辅以“两面提示”,直面中国发展中的挑战与问题,则更能提高中国故事的说服力。

《中国能实现和谐吗?》虽然暴露出了中国当前社会发展的种种问题,但更突出了政府以及社会各界为这些问题所付出的努力,向世界呈现出一个对外更加开放、更加具有亲和力、充满希望和活力的社会主义大国形象。这样的对外传播才能更好地引领国际舆论,获得外国受众的理解与认可。

穆罕奈德的中国梦

【作品类别】电视专题
【所获奖项】第25届中国新闻奖国际传播类二等奖
【创作单位】金华广播电视台
【作品时长】14分13秒
【刊播日期】2014年10月19日
【刊播栏目】金华广播电视台公共频道《爱生活周刊》栏目
【主创人员】集体

案例简介 >>>

这是一则传统电视新闻专题片，主要围绕着2014年6月5日习近平主席在中阿合作论坛第六届部长级会议开幕式讲话中提到的约旦商人穆罕奈德与中国姑娘喜结连理并在中国安家创业的故事展开。片中展现了主人公一家的生活全貌，从习近平主席在会议上的那一段话开始，穆罕奈德一家的生活悄悄发生了变化。本片跟拍了这一系列的变化，通过记录穆罕奈德在国际商贸城市义乌的创业过程和情感经历，从生活、事业等多重方面生动反映了一个普通阿拉伯青年是如何把自己的人生梦想融入中国人民追求幸福的梦想中的，表达了中国梦与阿拉伯梦、世界梦的相通性。

与此同时，《穆罕奈德的中国梦》还通过浙江电视台国际频道《发现浙江》栏目向境外传播。浙江电视台国际频道在欧洲、北美洲、南美洲、大洋洲及东南亚

40 多个国家和地区落地播出,在海外华人华埠和华语观众中享有较高的知名度和美誉度。《发现浙江》栏目也是该频道影响力最大的一档栏目,众多海外观众通过这一栏目及时了解浙江的社会动态、人文风俗,是浙江向国际社会展示改革开放和社会发展成就的一个重要窗口。

点评分析 >>>

《穆罕奈德的中国梦》是一则选题典型、视角独特、以小人物的故事凸显国家大战略的成功案例。新闻作品在地面频道播出后,又在诸多国内媒体以及对外媒体平台上播出,大大扩展了其传播的覆盖面及国际影响力。

1. 选题巧妙,挖掘大时代中的小故事

在中阿合作论坛第六届部长级会议开幕式上,习总书记提到,“在阿拉伯商人云集的义乌市,一位名叫穆罕奈德的约旦商人开了一家地道的阿拉伯餐馆。他把原汁原味的阿拉伯饮食文化带到了义乌,也在义乌的繁荣兴旺中收获了事业成功,最终同中国姑娘喜结连理,把根扎在了中国”。该报道以敏锐的新闻触角,迅速捕捉到这一特别花絮,并在其中挖掘出富有国际传播价值的新闻事件与典型故事。

在中国提出“一带一路”倡议的国际背景之下,该报道以在华外商的典型故事为切入点,以鲜明的地域特色呼应时代主题,将小人物故事的生动细节与大时代背景的开阔格局相互勾连,将一幅鲜活的阿拉伯人的中国生活图景展现得生动丰满,从个体生活的点点滴滴中映射时代印记。穆罕奈德的“中国梦”也是“世界梦”,以穆罕奈德为窗口,该报道以点带面,将主题不断升华,表达出中国的和平发展必将与世界人民命运与共、合作共赢的理念,具有较强的说服力和感召力。

2. 用心观察,细节生动诠释宏大主题

该新闻突破了传统会议新闻的创作框架,通过捕捉习近平主席在会议上提到的一个小人物,将会议精神融会贯通,注入人物故事细节当中,利用地面频道独有的基层资源,抓取一手资料,以小见大,用一个社会微缩景观来展现国家战略的宏大蓝图。

该报道的创作团队对主人公穆罕奈德进行了长达两个月的跟踪拍摄，从穆罕奈德的事业、家庭、情感、交友、公益活动等各个侧面挖掘人物细节，通过采访主人公的家人、同事、朋友，同在中国生活发展的阿拉伯人，以及相关中国政府官员和外国驻华大使等，展现在华商人富有中国特色又饱含异域风情的生活。例如，创作者以穆罕奈德收银台上的足球奖杯为线索，挖掘出义乌约旦人足球队与义乌当地球迷的趣味球赛。跨越国界的足球运动极大地提升了该片的感染力，从侧面烘托了中国文化的多元与包容，呈现出中外文化交融互鉴的良好趋势。此外，片中穆罕奈德掏出中国绿卡时的神采奕奕、经营生意时熟练地与当地客户讨价还价等细节的表现朴实自然，为观众呈现了在华外商的真实生活状态，紧扣主题，一气呵成。

3. 叙事平实，主观思路融入客观表达

该片通过互为补充的双线叙事，将穆罕奈德个体叙事脉络与以义乌为代表的“一带一路”国家叙事交织在一起，使穆罕奈德通过个人奋斗实现梦想的过程与国家战略指引下的国际贸易繁荣相互印证，通过平实的叙事语言，将所要传达的信息与内涵隐藏于不断切换的叙事线背后。

同时，该新闻充分利用了电视媒体独有的视听叙事专长，运用大量采访与同期声，将该片的主旨内涵客观地表达出来。通常此类宏大主题的报道会通过评论、解说等手法点明主旨，引导舆论，但过于生硬的主题升华在国际传播当中容易引起受众的抵触情绪。而该片通过主人公的亲口表达以及一系列客观故事的侧面印证为受众设置议程，展现一个勤奋踏实、充满活力的外国青年人在中国实现个人梦想的故事，使受众更加自然、主动地了解开放共赢的中国发展理念。正如主人公穆罕奈德在片尾所说：“以前有很多人帮助我，我现在也要帮助他们。我拿到了绿卡，我也就是一个中国人，我要办事全部和中国人一模一样。什么梦想都可以在中国实现！”

理论延伸 >>>

1. 会议新闻的策划

会议新闻是电视新闻中十分常见的时政新闻类型之一，传统的会议新闻内

容、形式较为单一,亟待用多元的表现手法进行探索创新,在传递会议重要信息的同时强化会议新闻的生动性、可看性、吸引力。该案例从会议新闻出发,却不局限于会议过程本身,而是在传播会议精神的同时跨越时空,用会场外的变化来烘托会议内容。这样的迂回表现手法往往比传统会议新闻内容更具有说服力和可信度。会议内容的预判、新闻价值的理解、新闻传播方式的确定、新闻生产机制与时效性的把控、新闻内容呈现质量的保障、新闻语态的把握等都需要会议新闻工作者具有极强的采编播实务能力。

2. 国际新闻的人物塑造

一般来说,国际新闻大多重点关注媒体对国际时事的报道与重要人物的采访等较为宏观的内容,然而无论新闻主题是什么,用"一张会讲故事的脸"为观众讲述新闻内容是非常有效的方法。在该案例中,塑造穆罕奈德人物形象成为推动新闻叙事的主要动力。同时,采访并没有止步于他本人,而是拓展到了他的家人、同事、朋友以及与他相类似的人们,让穆罕奈德成为一组群像的代表,通过对他的人物解剖实现了对一群像他一样的国际友人的形象塑造。因此,即使是国际新闻的跨文化传播,对"人"的关注也依然是其最核心的问题。《穆罕奈德的中国梦》正是利用对人物的生动表现完成了高质量的新闻叙事,让来自不同国家且具有不同文化背景的人拥有了共同的话题。这种话题不仅存在于新闻中的人物之间,更延伸到画面之外的受众之间。这种国际新闻传播叙事的处理手法突破了宏观叙事的束缚,规避了内容空洞的问题,将国际新闻传播的表现手法极大地拓展开来,为今后相关新闻主题的表现提供了新思路。

中国医疗队赴西非抗击埃博拉

【作品类别】电视专题

【所获奖项】第25届中国新闻奖国际传播类三等奖

【刊播单位】美国中文电视台

【作品时长】3分13秒

【作品语种】英文

【刊播日期】2014年9月5日

【刊播栏目】《新闻报道》

【主创人员】袁子勇、严崴、沈澜、张晓彦、高晰

案例简介 >>>

2014年3月,西非爆发的埃博拉疫情迅速成为当时的社会热点。记者在第一时间捕捉到了这一热点话题,并关注着事件的进展。在查找了大量相关报道与素材后,记者最终决定将中国医疗队对西非的医疗援助作为报道主线。由于不能进行实地采访,记者巧妙地使用视频素材,以一名10岁疑似埃博拉病毒感染者的死亡为切入点,并援引了我国第一位与埃博拉病毒零距离接触的医生曹广的事例。该报道借助曹广的微博所讲述的医疗队同事的故事,向观众展现了埃博拉病毒的致命性和我国医疗队的大无畏精神。同时,记者更深入阐述了此次医疗救助的背景:在过去的半个世纪中,中国相继派出了24批援非医疗队,共有2.3万多名医护人员投身其中,从而使整个报道在兼具人文关怀的同时,更加有深度。

该新闻专题于2014年9月5日在美国中文电视英语频道《新闻报道》中播出,并于次日重播。美国中文电视是北美地区富有影响力的中文电视媒体,为观众提供高品质的电视节目。本片播出后,该频道借助微信公众号发布推送与观众互动,反响热烈,令国内外感受到不可忽视的中国力量。

点评分析>>>

这是一则彰显了中国政府和援非医疗队国际主义精神的优秀国际传播报道。该片以西非埃博拉疫区真实的故事作为线索,结构清晰;以博客这一新媒体为信源,细节丰富;运用大量数据支撑主题,真实可信。报道巧妙运用具有冲击力的画面展现出埃博拉病毒肆虐西非的严峻情况,以典型故事塑造了中国援非救援队的高大形象,呈现出医疗队工作环境的艰辛,肯定了中国政府对非洲医疗救助的努力,展现出中国政府立足全人类的大国意识和人文关怀。

1. 展示大国风范,彰显人文情怀

和平与发展是当今世界的时代主题。为维护世界的和平与发展的稳定,中国曾多次提出构建“人类命运共同体”的倡议。2014年,西非爆发埃博拉病毒,中国政府通过向西非派遣救援队、投放救援物资等方式帮助该地区抗击病魔,展现了中国的大国风范和实力,也深刻践行了“人类命运共同体”的理念。该片选取全球瞩目的埃博拉病毒新闻事件,以中国医疗队赴西非援助为切入口,强化“人类命运共同体”意识,凝聚海内外共识,从全人类共同阻击病毒的高度倡导合作共赢、平等互助的中国智慧。同时,该片没有就事论事,不仅关注此次援非行动,也对此类援助行动的历史与规模作出了铺垫说明,凸显了跨越国籍、民族、宗教信仰与意识形态的人文情怀。

2. 叙事思路清晰,深挖新闻资源

考虑到拍摄团队无法赴西非进行现场拍摄和采访,该片用新闻图片的形式讲述患病男孩与救援医生的两个典型故事,巧妙搭建叙事结构,在极为有限的新闻采访资源下,积极挖掘新闻素材,补充新闻专题的信息量,为观众呈现出更立体、更具可看性的新闻故事。

该片以一位10岁非洲男孩的不幸遭遇为切入点，交代了埃博拉病毒的严重性和当下西非治疗不乐观的现状，引发观众的同情。第二个故事的主人公是曹广医生，近距离接触病患、与当地医生协作治疗的经历使他的故事具有典型性。曹医生将生活和治疗情况发布在博客上，拍摄团队以他的博文为“一手事实”，呈现在片中，保证了叙事真实。同时，曹医生深情的文字增强了故事的细节表现力，让观众更能感同身受。通过小男孩与曹医生的故事，该片欲扬先抑，衬托出中国救援队对西非疫情控制作出的巨大贡献。

3. 巧用客观数据，强化传播效果

新闻报道当中的数据是使受众客观认知新闻事件的性质、规模的重要表现形式，它量化了新闻内容，能够有效提升新闻的广度与深度。该片在短短三分钟的时间内使用了五个关键性数据，增强了新闻报道的说服力和可信性。

在交代中国援非医疗的背景时，该片使用“中国派遣救援医疗队伍已有50年的时间，总医护人员达23 000名”这两个绝对数字震撼观众，展现医疗队伍在西非救助时间长、参援人数多的事实，讲述了中国援非的历史，同时也展现了我国心系埃博拉疫情发展、心系非洲疫区人民的大国情怀。此外，在一段新闻解说中叠加两个数字，可使观众一目了然，印象深刻。

该片首尾呼应，在结尾时，以“1 500多人因埃博拉疫情死亡”“超过3 000人感染”这两个具体数字再次突出西非埃博拉疫情的严重性，从侧面烘托中国医疗队援助西非的必要性、紧迫性与牺牲精神。此外，两个沉甸甸的数字置于报道结尾处，强调疫情的严峻形势，给观众以强大的感官冲击。同时，报道运用呼吁式结尾升华主题，表达出中国希望凝结世界各国力量合力抗击病毒的决心。

理论延伸 >>>

1. 巧用新媒体大众信源

真实性是新闻的生命，新闻从业者应当通过多信源的追踪核实，揭示真相。除了采访对象、其他媒体和新闻现场可做信源，在新媒体环境下，以社交媒体为首的新媒体平台拓展了信源获取范围，使大众成为信息的供应者。在这篇报道

中,故事的主人公曹医生由于与病患接触频繁被隔离,记者无法直接采访到他,然而,曹医生利用博客这一网络新媒体平台记录了当地抗击埃博拉的现状和身为援助医生的心路历程,因为是有感而发,曹医生博客中的信息真实、细致、有感染力,成为宝贵的新闻资料。在进行新闻报道,特别是国际报道时,由于距离等客观因素限制,记者无法到达现场采访,可能因此失去有价值的新闻素材。这就要求相关人员具有发掘信源的能力,充分发挥新媒体跨越距离、跨越时间的优势,选择并引用新媒体信源所提供的公开、透明、真实的事实,充实报道内容,使报道更加丰富可信。

2. 数据新闻报道

身处大数据时代,计算机技术使得获取数据变得更加容易,在此背景下,新闻从业者应该增强对数字的敏感度,了解绝对数字与相对数字以及它们的作用,将其巧妙运用到电视新闻报道中。在这篇报道中,数据的作用被很好地显现出来。首先,数字有强烈的冲击力,可以使观众产生更深刻的印象;其次,数字在交代背景信息时有重要事实作用;最后,巧妙运用数字可以锦上添花,使新闻更加具体、实在,增强可信度和说服力。除了上述作用,数字还有对概念、名词术语进行解释、衬托事例等作用。总之,在电视新闻报道中正确、巧妙地使用数字可以鲜明、深刻地反映报道主题,提升报道质量。

云南融入“一带一路”倡议
构筑西南“开放高地”

【作品类别】分析性报道

【所获奖项】第 25 届中国新闻奖国际传播类三等奖

【作品字数】3 785 字

【作品语种】中文

【首发日期】2014 年 7 月 7 日

【刊播版面】云南日报 1 版

【主创人员】储东华、刘红、张若谷

案例简介 >>>

建设丝绸之路经济带、21 世纪海上丝绸之路，是习近平总书记 2013 年出访中亚、东南亚国家时提出的重大战略构想。新的战略构想为古丝绸之路赋予了新的时代内涵，为泛亚和亚欧区域合作注入了新的活力。在这样的历史背景下，2014 年各省市区争相融入“一带一路”倡议的全国联动，云南作为沿边开放重要省份有其特殊的条件和战略地位。

为了反映云南积极融入“一带一路”倡议的历史进程，《云南融入“一带一路”倡议 构筑西南“开放高地”》应运而生。该报道一经刊发，就被《人民日报·海外版》全文转载并置于头条位置，此外，云南网、人民网、新华网、腾讯网、香港文汇网、凤凰网等数十家网站相继转载此稿。

点评分析 >>>

《云南融入“一带一路”倡议 构筑西南“开放高地”》,这篇3 800多字的分析性报道呈现了云南融入“一带一路”的波澜壮阔的画卷,为云南抢抓历史机遇营造了良好的舆论氛围。报道对云南融入“一带一路”的建设情况做了及时、富有针对性的报道,叙述生动、结构巧妙、写法鲜活,语言极富感染力,既赋予了重大题材分析性报道的厚重感,又深入浅出、潜移默化,对区域性新闻报道具有较强的借鉴意义。

1. 视野开阔,观照新闻背后的宏观脉络

对新闻事件的挖掘既要重视细节与事实的把握,也要从大处着眼,以开阔的视野和全局性的站位观照新闻事件的宏观脉络与联系,把新闻事件或现象放在特定的社会背景和时代背景下分析,或者把单一的、孤立的新闻事件与其他事件相比较、相联系,摆脱孤立的单个新闻点,通过比较、联系,将当下的新闻事件放在历史与现实的坐标上观察,从而揭示其蕴含的广泛意义与机制。

该分析性报道深入挖掘了新闻事件背后的宏观联系,将云南的发展放在加快推进云南桥头堡建设,发挥“一带一路”建设重要门户作用的大背景下,说明近年来云南始终站在改革创新的前沿,不断发挥自身区位优势,乘势而上,完善内联外引的综合交通体系,深化对外对内交流合作,逐步打造开放开发载体,加快建设完善大通道和口岸设施,实现了进出口贸易增速为沿边省区第一;同时,云南的铁路通道建设、公路通道建设、水运通道建设、航运建设协同发展,运输能力显著提升。通过横向纵向的经验总结和发展脉络梳理,一个立体生动的不断改革创新的云南形象栩栩如生,其作为桥头堡和“一带一路”重要门户的功能定位也深入人心。这篇分析性报道之所以成功,是因为它有历史的纵深感,不是就事论事,而是将其放在时代的大背景下,展现了云南省委省政府所谋划的全局工作,为地方建设主动服务和融入国家战略发挥了重要作用。

2. 言之有物,让抽象政论具体可感

《云南融入“一带一路”倡议 构筑西南“开放高地”》虽然带有较浓的政论宣

传色彩，但在分析叙述中行文生动，言之有物，充分体现了“走基层、转作风、改文风”的要求，情感真挚，擅于运用典型案例对抽象的政府发展方略与成就进行具象化的解释说明，增强了该稿的可读性、亲近性、可信性和深刻性。

在讲述云南省临沧市耿马傣族佤族自治县孟定镇清水河国家级口岸作为大陆通往缅甸皎漂港最近的口岸时，报道引用了孙中山在《建国方略》中的描述，在增加了历史厚重感的同时，拉近了与读者的距离，让读者仿佛身临其境，从而易于对云南作为“一带一路”重要门户所承担的功能产生强烈的认同感。同样，在阐述发挥云南“一带一路”建设区域合作高地作用时，该报道语言精练，仅仅用一句“2013 年 3 月 5 日，参加首届孟中印缅四国汽车集结赛的赛车经过3 000多公里的长途跋涉抵达春城昆明”，便将孟中印缅四国汽车集结赛的信息叙述清晰，并援引了孟加拉国交通部部长的评价：“汽车集结赛走通了一条路，开辟了一条线，连接了一条心”，以此点睛，深化主题，增添政论成就性报道的亲和力和人情味。

3. 由点及面，结构细化庖丁解牛

由于主题大、材料多、要求高，在这篇报道的创作伊始，主创人员就采访内容、写稿方式展开了多次讨论并反复修改。

最终，这篇报道分为四个部分向读者呈现。为了更直观清晰地反映报道的重心，每一部分各提炼出一个关键词，概括说明“一带一路”建设对于云南转型发展和战略创新的重要意义。这四个关键词为“重要门户”“合作高地”“经济走廊”“先行先试”，分别对应“加快推进云南桥头堡建设”“打造大湄公河次区域合作升级版”“推进孟中印缅经济合作”“着力提升沿边开放步伐”四项重要工作。从内容逻辑上看，“重要门户”“合作高地”和“经济走廊”为目标和宗旨，“先行先试”为思路和手段，实现目标需要正确的思路为依托，手段实施的效果需要通过宗旨来检验。报道的每一部分从关键词入手，依托时间线展开叙述并最终形成一幅完整的图景，层层递进，深化了报道的内涵，增加了报道的深刻性，充分展现了云南省从“一带一路”建设的战略定位出发，依托区位优势，卓有成效地开展工作的积极面貌。

通过合理的内容分割和主旨提炼，该报道叙事思路清晰、逻辑合理、论证严谨、结构完整；每个部分均遵循点、线、面的逻辑，以点带面，生动翔实。

理论延伸 >>>

1. 分析性报道写作

所谓分析性报道，是指合理运用背景材料，通过多角度、多侧面、全方位、立体化的分析，揭示新闻事件或新闻现象的实质或意义，并预测其发展趋势的一种深度报道。随着社会环境和国际环境的日趋复杂，读者不再满足于单纯的新闻事实的报道，而是希望能了解新闻事件发生发展的全过程及其走向和意义。在信息碎片化的新媒体时代，富有深度的分析性报道是受众稀缺的资源，也是主流媒体创新变革的发展优势，对海量信息的梳理与整合、分析与判断将是未来新闻报道的重要立足点。

2. 新闻报道的“时、度、效”原则

“时”，其内涵是对时效、时机、时宜的准确把握。“明者因时而变”，云南融入“一带一路”建设情况的议题具有突出的新闻性和重要性，好的报道时机稍纵即逝，因此需要媒体把握好报道时机和节奏，主动释放、正面阐述、及时报道。“度”，其内涵是掌握好分寸、尺度、火候。新闻传播、舆论引导都有一个“度”的问题，特别是此类分析性报道一定要说理恰当、评价恰当、言辞恰当，防止言过其实，过犹不及。“效”，其内涵是争取实现正面宣传预期的良好效果，以“效”为报道的最终落脚点，通过巧妙的结构和真实可感的语言，赢得良好的口碑，真正做到“入耳、入脑、入心”。

该分析性报道的创作正处于云南省贯彻国家战略构想，努力推进“一带一路”建设的关键时期，一则好的报道能发挥“团结人民、鼓舞士气、成风化人、凝心聚力”的作用，为云南抢抓机遇、融入“一带一路”建设营造良好的舆论氛围。因此，报道要把握好“时、度、效”原则，用人们喜闻乐见的方式，使报道内容更接地气、更聚人气，对读者产生实实在在的影响。

“必要论”究竟是谁的必要

——慰安妇跨国调查报告

【作品类别】电视专题

【所获奖项】第25届中国新闻奖国际传播类三等奖

【作品时长】13分50秒

【刊播日期】2014年12月26日

【刊播栏目】中国黄河电视台教育文化频道《新唐风》

【主创人员】赵华琳、张镭、张兰英、申学山

案例简介 >>>

《“必要论”究竟是谁的必要——慰安妇跨国调查报告》是一部“以事实带观点”的电视评论,其通过详细的调查、走访,以日本民间人士来山西进行大范围调查为切入点,叙述一个个慰安妇幸存者的故事。这部作品的拍摄始于2014年8月,采访历时3个月,而前期策划时间长达一年。在世界反法西斯战争胜利70周年前夕,记者敏锐意识到日本右翼会再出怪论,于是深入山西协调、沟通拍摄,同时征集线索,寻找在世受害者,持续关注中日两国的民间、官方两个舆论场,将历史事实与新闻事件结合起来层层论证。评论以菅义伟发声为由头推出,成为回击右翼言论、还原历史真相的事实注解,积极引导和回应了国际舆论。

本片制作完成之后,日本WAM(女性的战争与和平纪念馆)执行委员长池

田惠理子把此片作为馆藏视频资料保存并面向公众展出,成为日本国民了解历史真相的渠道之一。

点评分析 >>>

慰安妇的题材注定是沉重的,这段历史是血淋淋的伤疤,有人不愿意提起,但是我们不能忘记。《"必要论"究竟是谁的必要——慰安妇跨国调查报告》通过详细的调查、走访,将慰安妇幸存者的故事展现在公众眼前,还历史以真相,有力还击了日本右翼言论。

1. 视角精妙,论证充分

慰安妇这一题材天然具有情感导向性,易让人产生先入为主的认识和情感,创作过程很容易变为感性创作,难以从客观的视角出发去论证这一话题。

但与其他慰安妇题材专题片不同的是,《"必要论"究竟是谁的必要——慰安妇跨国调查报告》是以日本民间人士来西安跨国调查作为主线的,专访的同期声也多是日本人,从这样一种视角切入,一方面,让我们听到了部分日本普通民众的声音,这从日本官方渠道是难以接收到的;另一方面,从国际传播视角来看,这种多方声音的呈现,甚至"对立"双方声音的呈现可以满足新闻报道的平衡原则,从而避免被国际受众诟病为"自导自演",能够进一步引导国际受众关注事实本身。

本片不仅客观呈现了中日两国不同身份人士的讲述,还从人证和物证两方面入手提供论据。例如在驳斥日本官方提出的慰安妇"收入高、待遇好"这一点时,专题片将驳论重点放在这段经历给多位老人带来的一生的痛苦影响上,把在世的寥寥几位受害人生活状况真实呈现出来,既有老人们的亲口控诉又有当时的案发现场照片等,极富冲击力。全片展现了众多珍贵的历史资料,很多资料镜头是首次公开,这些资料配合纪实片段产生了极强的论证效果。例如 1992 年,万爱花作为二战性暴力受害者,与其他受害者一起状告日本政府,席间因过于悲痛而晕倒。本片适时运用了这一珍贵的画面,极具冲击力和说服力。

2. 文风自然，时效性强

《“必要论”究竟是谁的必要——慰安妇跨国调查报告》作为地方台专题作品，在涉及国际题材、历史问题时，并没有流于生硬、严肃或者空洞，而是充分发挥了地理优势，用纪实的手法、当地平民化的语言表达出了人文关怀，为主题创作找到了极佳的切入点。例如在陈述日军当年罪行时，专题片并没有局限于遥远的历史资料或者冷冰冰的数字，而是实地走访、采访，获取一手资料。在采访受害老人时，采访地点都是这些老人的家，他们的生活状态让人一目了然，配合着质朴的方言，满是沧桑的脸，画面很有感染力。

2014 年，日本官房长官菅义伟高调否认慰安妇问题，舆论哗然，同年，《“必要论”究竟是谁的必要——慰安妇跨国调查报告》电视专题片推出，对菅义伟的这段话进行了及时正面的回应，可以说是反击其言论最好的利器。慰安妇问题是一个国际性的话题，不止是中国，韩国、日本等国家都有慰安妇群体，这一问题的相关信息牵动着全世界的敏感神经。抗战期间，山西曾是日军性暴力受害重灾区，在世界反法西斯战争胜利 70 周年前夕，山西台及时推出这一电视专题片，用毋庸置疑的事实带出观点，将历史证据和调查结果有效结合，契合热点，时效性强。

理论延伸 >>>

1. 历史题材影像呈现

《“必要论”究竟是谁的必要——慰安妇跨国调查报告》作为一部调查类专题片，所论证的内容是过去发生的事情，由于当时环境、设备等的限制，大量影像资料无法获存，对电视作品来说，如何通过影像语言还原当时情形很考验编导功底。

本片获取的历史物料有照片、纪实片段、影视资料、留存文稿、案发场所、当事人等，这也是常规历史事件可以留存下来的素材。对于一些静态的素材，如照片、文稿等，可使用运动镜头、动画特效等让其“动起来”，配合解说或者同期声，更显生动。而一些动态素材如纪实片段、影视资料等可配合影片结构适时推出，针对典型问题推出典型镜头。而对于当事人、案发现场等历史的直接亲历者、见证者,则须抓住事件在他们身上的遗留痕迹,抓住人物状态类、情绪类镜头,用影像敏锐捕捉和呈现。在影像使用过程中,各类素材需围绕谈论主题来展示,不宜扎堆,要注意对全片节奏的把控。

2. 专题片叙事结构技巧

专题片的叙事结构是一种框架结构,在此基础上,故事或叙事的顺序和风格才会有所依据。电视片的叙事结构大体上可以分为线性和非线性结构。所谓的线性结构,就是指按照时间顺序来进行叙述,而非线性结构中则包含除线性以外的其他叙事结构,两者在片中可根据需要配合使用。

慰安妇等以历史话题为主的调查类专题片由于事件发生在过去,在叙事结构上易使用近似论述文稿的排篇布局,按点论述,分块讲述起因、经过、结果等,学理性足够但故事性较弱,不易发挥电视优势。

《"必要论"究竟是谁的必要——慰安妇跨国调查报告》提供了一个好的思路,即以一个正在发生的事件带出调查主题,按事件发展的时间顺序结构全片,其中可以加入插叙、倒叙等结构。这种叙事结构可增强专题片的完整性,并有线索贯穿始终,且通过正在进行的事情展开论述,更利于观众代入。观众仿佛跟着主创人员一起,去完成慰安妇问题的跨国调查,将原本零散的人物故事串联、盘活。

《试验的价值——中国(上海)自由贸易试验区一周年记》第三集:政府新职能

【作品类别】电视专题

【所获奖项】第25届中国新闻奖国际传播类三等奖

【创作单位】上海广播电视台、台湾中天电视台

【作品时长】30分钟

【刊播日期】东方卫视海外版2014年9月30日;台湾中天电视2014年12月13日

【刊播频道】东方卫视(海外版)、台湾中天新闻台

【主创人员】集体

案例简介 >>>

《试验的价值——中国(上海)自由贸易试验区一周年记》是一部多维度展示发生在中国(上海)自贸区改革故事的专题片,整个系列由《贸易新规则》《开放新格局》《政府新职能》三集组成。其中第三集《政府新职能》集中体现了该系列作品的特点,即内容涵盖丰富、层次梳理鲜明、具有较强的启发性和思考性。

本集从政府和企业两个角度切入并展开,拍摄记录涵盖海关、边检、税务、工商、法院等政府部门的工作人员在各自岗位上大胆尝试,转变工作思路、创新管理职能的工作历程,采访包括外贸、金融、制造、仓储、物流等多领域在内的从业

人员,以企业为主体,反映政府在监管市场、服务市场、规范市场等方面所做出的卓越成绩,以及在没有先例的情况下先行先试、勇于探索的责任与担当。与此同时,节目还专访了来自国家发改委、国务院、高校及媒体等多层面学者与专家,从多角度、多层次解读并评价自贸区成立一年来所采取的改革举措,使得本片除了纪实层面的阐释外,还增加了较深入的学理性思考。

点评分析 >>>

《试验的价值——中国(上海)自由贸易试验区一周年记》这部电视专题片以小见大,充分发挥了电视媒体在声画方面的优势,对什么是自贸区、为什么要加上“试验”二字、“试验”的突破口在哪里、一年来“试验”的最大价值体现在哪里等问题做出了深入浅出的解读,为自贸区改革创新试验田留下了一份既有深度又面向未来的影像实录材料。

1. 立足国家改革与时代创新

建立上海自贸区,是中国国家改革战略的重大步骤,自贸区的建立很可能成为继20世纪80年代开办经济特区、20世纪90年代末加入世贸组织之后,中国对外开放的第三次浪潮。这一选题的重大性不言而喻。本片以自贸区成立一周年的时间节点切入,结合习近平同志多次对自贸区发表的讲话精神,充分发挥电视媒体声画合一的优势,多维度地展示了发生在自贸区的改革故事。

该片从多维度、多侧面讲述了自贸区改革试验的着重点,呈现了自贸区不在于优惠措施、政策倾斜,而在于市场经济制度创新这一特点。该片还着重突出了自贸区所承担的贸易自由化、投资便利化、金融国际化以及行政精简化的使命与实质这一中心含义。这一处理紧扣选题立意,立足改革开放大局和高质量发展要求,体现了国家改革和时代创新的宏观需求。

2. 融合宏大叙事与个体叙事

《试验的价值——中国(上海)自由贸易试验区一周年记》这部电视专题片在宏大的上海自贸区国家叙事当中穿插了较多的个体叙事情节。其中,第三集《政府新职能》聚焦“可复制、可推广”,通过一份年报、一本名册、一个窗口的故事，解读自贸区企业年报自律和他律监管、仲裁名册开放和法院接轨、商事登记制度等可复制、可推广的政府新制度和新职能。

本片开篇由一架降落在上海浦东国际机场的货机所运输的货物作为线索展开叙事，跟随着这一具体可感的货物行进路线展开了对于自贸区各个环节、各个角度的描述，为避免出现华而不实的画面表现形式，跟随着货物进入自贸区的轨迹，本片的叙事也逐渐展开，将货物运输中不同环节的工作步骤及工作人员纳入视线。

本片寓理性思索于纪实手法之中，在中国经济升级版"顶层设计"的宏大叙述下，挖掘一个个鲜活的"人"的故事。例如，当地企业家张爱萍就切实在"年检"改"年报"这一政策调整中获得极大的方便，往年的企业年检需要她一次次跑各个职能部门进行审核，而在政策调整后只需要在网上将信息输入与之对应的公示系统即可完成操作。这样一个生动而简单的案例观照了大环境下每个个体的发展变化，使得叙事极富人情味，展现出大时代、大环境对每一种生活、工作、发展与存在于其中的人的影响。

理论延伸 >>>

电视专题片创作要点

电视专题片着眼于历史的、文化的和社会的价值，并兼容某些新闻的特性，需同时考量视觉和听觉双重功能。电视专题片的创作需注意以下几个方面：

首先，在题材选取上，需注意题材的重大性及历史、文化价值，本片就选取了上海自贸区这一极具社会价值和历史价值的题材进行阐释。结合上文的分析，这一题材的政治和经济影响之于当下乃至以后不言而喻。

其次，在专题片拍摄和画面选取层面，需注意"大选题"与"小人物"的呼应，即在片中应突出体现细节。专题片的选题要求决定了其通常都具备较为宏大的主题背景，而越是在宏大的叙事背景下，对细节的选取就显得越重要。根据整体构思的需要安排适当的细节，可以使人物、事件显得丰满、完整，使人物生活的物质环境变得真切。专题片中一两处精彩的细节可以给受众留下较为深刻的记忆，并将受众由对局部、片段的印象引向对全片的回忆。细节在专题片中的作用是画龙点"睛"。

最后,在专题片的架构中,须时刻把握主阐释的层级结构。一个宏大立意的专题片,仅仅靠事实事例的堆砌是远远不够的,入乎其内又要跳出其外,方可不受现实环境的限制,例如本片融入了政府、媒体、高校等多维的专家学者的阐释,使得专题片的架构立体起来,不再是对事实的简单概括和描述,而是加入了学理性和多方位的思考,是专题片摆脱现实层面局限的有效尝试。

纪录片篇

海上新丝路

【作品类别】电视纪录片
【所获奖项】第 25 届中国新闻奖国际传播类三等奖
【作品时长】45 分钟
【刊播日期】2014 年 9 月 15 日
【刊播频道】中央电视台中文国际频道
【主创人员】集体

案例简介 >>>

"21 世纪海上丝绸之路"是习近平总书记提出的伟大倡议,这部作品深度呈现了"21 世纪海上丝绸之路"这一伟大倡议形成的宏伟历程,是我国第一部以"21 世纪海上丝绸之路"为主题的大型电视片。该作品充分展现了亲诚惠容、合作共赢的时代潮流和发展大势。

《海上新丝路》这部作品具有"快、高、深、精"的特点。"快"表现为这是第一部用影像呈现"21 世纪海上丝绸之路"宏伟蓝图的作品,为了实现"快",十个制作组同步推进创作;"高"表现为视野高,该片站在历史和理论的高度,以国际视野来报道;"深"表现为深刻,这部作品不仅准确表达了习总书记提出的这一构想的要义,更有自己的延伸、思考;"精"表现为精益求精,这部作品将宏观主题与微观细节交融、历史故事与时代话题汇编,形成了极具层次感的架构。

本次参评的作品是《海上新丝路》第一集《伟大的构想》,讲述了"21 世纪海上丝绸之路”所具有的广阔空间和巨大的发展潜力;第二集《蓝色的传奇》,讲述了两千多年来“海上丝绸之路”发生的重要历史事件;第三集《奋飞的支点》,讲述了中国建设“21 世纪海上丝绸之路”的成果和前景。

点评分析 >>>

《海上新丝路》是第一部向世界展示真实可触的“21 世纪海上丝绸之路”构想的作品,为全面打消世界各国对“一带一路”倡议的疑虑、更好地了解“一带一路”倡议、坚定共同发展共识提供了非常重要的第一手资料。

1. 服务国家倡议,传播核心价值

如何对“21 世纪海上丝绸之路”倡议进行集中而深刻的阐释,既关乎理论上的精确表述,也关乎实践上的具体操作。《海上新丝路》是以“21 世纪海上丝绸之路”为背景拍摄的电视片,是我国“一带一路”倡议的先导片。2013 年 10 月,中国国家主席习近平在出访东南亚国家期间,提出共建“21 世纪海上丝绸之路”的重大倡议,受到国际社会高度关注。该片将这一倡议进行了良好的可视化呈现,是我国电视人第一次用影像向世界展现“21 世纪海上丝绸之路”的壮美画卷和广阔未来,同时也揭示了“21 世纪海上丝绸之路”的历史必然性和现实紧迫性,是一部具有专题片形式、纪录片表达、政论片高度的时效性强的电视作品。

本片的开头以海洋切入,一组气势磅礴的镜头不断叠加,既呼应了《海上丝绸之路》的主题,也奠定了全片的基调。本片的旁白和音乐也对画面起到了很好的补充作用,适时的现场音的穿插,如国家领导人习近平的讲话同期声等,也调节了本片的节奏,体现了本片的政论高度,传播了核心价值观。

2. 发挥内容优势,及时抢占热点

在中国政府提出共建“丝绸之路经济带”和“21 世纪海上丝绸之路”的倡议后,国际社会高度关注,但同时也有不少疑虑和非议随之而来,因此,这个时候发出中国声音,回应国际社会的关切就显得尤为重要。《海上新丝路》节目组为抢占第一时间话语权,实行了大兵团作战,100 多位参与者分工明晰,20 多个外拍组同时拍摄,20 多台编辑设备高速运转,前后期配合默契,用跑百米的速度按计

划高质量完成，具有非常强的新闻时效性。此片播出后，有不少国内外传媒机构对该片的发行表达了浓厚的兴趣，这为增进沿线国家民众之间相互了解，营造“一带一路”良好舆论氛围做了铺垫。

为更好地呈现内容，《海上新丝路》做了充分的资料采集工作。摄制组先后走访了东盟10国，完成东盟国家60多个机构、200多个点的拍摄，采访了马来西亚总理、缅甸交通部副部长、老挝农业部部长等东盟各国领导人和部长级嘉宾6人，东盟及中国国际问题资深专家13人，以及东盟和中国各个部门、行业、企业的领军人物，这使该片得以全面地反映东盟各国对共建“21世纪海上丝绸之路”的思考和认知，拓宽了本片的国际视角。

作为一部政论片，《海上新丝路》并没有停留在浅层叙事上，而是通过多维度呈现，深入挖掘内涵。全片既有习近平总书记生动扼要的同期声，也有专家学者理论逻辑上的勾连；既有国内各行各业普通民众朴实的表达，也有国外友人的中肯之言，使得本片更加贴近实践、贴近群众。例如在解释中国崛起给世界带来的积极作用时，片中用“新加坡太平船务”作为案例，还原了在亚洲金融危机中，“新加坡太平船务”依靠中国市场屹立不倒、太平运营的故事，十分有说服力。

3. 重视文化差异，增强传播效用

国际传播最核心的差异点就是文化差异，纪录片在国际传播中要尽可能实现表现手法、表现内容的国际化，减少文化的折扣。例如《海上新丝路》在内容上客观公正、有据可循，在提到倡议所带来的益处时，并不是虚词带过，而是列出了沉甸甸的数据、有说服力的画面等来进行佐证，这符合国外受众的接受逻辑。在呈现形式上，《海上新丝路》多次采用动画等可视化手段配合说明，让人一目了然。例如在介绍古今海上丝绸之路对比时，本片做了地图特效，配合旁白的清晰讲解，将相关概念更加具象、准确地展现在受众眼前。除此之外，为了减少语言带来的误差，中共中央宣传部对外推广局宣布委托广西电视台将这部作品译制成英语、越南语、泰语、缅甸语、马来语版本，交付中国驻外使领馆作为资料，并安排在中国“海外媒体供片工程”签约媒体及推特等境外媒体播出。

理论延伸 >>>

1. 政论片叙事技巧

政论片是相对于新闻、纪录片和其他类型的电视节目而存在的,具有强烈的政治理论色彩的电视纪录片。它以一种宏大的叙事方式以及鲜明的思辨论证特色,广泛应用于政治、经济、历史、军事、社会等领域的重大宣传报道中。叙事上,《海上新丝路》有以下技巧值得借鉴。

史论并重,纪实与论证相结合。政论片往往主题重大,若处理不好,叙述易浮于表象,而历史片段与理论叙述在片中的适时呈现会增加作品的厚重感,优化传播效果。纵向的历史叙事呈现所述主题一以贯之的连续性,横向的成果论证彰显主题意义和价值,两者并重,提升作品质感。在叙事过程中采用纪实与论证相结合的方式,可使全片张弛有度,更有节奏感。

善用"故事化表达"进行破题。对于政论片创作者来说,为了达到影片既定的创作目的,需要有一定的思想高度,但考虑到传播效果,就需避免说教色彩过于浓重、表现形式过于呆板。为此善用"故事化表达"破题,见微知著就显得尤其重要。本片的突出特色就是善于塑造一个个典型的个体,通过故事化、细节化的个体表达以小见大、寓教于乐,让受众在故事中感受到背后的政治理想和政治使命。

2. 政论片艺术表达

一部好的政论片要能够切中时代的脉搏、有效传递政治内核思想,它就必须是集主题性、思想性和艺术性于一体的作品。为此,政论片在创作过程中需考虑艺术表达。《海上新丝路》在具象化表达和可视化表达上作出了良好的示范。

抽象概念具象化表达。政论片中会涉及意识形态等抽象化概念,这些概念往往"只可意会不可言传",需要观众通过政论片的声画配合来理解。为了服务这些抽象概念,画内的叙述与画外的解说需交叉运用,描绘主流思想,起到解释历史、分析现在、导向未来的作用。这种具象化的表达可以通过人物谈话、纪实镜头、意象空镜等传递，不过在传递过程中，每帧画面需承载观点和态度，避免累赘，以免使观众丧失观赏兴趣。而在表达形式上，可视化的呈现方式需要配合内容谨慎选择，历史、地理、数据等背景信息的呈现可采用动画效果配合解说，重点详解；而在严肃的政论片段，则可通过重要人物同期声等增加权威性和思想性。

湘当韵味·年味

【作品类别】电视纪录片

【所获奖项】第25届中国新闻奖国际传播类三等奖

【作品时长】27分25秒

【刊播日期】2014年9月9日

【刊播栏目】湖南广播电视台国际频道《湘当韵味》

【主创人员】肖科、刘畅

案例简介 >>>

《湘当韵味·年味》用年味习俗勾勒出湖湘文化的人文情怀,以传统美食作为切口,探求美食背后的人文故事。整部作品极具人情味,以"年"为轴,以"味"为线索,细腻表达了那些被现代人忽略却始终流传的团圆风俗。作品打破了时间和地域的樊篱,用美食地理描摹了湖南村落的质朴风情。

一道菜,一个故事,《湘当韵味·年味》中,年猪、土酒、村宴等年味习俗在片中一一呈现,通过鲜活的画面将中国人对文化传统、家族观念、生活态度与故土乡情的坚守细腻、直接地表达了出来。本片画面简洁流畅,旁白精练有力,具有全新的人文纪录片的美学特征。

"只有民族的,才是世界的。"《湘当韵味·年味》收视成绩喜人,2014年9月在湖南卫视播出后,节目在当地同时段收视排名第一,全国同时段收视排名第二;海外方面,节目通过长城平台辐射全球76个国家和地区,除此之外还远销新加坡、马来西亚等众多海外市场,成为湖南形象的重要名片。

点评分析 >>>

《湘当韵味·年味》中无论是湘西的腊肉,还是郴州的临武鸭;无论是侗族的吃冬节,还是永兴的周礼古宴,以时令之妙为特色的"年味"总在探寻人生的意义,画面里的山、水、鱼、米、情等皆是生命的源头。该片充分发挥了电视媒体的优势,将声画有机结合,打造了一部精品电视片。

1. 镜头考究,解说细腻

镜头是影像创作者与受众沟通的载体,创作者通过镜头来表达内容,传递想法。《湘当韵味·年味》的镜头可圈可点。

首先,本片画面极具美感,构图到位。例如电视片开头的一组自然景观叠加镜头,既有仙气缥缈的村庄,也有水中扑腾的乳鸭,无论哪一帧都构图考究、画面唯美,能瞬间唤醒人们的视觉美感。其次,蒙太奇使用到位。成组的镜头是表意的关键,本片镜头组接自然流畅。例如片头,彭心敏一家制作腊肉的片段,生动的特写镜头、表意的关系镜头、烘托气氛的全景镜头等成组呈现,给人以视觉上的享受。

纪录片中的解说词用得好会起到画龙点睛的作用,使用不当则会显得累赘。好的解说词不是重复画面内容,而应该丰富画面内容。本片解说词极富文采,将美食背后的情感、态度、文化都配合关键画面细腻呈现出来。例如"一碗酒下肚,寒湿尽去,温暖自心底渐渐升起,冬天也就有了力量",通过这句解说词的描写,配上人们把酒言欢的画面,从味蕾到心间,好像全身的感官细胞都被调动起来,观众似乎也补充了能量,从心底涌上一股暖意,而这是仅靠画面难以调动的感觉。

2. 人物典型,善用同期

一部电视纪录片的成功与否与编导所选的人物和事件息息相关。典型人物的典型事件才会从根源上支撑起影片的内核。《湘当韵味·年味》的人物选择很有典型性,每个人物不仅与要介绍的食物密切相关,其背后也有很多鲜活的故事。影片在塑造人物过程中,使人物既置身在当下,也置身在时代潮流中,极具历史感。例如在介绍米酒时,影片选了芙蓉镇最后一家酿酒坊老板康家雄和他的女儿作为主角。通过对康家雄的刻画,观众了解到米酒的全套制作技艺及历史渊源,也认识了康家雄这位传统酒坊老板;而通过对其女儿的刻画,受众聆听了她对酒坊未来的思考,感受到的是新时代中酒坊的传承和发展。这一新一旧之间,让米酒这一传统食物更具影像厚重感和层次感。

此外,电视纪录片中同期声的运用也至关重要,恰当的同期声使用会增强受众的代入感和现场感,让人印象深刻。《湘当韵味·年味》中有多处具有感染力的同期声。例如在介绍腊肉的部分,彭心敏祖孙有这样一段对话:"爷爷,爸爸几时回来?""就快回来了,爸爸妈妈回来买什么? 挖土机?""好!""买光头强?""好!""买熊大?""好!"这段对话发生在节前父母将归未归之时,将留守的祖孙二人对亲人挂念和即将回归的期待之情,充分地表达了出来,质朴的语言也烘托出人物形象的特色。

理论延伸 >>>

1. 电视纪录片解说词写作

解说词是电视纪录片的重要组成部分,对于提高电视纪录片的思想性和艺术性有着至关重要的作用。一般来说,解说词可以起到画面延伸、叙事辅助等作用。由于画面所能传递出来的信息是有限的,只有在解说词的介绍下,才能够让受众理解画面中所表达的意思。在电视片叙事过程中,解说词与现场音、同期声、音乐等互为补充和配合,呈现出一个完整的故事脉络。

除此之外,解说词若写得有美感、生动形象,则会为电视片增色不少。例如在《湘当韵味·年味》中,开头从自然景观过渡到腊肉时有这样一段描述:"湿冷的空气似乎仅仅是为了悬挂灶上的那些腊肉翻山越岭而来。"这样一句解说瞬间把观众从宏观的自然景色拉回到灶上的腊肉上,在营造意境的同时也自然地引出下文。

2. 电视镜头表达技巧

根据主体的不同,电视镜头的表达可以分为三类:第一类代表主创的视点,即画面内容是主创人员发现、观察、选择、思考的结果；第二类代表观众的观点，一个好的摄影师会站在观众的角度考虑他们想看什么，进而拍摄观众希望看到的内容，以此来调动观众的参与感；第三类是片中人物的视点，主创人员会运用一些主观镜头来呈现剧中人物所看到的内容，使观众更有代入感。

基于此，电视镜头在拍摄过程中常常会通过拍摄视角、拍摄景别、运动镜头等来传递信息，如何用好这些元素就成为拍摄的关键。在《湘当韵味 · 年味》中，这一系列镜头都得到了充分的运用。例如在腌制芥菜时，该片前景是腌菜坛子，背景是正在织布的老人，配上“随着时间流逝”的旁白，让人们很自然地联想到时间将要在这坛菜、这匹布、这位老人身上留下的痕迹，扩展了镜头的表意空间。

致艾玛的信

【作品类别】电视纪录片

【所获奖项】第25届中国新闻奖国际传播类三等奖

【创作单位】安徽广播电视台

【作品时长】20分钟

【刊播日期】2014年5月28日

【刊播栏目】安徽广播电视台国际频道《感知安徽》栏目

【主创人员】姜敏、周吉、李孟君、蒋自斌、方跃进

案例简介 >>>

本片围绕“寻找中国味道”,记录了英国小伙儿马特和几个外国朋友在中国古老乡村——宏村的生活体验,以外国人的视角展示了中国传统的乡村文化和生活哲学:“两条正路惟耕惟读,二字箴言曰勤曰俭”。本片从写给远方爱人的一封信展开,采用插叙的手法,形式新颖。

该作品在安徽广播电视台国际频道播出后,在海外观众中引起强烈反响,有外国观众来电咨询,怎样可以像英国小伙儿马特一样,来安徽感受徽风皖韵的魅力。该作品对对外宣传安徽、推荐安徽起到了很好的传播效果。

点评分析 >>>

《致艾玛的信》这则 20 分钟的电视纪录片，以给远方爱人写信的形式建构叙事，中间插叙了马特在宏村的生活体验的细节，从外国人的视角展示了中国传统文化和生活的一个侧面，实现了行文结构与叙事语态的创新。

1. 创新叙事形式，营造亲切自然的话语场

习近平同志在党的十九大报告中指出，要深入挖掘中华优秀传统文化所蕴含的思想观念、人文精神、道德规范，结合时代要求继承创新，让中华文化展现出永久魅力和时代风采。对于中国传统文化的表达这一主题，在电视呈现中有很多实践，相比其他阐释这一主题的电视作品，《致艾玛的信》的故事呈现形式更新颖。结合自身经验，我们不难发现，讲述外国人来到中国生活的故事有很多，然而像该片一样通篇以第二人称的书信表述方式呈现的电视作品并不多见。相对于电视作品常见的客观讲述方式，第二人称的主观表述方式瞬间拉近了受众与电视作品之间的距离，在一定程度上消减了受众与电视作品的隔阂感。

书信是一种具有天然的私密性和亲近感的信息传达方式。该片以马特的书信内容为旁白，将电视这种大众传播方式与书信这类一对一的人际传播方式相结合，营造出非常态化的、矛盾性的叙事场域。该创新形式易于引起受众的兴趣。该片还穿插了大量的生活细节，生动有趣的细节阐释代替了以往笼统空洞的说教，对国外受众来讲是更具有亲和力的。

不仅如此，书信的叙事语态更加具有代入感。书信能够自然地拉近电视片与受众的距离，并用温情唤起在中国生活的外国人的情感共鸣。使用融通中外的话语是提升对外传播能见度的关键，该语态下建构的传播话语在对外传播中具有先天的优势。本片虽然体量不大，但是叙事完整，日常琐事中不乏对于中国传统文化的个体认知，不失为一种“四两拨千斤”的传播手段。

2. 刻画细腻生动，渲染独具魅力的中国风

《致艾玛的信》对于细节的抓取让人印象深刻。一方面，该片呈现出富有浓郁地方特色的徽派风光。在对宏村的自然景色与生活场景的细节描写中，创作

者抓取了田野乡间的花草树木、农村房屋的灰瓦白墙、友人们在田间地头耕作以及旅店女主人种菜烧饭等情节,展现出一幅自然恬淡的宏村生活画卷,通过细腻地勾勒生活化的场景,于点滴之间传递徽风皖韵的独特魅力。

另一方面,该片利用大量细节诠释出优秀传统文化在中国当代的继承与发扬。比如,该片抓取了旅店女主人呵护自己的农作物的细节,女主人小心翼翼的一举一动都渲染出勤劳质朴的中华传统美德以及中国传统文化中对劳动成果的尊重。此外,女主人用老房子的梁木装修新房,也体现出中国传统观念中对传统和历史的珍视和爱惜。

3. 逻辑层层深入,逐步揭示主题深意

在《致艾玛的信》中,不仅仅叙事语态非常值得借鉴,其行文内在逻辑也是非常值得关注的。

开篇似画卷式展开对于主体环境及背景的陈述,中间部分,主人公马特开始讲述与朋友们在宏村的体验与发生的故事,从日常小事中折射出了中国文化传统,影片最后着重展示了马特与朋友、马特和当地男女主人和谐融洽交流的画面,并将其作为收尾部分,这一方面是对主人公的常态化展示,体现主人公的日常状态;另一方面,则体现了中外文化交流的过程,是一条穿插在片中的隐藏线索,从开始的不解,到最后的理解与尊重,体现了中外文化交流过程中真诚沟通的重要性。

影片先铺垫背景,而后对具体事件展开观照,从环境到人物,从人物到事件,从实践到情感,层层叙述,层层深入,从日常生活生发宏大主题,以小见大,值得借鉴。

理论延伸 >>>

1. 中华传统文化的国际传播

中华传统文化是中华民族立足世界的深厚软实力。在当今时代背景下,如何创新对外传播方式,更好地推动中华优秀传统文化走出去,在文明交流中展示中华文化的独特魅力,是一项紧迫的任务,需要做好三个层面的工作:其一,更新

传播理念,打造更多精品中国文化故事;其二,在渠道与平台上积极利用新媒体与新平台,增强传播的覆盖面和影响力;其三,市场与受众等多维度协同推进,运用贴近海外市场和受众的传播方式和话语体系,提高传播的针对性和时效性。

2. 电视纪录片细节刻画

电视纪录片只有准确选择和真实记录下那些真正能反映事物本质特征的生活场景,才能赋予电视作品以丰富的内涵和深刻的教育意义。而生活细节往往最能反映人物的思想品格、价值取向、精神实质和事件的本质特征,给人以教育和启迪,使人产生思想心灵的碰撞,实现情感与精神境界的升华。所谓细节描写是指对人物的肖像、语言、服饰、表情、心理活动及事物的细微环节进行具体、细致的描写。细节凝聚了人物的思想特点和性格特征,是人物性格逻辑必然发展的体现,能勾勒出一个人的精神风貌。当人物活动和事件发展到一定程度时,一个有分寸感的细节能准确有力地提示人物思想、性格的独特性。

在《致艾玛的信》中,对于旅店女主人就有多处细节描写,让大家逐渐熟悉和亲近这个人物,她对幼苗的爱护和对历史旧物的珍视的细节则从侧面展示了植根于人们心中的勤俭传统和耕读文化,让人印象深刻。

要塞作证

【作品类别】电视纪录片
【所获奖项】第26届中国新闻奖国际传播类一等奖
【创作单位】黑龙江广播电视台
【作品时长】40分钟
【刊播日期】2015年10月8日
【刊播频道】俄罗斯TPO电视频道
【主创人员】沈书、董长青、鄂艳、姚冬梅

案例简介 >>>

1931年“九一八”事变爆发后,日本妄图以我国东北地区作为战略后方侵略苏联。为了做好对苏作战准备,日本关东军于1932年至1945年在南起吉林珲春、北至内蒙古海拉尔约5 000公里中苏边境的战略要地上秘密修筑了17处军事要塞群。这些军事要塞多数在今黑龙江省境内,史称日本关东军要塞。

本片主创人员深入中俄边境要塞地区实地拍摄,上篇揭露了日本关东军要塞建设的背景、过程以及规模,下篇讲述了上百万中国劳工和慰安妇的悲惨命运,以及要塞覆灭的史实,旨在揭开人类历史上妄图被隐匿的一页,是目前为止要塞题材纪录片规模最大的一次拍摄,深刻反映了正视历史、珍爱和平的主题。

该片由黑龙江广播电视台采制,在俄罗斯TPO电视频道播出,让俄罗斯观众对中苏两国共同抗击法西斯侵略的历史有了更加深刻的认识,让今天的中俄两国人民更加珍重友谊、珍视和平，让面向21世纪的中俄战略协作伙伴关系既有历史的深刻见证也有面向未来的重要意义，是“联接中外、沟通世界”的最好体现，国际传播效果显著。

点评分析 >>>

历史事件是纪录片的重要题材之一，依托纪录片纪实性的原则与生动的视听语言，以纪录片为体裁进行史实讲述与对外宣传具有较强的可信度与感召力。《要塞作证》以二战时期日本关东军强征中国劳工修筑对苏作战要塞这一历史事件为背景，以要塞为证，表现日本法西斯所犯下的侵略罪行，传递了珍爱和平、珍视中俄两国友谊的美好愿景，在国际政治和文化领域都起到了良好的传播效果。

1. 主题深刻，意义重大

自1931年“九一八”事变爆发以来，日本就不断显露出侵略东亚的野心，在占领资源丰富的中国东北地区后，又将目标锁定北部幅员辽阔的苏联。为做好对苏作战准备，日本关东军在中苏边境修建了要塞群。据统计，要塞群相加约上千公里，共有八万多个永备工事，强征上百万中国劳工，众多中日韩妇女成为慰安妇，残暴行径令人发指。这一座座战争机器是日本对中苏两国犯下侵略罪行的证据，近年来因逐渐被发掘而被世人知晓。

《要塞作证》选取这个主题，旨在揭露日本在二战期间的罪行，牢记侵略战争给中苏两国人民带来的深重灾难，表达了中国人民坚决反对侵略战争、坚决捍卫两国文明和尊严、坚定维护和平、珍视同俄罗斯人民的友谊的鲜明立场，对构建中俄全面战略协作伙伴关系意义重大。

2. 纪实体裁，独具魅力

揭露二战期间日本侵略罪行的作品有很多，从文学作品到影视剧作品，各种体裁的文艺作品引导人民勿忘历史、珍视和平、奋发图强。而纪录片作为一种非虚构的文艺体裁，具有更加丰富的文化内涵与引导价值，正在成为国际传播中的重要桥梁，对于凝聚国际共识、促进文明交融互鉴具有重要价值。《要塞作证》采用纪录片形式，使历史文本更具可靠性和真实性。

本片主创人员深入中俄边境几千公里的要塞地区,克服恶劣的自然条件,进行艰苦的实地拍摄,并赴日本、韩国、俄罗斯等国获取了相关人员大量珍贵的口述史料和未曾披露的资料,通过扎实严谨的跨国求证,力图最大限度地还原客观真实的历史,体现出良好的专业素养和敬业精神。纪录片这一体裁形式最大限度地保有了该主题的严肃性和恢弘气势,俄语与生动的画面语言也更能唤起俄罗斯受众的共识,增进了中俄之间的友谊。

3. 受众明确,友好合作

《要塞作证》的主要受众是俄罗斯人,目的是向俄罗斯人民呈现这一被历史尘封的一页,展现中苏人民共同抗击日本法西斯侵略的史实,为今天中俄两国的友好合作奠定更深厚的历史基础。因此,不论是纪录片解说词,还是中日韩三国相关人员的口述字幕、片尾字幕,都只以俄语呈现。明确的受众定位使纪录片在前期策划和制作时就富有针对性,一律采用规范的俄语书面语和俄语配音,很大程度上避免了诸如文化背景差异、表达差异和翻译导致的文本误读的问题;在后期选择播放平台时也恰当地选择了因专门播出纪录片及人文类电视节目而享有盛誉的电视机构——俄罗斯 TPO 电视频道。

该片由中国媒体创作,在俄罗斯媒体平台上播放,充分贯彻了习近平总书记提出的"加强中俄两国人文交流合作,增进两国媒体相互了解和友好合作"的方针。该片在俄罗斯 TPO 电视频道播出后"受到俄罗斯媒体和观众的高度关注,认为是中俄两国人民共同抗击法西斯侵略的最好记录"①,达到了"联接中俄、沟通世界"的国际传播效果。

理论延伸 >>>

1. 电脑特技重塑历史现实②

长久以来,历史文献纪录片都因内容过于沉重而使得表现手法较为沉闷和

① 第 26 届中国新闻奖参评作品推荐表之《要塞作证》,http://news.xinhuanet.com/zgjx/2016-08/29/c_135642764.htm.

② 陈国钦.纪录片解析[M].上海:复旦大学出版社,2007:53-54.

单一，“既不能对事物发展的自然流程进行现时语境下的影像还原，又不能摆脱对声音文字的依赖，而往往陷入解说词配考古画面的无奈”。而将电脑特技运用到历史文献纪录片当中，则能很好地解决这些问题。

《要塞作证》在介绍日本关东军修筑的要塞的内部结构时就运用了整整一分钟的电脑三维动画来进行现时描述，直接、清晰而形象，不但没有使观众在文本解读上产生困难，反而为其最大限度地还原了历史，使其能够最大限度地接近历史真实，改变了多数历史文献纪录片中画面叙事能力弱、情节性不强、以考古文物静态展示为主的传统，丰富了画面的视觉元素，使叙事有张有弛，富于节奏变化，具有极强的可视性，成为该片在表现手法上的一大亮点。

2. 纪录片叙事手法

历史文献纪录片主要表现的是已经发生的史实，若不注重叙事手法的运用，就容易陷入对历史资料的堆积和纯粹的罗列之中，虽然主题明确、线索清晰，但依旧难以产生良好的艺术效果。

《要塞作证》以日本关东军在中苏边境修筑要塞群的背景、过程以及覆灭的时间顺序为线，以中俄日韩四国研究人员、劳工和慰安妇的讲述为主要表现形式，以档案文献、历史遗迹、影视图片资料、当地风土人情的穿插为主要艺术手段，为世人揭开了这部战争机器背后隐藏的残酷历史，具有震撼人心的效果。

影片开篇从跨越中俄蒙边境的黑龙江讲起，航拍黑龙江沿岸的壮丽景色，介绍东北的辽阔地域和丰富物产，颇有山河秀丽、太平盛世之感，与接下来呈现的二战时期被日军占领、大量中国劳工被迫修筑要塞、大量中韩妇女沦为慰安妇的残酷景象形成鲜明对比。这种叙事手法和表现形式更能刺激受众的观感，凸显本片主题。影片最后将镜头转向如今的和平环境，与开头黑龙江的壮丽河山相呼应，又落脚到几国人民对和平的赞颂和习总书记在纪念抗日战争暨世界反法西斯战争胜利的阅兵式上的讲话，再次将影片直面历史、珍重和平的主题升华，是历史文献纪录片叙事手法有效运用以提高国际传播力的代表之作。

孔府档案·末代风云

【作品类别】电视纪录片
【所获奖项】第 26 届中国新闻奖国际传播类二等奖
【制作单位】山东广播电视台
【作品时长】50 分钟
【刊播日期】2015 年 2 月 21 日
【刊播栏目】山东卫视、央视纪录频道《真相》栏目
【主创人员】朱军、刘博、刘树、王柄臣、安百利

案例简介 >>>

纪录片《孔府档案》依托丰富的孔府档案资料,讲述了从清代第一位衍圣公到民国最后一位衍圣公这二百多年间孔府从鼎盛到衰落的历史,通过一个个鲜活的人物和故事,第一次展现了这个延续一千多年的中国最大的贵族家庭的真实面貌,内容涉及孔子思想的传承、祭孔仪式的演变、孔府的豪华生活、孔府的文物遗存等多个方面。本次进行案例分析的是六集系列纪录片《孔府档案》中的第六集《末代风云》。

点评分析 >>>

《孔府档案》将人物命运置于大的时代背景当中,以孔德成的一生为线索,

讲述孔府的兴衰及其背后的孔子思想的发展历程。该片第一次用电视的方式将这二百多年间的历史做了系统梳理,并用故事化的叙事方式来讲述。在影像语言方面,该片运用了大量的文字、照片及影像资料,大量珍贵档案和文物第一次曝光,以精良的制作建立了有关孔府的影像档案。

1. 深挖文化宝藏,坚定文化自信

坚定文化自信,繁荣复兴中华传统文化是当前国家发展工作的重点。儒家思想是中华文明的智慧结晶,也是世界的思想宝藏。1994 年,孔庙、孔林、孔府被联合国列入世界遗产名录。多年前,以孔子为代表的儒家文化,塑造了整个中国的思想、政治和社会体系,成为整个中国文化的基石。而孔府档案是我国现存数量最多、收藏最完整、内容最丰富、涵盖时间最长的私家档案文献。它涵盖了政治、经济、科举、宗族、重大事件、重要典制、著名历史人物等诸多方面的历史文化信息,蕴藏着广泛而丰富的中华文化积淀,成为了解中国古代社会氏族变迁的窗口,不仅具有重要的学术价值,也对中华传统文化的传承与弘扬具有重要意义。在这样的大环境下,纪录片《孔府档案》以珍贵的历史资料为依托,通过回顾孔府档案,用影像呈现"天下第一家"的世家文化,通过丰富多样的艺术形式进行当代表达,真实还原了孔府及儒家思想在中国历史的不同环境下所经历的兴与衰,展现了源远流长的中华文明与大国风采。本片从中华文化资源宝库中提炼题材、获取灵感、汲取养分,把中华优秀传统文化的有益思想、艺术价值与时代特点和要求相结合,有利于推动孔子思想、文化的传播,促进中外文化的交流,为凝聚文化认同、强化文化自信提供新的范本。此外,孔府档案独立于国家档案之外,本片也为中华文化与历史研究提供了一个新的视角与丰富的资料,拥有特殊的史学意义与文化价值。

2. 情景再现历史,激发视听语言张力

"历史纪录片中的'情景再现'所追求的不只是历史场景的简单还原,而更多的是一种意象性的表达,是一种历史时空、历史氛围、历史心境的营造。"

在《孔府档案》的第六集《末代风云》中,编导使用了大量孔府档案中的文字和照片资料,以及当时拍摄的影像资料等进行历史还原与再现,增加了历史的真实感。同时,在有些场景中,编导还大胆采用了艺术化、戏剧性的视听表现手法,

激发视听语言的张力,强化了历史氛围的感染力和代入感。例如,在“七七事变”爆发后,蒋介石急电驻兖州的22师师长孙桐萱,要求他退出山东时务必带走孔德成,在展现这一历史片段时,纪录片用主观镜头模拟了孙桐萱在当夜十点来到孔府带走孔德成的场景,晃动的镜头辅以紧张的音乐,再现了当时的危急情况,使观众真切地感受到当时的历史氛围。

3. 叙事家国同构,勾连时代巨变

本片采用了家国同构的叙事思路,以孔子后人讲孔府,以孔府话家国,以开阔的历史格局将孔子思想与时代的巨变相勾连。《孔府档案》第六集《末代风云》将人物命运、家族命运与时代环境紧密结合,以个人命运、家族命运为切入点,将孔子思想的兴衰置于时代的历史背景中。首先,本片以孔府的命运为切入点,从孔令贻的去世以及最后一代衍圣公孔德成的出生展开,随后以孔德成的一生为线索,讲述孔府的兴衰。其次,将孔德成、孔府的命运置于历史环境中,在每一个重大的历史转折点,如“新文化运动”“五四运动”“西安事变”“七七事变”“十四年抗战”“解放战争”等,孔德成以及孔府都经历了命运的转折,而在这些命运转折背后,则反映了孔子思想的兴衰史。

这种将人物命运与时代背景相结合的创作手法,从人物命运切入,以小见大,易于被观众接受,同时又以历史脉络为线索,使家国命运相结合,将落点放大,以人物史、家族史反映了大历史环境下孔子思想的兴衰史。

理论延伸 >>>

繁荣中华传统文化

坚定文化自信,建设社会主义文化强国,增强国家文化软实力,是实现中华民族伟大复兴的中国梦的关键。2017年,中共中央办公厅、国务院办公厅印发了《关于实施中华优秀传统文化传承发展工程的意见》(下简称《意见》),提出到2025年,中华优秀传统文化传承发展体系基本形成,研究阐发、教育普及、保护传承、创新发展、传播交流等方面协同推进并取得重要成果,具有中国特色、中国风格、中国气派的文化产品更加丰富,文化自觉和文化自信显著增强,国家文

化软实力的根基更为坚实,中华文化的国际影响力明显提升。因此,为繁荣中华传统文化、滋养文艺创作,《意见》提出实施中华文化电视传播工程,组织创作生产一批传承中华文化基因、具有大众亲和力的动画片、纪录片和节目栏目;探索中华文化国际传播与交流新模式,综合运用大众传播、群体传播、人际传播等方式,构建全方位、多层次、宽领域的中华文化传播格局,讲好中国故事、传播好中国声音、阐释好中国特色、展示好中国形象。《孔府档案》用影像对珍贵文化遗产进行了保护和传播,作为国际传播优秀电视作品,有效推动了中华文化的交流互鉴。

带你回家

【作品类别】电视纪录片

【所获奖项】第26届中国新闻奖国际传播类三等奖

【作品时长】38分钟

【刊播日期】2015年12月15日

【刊播栏目】深圳卫视国际频道《传奇中国》

【主创人员】杜静、孙玲、刘昱琦、王旖霏、谈浩渊

案例简介 >>>

1944年2月11日,中美空军混合团出动30多架轰炸机和护航战斗机从桂林基地出发,向日军盘踞的香港启德机场发动突袭。飞行员唐纳德·克尔中尉的护航机不幸被日机击中起火,克尔被迫在观音山九龙坳上弃机跳伞。日军出动上千兵力对受伤的克尔进行围捕,境况一度万分危急。

在中国人民抗日战争暨世界反法西斯战争胜利70周年纪念日到来之际,深圳卫视国际频道隆重推出年度纪录片《带你回家》,以二战期间美军"飞虎队"战斗机飞行员唐纳德·克尔中尉的战地日记为蓝本,以克尔中尉的儿子几十年后返回中国重走父亲的逃生路线为参照,再现了二战期间克尔中尉在执行轰炸香港启德机场的行动中,被日军击中后跳伞,在东江纵队港九独立大队和当地村民的营救下,摆脱日军的封山搜捕最终安全获救的生死历程;回望了当年那段跨越深港两地,运筹海陆空,生死一线间的营救故事。

《带你回家》在深圳卫视国际频道播出之后引起了强烈的反响，来自香港的收视数据显示，该片的播放量在同时段所有频道中位居第三，位居内地对外频道的第一名。

点评分析 >>>

纪录片从一个美国大兵及其后代的独特视角出发，展现了抗战时期中美两国人民的生死友谊和国际合作的力量，有力印证了以东江纵队为代表的中国共产党领导的抗日力量在抗战中的重要作用。

1. 个性化角度切入，彰显人文情怀

影片开篇巧妙利用第一人称叙事，用克尔中尉的口吻向观众讲述了当年的战斗及获救过程，迅速营造代入感，让观众身临其境，充分感受当年千钧一发的紧张气氛。主创人员跟随克尔中尉的后代跨国重温先父抗战的脚步，不仅翻山越岭、实地拍摄了当年克尔逃生路线上的多个关键地点，还辗转采访了香港多位抗战老兵和他们的后代，以及当年参与营救的新界村民，拍摄了大批珍贵的同期采访，搜集了大量珍贵的史料。其中包括第一个向他伸出援手的，当年只有14岁的东江游击纵队通讯员"小鬼"李石；"三个大眼睛的中国孩子"茅篁村洪家三兄妹。

影片从战地日记切入，通过历史亲历者们的口述，东江纵队历史研究会会长、原东江纵队政委尹林平长女尹素明的采访介绍，以及克尔中尉的漫画、日记，使得故事在整体事件宏大叙事的基础上，又加入了历史见证者们的私人叙事，层次更加丰富，内容更加立体。本片通过大量的细节呈现，多角度地向我们展现了当年惊心动魄的生死营救，以及营救过程中一些不为人知的感人故事。影片以第一人称角度讲述，变宏大的历史叙事为富有人情味的个人叙事，渲染个性化的真挚情感，凸显了中美人民生死友谊的感染力，强化了国际传播的话语亲和力。

2. 漫画辅助叙事，强化情节张力

不同于传统的单一线性叙事风格，本片以飞行员唐纳德·克尔中尉的真实故事为蓝本，配以由克尔亲手绘制的逃生漫画演变而来的动画，使细节呈现更为

生动,信息传递更为深刻,人文和人道情怀更加打动人心。

在70多年前战争场景的历史资料缺失的情况下,创作者将唐纳德·克尔的手绘漫画制作成动画,将他的战斗日记设计成解说词,进而很好地对战争现场进行了情景再现。简洁的漫画笔法、诙谐的漫画形象与战争的残酷、逃生的紧张气氛形成对比,反衬的表现手法进一步强化了故事情节的张力,牢牢吸引了受众的注意力。

此外,整个战斗的交火过程和跳伞逃生的紧急操作等精彩瞬间并没有留下影像资料。通过漫画辅助叙事,可以很好地弥补资料缺失的遗憾,让影片画面更加丰富。这一方面保障了故事的连贯性和完整性,通过多种呈现手法,让影片既有历史的厚重感和真实性,又有动画的趣味性和可看性;另一方面,漫画人物形象与现实人物形象的呼应与反差,可以唤起观众的好奇心,为受众留下更大的想象空间。

3. 双线并列叙事,再现历史原貌

本片没有使用惯常的宏大叙事手法和呆板腔调,而是试图以克尔战地日记和手绘漫画为切口,通过人性化的角度,揭开那段历史惊心动魄的一角。以柔性的画面反衬战争的残酷,这在电视纪录片创作中是一个突破。历史和当下两条时间线的转接,综合运用了纪录片的原生态和反差手法,体现出故事的纵深感和情感张力。

本片中,历史回忆线与现实寻访线双线并进,交叉叙事,悬念迭起,引人入胜。将历史的严肃性和呈现方式的娱乐性相结合,采用快节奏的叙事剪辑手法,以信息碎片化的方式布局谋篇,不仅增加了纪录片的信息量,而且加快了叙事节奏。

该片根据战地日记,以克尔中尉第一人称描述的获救经历建立时间和空间的历史坐标,以克尔后代重走父辈逃生之路为并列的另一条线索,两条叙事线互为补充,从不同角度共同还原历史原貌。其间,还穿插了当年参与营救的村民、老兵及其后人的采访,并配合香港东纵历史研究会负责人和香港权威的近代史专家的评析,全面、立体、生动地再现了故事的全过程,深化了这段中美友谊故事的历史影响,再现了中国人民和世界人民共同反抗法西斯、抵抗侵略的历史记忆,表现了当代人对和平的渴望和对历史的尊重。

理论延伸 >>>

纪录片的国际传播力

随着中国国际地位的提升,中国文化以及国家形象的国际化传播变得更为迫切。告诉世界一个真实的中国,传播中国的文化、价值和理念,需要跨越不同文化进行有效交流的文本。纪录片因其纪实性、过程性的影像记录品性,更易于构建一个具有真实感的文本,获得不同文化背景下受众的理解和认同,在政治传播、跨文化交流,以及在提升国际影响力和改善国家形象等方面发挥独特的作用。中国纪录片的国际化传播,一直是我国文化交流领域关注的重点。近些年来,中国题材纪录片的生产和对外传播,更是国家文化"走出去"工程的重要构成部分。国家领导人充分意识到纪录片在国际传播中的特殊功能,多次就相关工作发表重要谈话和批示,力图提高中国纪录片的制作水准和国际化传播能力。可以说,纪录片的发展已经成为我国国家整体文化战略的重要一环。①

本片着眼于守望相助、爱好和平这一全世界人民未来愿景的最大公约数,对纪录片的国际传播和外宣题材的创作做了积极有益的探索。作为一部外宣作品,本片通过其不落俗套的独特视角、跨越语言障碍的国际表述、国际合作的主题烘托有效提升了国际传播的亲和力与影响力。

---

① 何苏六,李智,毕苏宇. 中国题材纪录片的国际化传播现状及发展策略[J]. 中国广播电视学刊,2011(5):11-13.

深度报道篇

被遗忘的英雄们

【作品类别】深度报道

【所获奖项】第 26 届中国新闻奖国际传播类二等奖

【创作单位】中国日报社

【作品长度】2 410 字

【刊播日期】2015 年 5 月 15 日

【刊播版面】《中国日报(欧洲版)》要闻 1 转 6

【主创人员】Joseph Catanzaro、周娃、刘小利

案例简介 >>>

二战期间,一艘日本船只“里斯本丸”号运载着近2 000名英国战俘从香港前往日本。1942 年 10 月 1 日,该船行驶到舟山外洋,遭美军鱼雷攻击而沉没。救援过程中,日军对英国战俘弃之不顾,是当地渔民的奋勇救助,才最终使近 400 名英国战俘没有葬身大海。尽管这些渔民当时的生活条件非常艰苦,但他们还是想尽办法为这些英国战俘提供了食宿、照料等,使他们生存了下来。

《被遗忘的英雄们》(*The Heroes Time Forgot*)这篇深度报道以抗战胜利 70 周年为大背景,在了解到“里斯本丸”号沉船事件之后,作者专程赶往舟山渔村,采访了目前唯一在世的当年的救援参与者——92 岁的沈阿贵老人,生动再现了当年这段珍贵的历史,展示了中国人民英勇无畏的精神和博爱的人性光辉。为增强报道说服力和客观性,作者还采访了牛津大学中国研究中心主任拉纳 · 米特

(Rana Mitter)教授，借用外国人的评价客观阐述中国在世界反法西斯战争中的贡献。该报道还被《华盛顿邮报》等国外媒体在网站上刊发，产生了较大的国际影响。

点评分析 >>>

该篇深度报道发表时正值抗战胜利70周年，而文章的核心主旨是通过讲述舟山渔村村民救助英国战俘这一历史事件，为中国在世界反法西斯战争中所作出的贡献正名，因此在选题上契合了当时的话语情境，具有较高的国际传播价值。在具体创作过程中，作者找到了事件发生时的亲历者，并进行了深入采访，获得了丰富的一手资料。为了确保报道客观公正，作者随后还进一步采访了相关的海外研究者，借海外学者之口来肯定中国战场是世界反法西斯战争的主战场，以及中国人民在其中所发挥的重要作用，增强了报道在国际舆论环境中的说服力和可信性。

1. 选题切入点独特，具有较高的国际传播价值

一直以来，西方世界对于中国在世界反法西斯战争中的重要地位和所作出的贡献都有着一定程度上的忽视。2015年是中国人民抗日战争暨世界反法西斯战争胜利70周年，值此重要时刻，《被遗忘的英雄们》选取70多年前二战期间中国渔民救助英国战俘的历史事件及人物为报道对象，试图通过报道让西方世界更好地了解中国，了解发生在中国土地上的那段抗战历史，从而更好地理解当下中国在面对日本问题与和平问题时的立场与主张。

该报道的选题和主题很好地契合了当下国际和平发展问题，同时回应了西方世界对中国曾在世界反法西斯战争中发挥重要作用的质疑，有利于我国在国际传播中讲好中国故事、发出中国声音，具有较高的国际传播价值。

2. 采访深入，内容翔实

在这篇深度报道中，由于所报道的事件发生在70多年前，很多情境和细节对于当下的多数人来说都是陌生的，因此，如何将报道写得真实、生动，就显得非常重要。于是，作者找到了目前唯一在世的参与过当年救援的老人——92岁的

沈阿贵，并赶往当地对其进行了深入的采访。通过老人的回忆和口述，没有经历过那段岁月的受众也能够对历史有更加真切的感受。此外，作者还采访了其他有类似经历的当事者或见证者，如同样参与了救援英军战俘但已经去世的老人的儿子梁一卷，远在海南的汤秋得和符天祥。为了增强报道的说服力和客观性，作者还采访了牛津大学中国研究中心主任拉纳·米特教授，从客观中立的视角阐述中国在世界反法西斯战争中所作出的贡献。

从报道可以看出，文章所运用的一手资料丰富，呈现的内容翔实，这些均得益于创作者在前期对事件当事者进行的深入、细致的采访。

3. 结构合理，行文流畅

该深度报道结构合理、文笔细腻、行文流畅，采用华尔街日报体的新闻写作手法，从具体的小人物与小细节开头，自然过渡到新闻事件的大主题、大背景，最终结尾再次回到开头的人物身上，层层深入的叙事框架增加了报道的厚度。

首先，报道的第一部分从小处落笔，向大处延展，从人物与新闻事件的交叉点逐步切入，将新闻事件呈现于观众面前。报道从躺在病榻上的中心人物沈阿贵讲起，通过聚焦人物的手部细节，自然生动地引出当年拯救英军战俘生命的故事，为受众开启一段几乎尘封于历史的往事，入木三分的细节刻画与气氛渲染让读者产生继续阅读的欲望。

随后，报道视角扩展，有层次地展开新闻主题。报道强调，渔民们的救援事件是世界反法西斯战争期间中国人民积极投入抗战并作出重要贡献的一个缩影，报道主旨逐步明晰。该部分运用了拉纳·米特教授的采访原话进行佐证，并不断对救援事件进行补充描述，并列举其他体现中国人民和外国人民在抗战期间同舟共济的事例深化主题。除了客观的事实描述与采访，作者还对新闻事件进行了深刻的分析，对中国在抗战中的贡献予以肯定，同时也理性地指出，英美等西方盟军在抗战中给中国提供了重要的给养和支持，体现出创作者开阔的报道格局。

最后，报道重新回归人物沈阿贵，在行文上与开头形成呼应，再次点明主题，启发读者的回味与深思。

理论延伸 >>>

1. 国际新闻深度报道

深度报道是一种偏研究型的报道方式,所选取的报道题材大都是跨越时空的大容量、多信息、紧扣时代脉搏的社会问题或新闻事件,且这些问题和事件又是现实生活中迫切需要解决的。在国际新闻报道中,尤其是在报道一些重大的国际新闻时,深度报道可以让读者更全面、更深刻地了解事件的全貌和背后的意义。

国际新闻中的深度报道要求创作者在选取报道题材时,必须兼顾热点性和深刻性,这样才能充分体现报道的价值。此外,报道中还需要正确把握舆论导向,达到引导舆论的目的。长久以来,如何让西方世界正视中国在世界反法西斯战争中作出的积极贡献,一直是我国媒体对外报道中的一项重要议题,而有关二战的报道也是世界各国共同关注的公共性议题。在世界反法西斯战争胜利70周年的契机下,本篇报道借舟山渔村村民救助英国战俘的具体事例,层层深入,重点报道了我国在世界反法西斯战争中作出的重要贡献,有助于让世界更好地了解真实的中国及二战历史,具有很大的实际意义和很高的报道价值。

2. 华尔街日报体

由于深度报道的题材多是事实复杂、问题成因多的新闻事件,报道篇幅也长于一般性报道,因此,在确保报道真实性和准确性的同时,如何提高报道的可读性显得尤为重要。

本篇报道在写作结构上采用的是华尔街日报体,这是美国《华尔街日报》惯用的一种新闻写作方法,在深度报道尤其是非事件类题材报道中应用得较多。其特点是在开头介绍一个与报道主题相关的典型人物或细节,提供一个生动的个案或场景,以此激发读者的阅读兴趣;然后逐步引出报道的主题,并展开、深化;最后再回到开头的人物或场景中,形成呼应。如在本篇报道中,文章先是聚焦中心人物沈阿贵的手部细节,从讲述人物的故事过渡到抗战的大主题上,最后再回到沈阿贵本身。这种华尔街日报体式的写作往往使报道读起来带有一定的故事性，利于将枯燥、干瘪、索然无味的硬新闻变得生动活泼、通俗有趣，从而增强新闻的趣味性和可读性。

此外，华尔街日报体式写作强调新闻要有细节，要形象化、立体化，能够再现人物、现场和事件的精彩片段。这要求记者善于深入现场采访并进行细致入微的观察，掌握足够的新闻事实和细节。《被遗忘的英雄们》作者对沈阿贵、梁一卷等老人的深入采访和细节描述，在很大程度上丰富了该报道的内容，强化了其可信度。

神秘的阿斯顿·马丁供应链（上、下）

【作品类型】调查性报道

【所获奖项】第25届中国新闻奖国际传播类二等奖

【创作单位】人民日报社

【作品字数】5 191字

【刊播日期】2014年2月12日、13日

【刊播版面】《人民日报》要闻4版

【主创人员】集体

案例简介 >>>

著名汽车生产商阿斯顿·马丁公司召回近1.8万辆跑车，称召回原因是负责油门踏板臂生产的深圳科翔模具工具有限公司使用了东莞合成塑料有限公司提供的假冒塑材。阿斯顿·马丁还宣布，今后将不再使用来自中国的零配件，转回英国市场。然而与此同时，事件核心深圳科翔却极力喊冤，其负责人邀请媒体实地采访，坚决否认自己是阿斯顿·马丁的供应商。这一事件引发全球媒体关注，一时舆论被外媒主导，“中国制造”再次“躺枪”。

2014年2月12日，《人民日报》4版《求证》栏目推出《神秘的阿斯顿·马丁供应链》的独家调查性报道，全景式呈现了对该公司五个利益方和事件的三个疑问点的调查过程。这篇报道全为客观素描和调查展示，用事实的力量充分展现该公司供应链管理上的极端混乱状况。2014年2月13日，《人民日报》继续

推出《阿斯顿·马丁不能推卸责任》的分析性报道，剖析事件疑点、厘清各方责任，明确指出阿斯顿·马丁推卸责任、混淆视听，其供应链存在监管漏洞。

点评分析 >>>

《神秘的阿斯顿·马丁供应链》这组报道选题重要、反应迅速、影响巨大，《人民日报》用扎实的调查、深入的报道揭露了阿斯顿·马丁公司和外媒企图转嫁责任、栽赃抹黑中国制造的目的，引起了国内外媒体的一致关注，有力传递了中国媒体的声音，有效引导了国际舆论，具有很强的国际传播针对性。

1. 选题关键，主题深化

阿斯顿·马丁此次栽赃、抹黑中国事件在世界范围内造成了巨大的负面影响，引起了国内外的普遍关注，"中国制造"名誉受损，同时也对中国的国际形象造成重创。面对国外公司和媒体突如其来的指责和报道，《人民日报》立即采取行动，成立专门的调查小组聚焦这一重要选题，全面筛查了整个事件利益链上的五个利益方和三个疑问点，用一个个事实解答各方疑问。最终，其三级供应商的推诿、欺骗、否认供应等事实击破了阿斯顿·马丁"供应链的管理非常严格，并且始终都与行业内最优秀的伙伴们合作"的回应，澄清了事件真相，还"中国制造"以清白。

这组报道是国内首个就阿斯顿·马丁召回事件展开的国内外跨区域媒体调查，整篇报道态度冷静、条理清晰，通过客观素描和调查展示充分剖析了事件疑点，厘清了各方责任，最终解答了事实真相，将阿斯顿·马丁的问题昭示公众。该报道内容翔实、有理有据，但却并非单纯就事论事，而是借此事件深化主题，激励"中国制造"加大技术研发力度，努力进入核心业务范围。

2. 反应迅速，调查扎实

阿斯顿·马丁公司召回近1.8万辆豪华跑车，并诟病所有中国制造零配件一事被报道后，立刻引起了国际社会的极大关注。2014年2月11日，路透社组织驻中国北京、深圳、香港以及英国伦敦、德国法兰克福、日本东京、法国巴黎的多位记者采写综述，将事件归因为"中国制造"质量低下。而针对这样不实的指责和报道,《人民日报》4 版《求证》栏目组利用驻外分社的区位优势迅速反应,在 2 月 10 日、11 日两天迅速展开调查,部署 8 名记者兵分五路,在英国伦敦,中国北京、深圳、东莞、香港等地,针对外媒报道中的五个利益方和三个疑问展开采访。2 月 12 日,《人民日报》4 版《求证》栏目推出《神秘的阿斯顿·马丁供应链》的调查性报道,独家、全景式呈现对该公司利益方和事件疑问点的调查过程,充分展示了该公司供应链管理上的极端混乱状况。2 月 13 日,《人民日报》继续推出《阿斯顿·马丁不能推卸责任》的分析性报道,剖析事件疑点,厘清各方责任,明确指出阿斯顿·马丁推卸责任、混淆视听,其供应链存在监管漏洞。

整组报道前后勾连,形成有力的新闻链,持续发力,影响广泛,仅用四天时间便对这样一个"跨国"事件进行了缜密、全面的调查,及时反转了舆论,扭转了中国形象,向世界展示了中国媒体的智慧与声音,有效捍卫了中国国际传播的话语权。

3. 立体多彩,融合创新

《神秘的阿斯顿·马丁供应链》这组报道是《人民日报》在新媒体时代融合报道的典型案例,通过"主报统筹策划、报网采访协作、报道内容共享、报道成果共推",使报道的主题深入、内容丰富、形式多样。为采写这组报道,《人民日报》调动报纸和人民网所属国内外五地记者,一天之内采访行程超过 800 公里。为配合融合媒体的报道方式,记者采用"中央厨房"式的采编模式,通过一次采集,带回了实地采访的视频、照片等,并融合图、文、声、像多媒体素材进行多类生产,多重分发,在《人民日报》版面以及人民网推出首篇调查性报道的同时,也刊登出视频新闻的二维码链接,读者扫一扫即可观看现场调查内容。

融合新媒体技术的一体化报道模式是未来国际新闻传播的新趋势,《人民日报》融合多种报道方式,全方位、立体化地为大众呈现了新闻事件的全貌,快速、全面地为读者带来更立体的信息和更多彩的视听体验,为传统媒体与新媒体从相加向相融的深度结合提供了优秀范例。

理论延伸 >>>

1. 调查性报道

调查性报道又称“揭丑”报道。它起初是西方国家报刊上的一种特殊报道形式，专门用来揭露社会阴暗面、政府里的黑幕、大企业的罪恶勾当以及黑社会的内幕，等等。报道者通过自己比较长期而完整的亲身积累、观察与最近的调查研究，对某一或某类社会事实或社会现象进行深入、系统或详细的报道。调查性报道是深度报道的一种。

《神秘的阿斯顿·马丁供应链》这则报道以调查阿斯顿·马丁公司召回豪车事件真相为目的，揭露国际知名品牌阿斯顿·马丁公司推脱责任和抹黑中国的黑幕，通过记者在国内外五地的采访、调查，对整件事情的原委进行梳理和报道，最终澄清了是非，是一组深刻、有力的调查性报道。

2. 融合新闻报道

推进媒体融合发展，是适应信息技术和媒体变革趋势，加快媒体改革创新，提升国际新闻传播力、引导力、影响力、公信力的内在必然要求和重大战略举措。技术的变革催生了媒体发展的创新，随着互联网与多媒体技术的成熟，“融合新闻报道”应运而生。融合新闻报道主要指利用多媒体手段进行新闻传播活动，它融合了文字、图片、音频、视频、超链接等多媒体产品的多种新闻形态。融合新闻报道能够充分结合各种媒体的优势，让新闻更加全面、立体地得到展现。融合新闻报道也对新闻从业者全媒体采编的复合能力提出了更高层次的要求。

高原生命线

【作品类别】通讯与深度报道

【所获奖项】第25届中国新闻奖国际传播类三等奖

【刊播单位】中国日报社

【作品字数】1 287字

【作品语种】英语

【刊播日期】2014年5月28日

【刊播版面】头版、6版整版

【主创人员】胡永启、达穷、王珊珊、林京华

案例简介 >>>

为纪念青藏公路建成通车60周年，《中国日报》记者重走青藏线，从基层人物着手，实地采访青海格尔木、海拔5 300米的“天下第一道班”、4 700米西藏那曲安多县等地养路工人、沿线居民、基层交管部门、青藏公路局等有关人员，介绍了养路工人经历的患病、长期与亲人分居等现实生活，获得了沿线交通建设、经济发展、生态保护等多方面的珍贵资料，向海内外读者生动展现了养路工人为保障进藏路线畅通而付出的艰辛，以及青藏公路在过去60年中对西藏社会经济发展的贡献。记者在采访过程中需要克服高海拔缺氧等重重困难，记者胡永启在采访结束后发生缺氧性耳鸣，经历近一年治疗尚未治愈。该报道获得了“2014年西藏自治区优秀新闻作品一等奖”。

《高原生命线》依托《中国日报》《中国国家形象专刊》海外供版渠道与美国发行量最大的报纸之一——《华盛顿邮报》落地刊发，读者超过60万人。文章刊发后在境内外引起强烈反响，很多境外读者发来邮件，极大地肯定了中国政府对藏区环境保护的重视以及基层养路工人的爱岗敬业精神，并表示对西藏未来的交通、经济发展前景更加期盼。

点评分析 >>>

该报道选题独特，通过重走青藏公路，展现了中国在加强高原环境保护、推进西藏可持续发展方面做出的不懈努力。为提升传播效果，该报道并未大肆从宏观数字上渲染青藏公路及西藏交通建设的成就，而是从细微处着手，通过具体描写养路工人生活条件的艰苦、自然环境的恶劣、养路工作代代相继等展现了"高原生命线"的修筑、畅通与养路工人的奉献密不可分。长期以来，印度媒体以及达赖集团针对中国在西藏进行交通建设的现实情况不断进行攻击。在青藏公路开通60周年之际，《中国日报》独家重走青藏公路，用事实驳斥了部分外媒及达赖集团对中国政府的无端发难，就外媒关心的一些问题进行了恰当回应，为我国争取了舆论主动。

1. 扎根人民，于细微处见真情

坚持以人民为中心，把人民对美好生活的向往作为奋斗目标，是党的十九大提出的新时代中国特色社会主义思想的基本方略。新闻报道必须扎根人民现实生活，关注特定环境下人的生存状态，才能改变话语体系，转变刻板的报道样态，推出传得开、叫得响、"沾泥土"、"带露珠"、"冒热气"、反映当下国家建设与社会发展新风貌的新闻佳作。以往媒体在报道重大主题新闻时多通过堆砌数据来突出建设成果，普遍存在"宣传味"太过浓厚、"人情味"不足的问题。《高原生命线》另辟蹊径，寻找典型的人和事，以人为本，以人民为创作中心，并用微观具体、形象可感的事实细节映射其背后的宏大主题。

例如，记者以养路工人次仁德吉作为切入点，用生动的典型细节说明高原地区养路工作的艰辛。当电话响起后，次仁德吉"从玻璃窗上贴的旧烟盒里掏出手机。因为房间信号不稳定，窗户上的烟盒成了最佳信号接收点"。透过一个接收信号的旧烟盒,养路工人的通信困难可见一斑。“每天清晨出发上工前,尼玛央金和工友们都要带上止痛药,吃几粒便可以缓解因缺氧引起的头痛。”从养路工人每天都要吃止痛药可以看出,西藏地区恶劣的生存环境对养路工人的身体健康形成了很大威胁。这些细致入微的描写深刻反映了西藏地区养路工人的坚守与奉献,平实的文字背后透露出缄默的力量,增强了作品主题的表现力,也体现出记者良好的观察能力与新闻敏感。最后一部分对二代养路工人尼玛央金所说“我既然选择了这项事业,不管有多难都会坚持下去”的直接引用起到了画龙点睛的作用。整篇报道由人开始,结尾又回落到了人,报道的主旨在人们喜怒哀乐的真情实感中得以升华。

2. 扎实采访,于泥土中出真知

在当下的媒介生态当中,快节奏的新闻生产与碎片化的传播环境考验着新闻工作者的责任意识、专业素养和思维能力。深度报道往往采访时间长、采访对象多、线索复杂,要求记者必须具有“脚要跑到”“眼要看到”“心要想到”的职业精神,不畏艰苦,扎根泥土。

“我的脚下沾有多少泥土,我的心中就沉淀多少真情。”为了得到最深入扎实的一手采访,该案例的创作者克服高海拔缺氧等困难,实地走访基层人物。由于长时间在高原地区采访工作,记者胡永启在采访结束后发生缺氧性耳鸣,经历近一年治疗尚未治愈。正是这样忘我奉献的职业精神,使得该报道凝结了记者经过扎实实践而获得的思考与真知,生动真切的文字、翔实鲜活的故事,将读者迅速融入高原生命线。报道结尾的记者手记更是用朴实的文字记录了记者本人深入藏区的切身感受,呈现了一种体验式的报道形态。真实、诚恳的记者手记增强了作品的贴近性和感染力。在新闻同质化日益严重的今天,这样的报道能够提升广大新闻工作者对职业理想的认同,并从中把握新时代社会进步与新闻事业发展的内在规律,因而显得尤为珍贵。

理论延伸 >>>

1. 深度报道

深度报道是以客观事实为依据,解释表象事实背后真相的报道方式。深度报道不只是客观地报道一个具体的事件，而是记者置身其中，通过广泛的调研和采访挖掘深层故事，用更开阔、更有深度的视角对其进行解读。

媒介融合背景下的重大题材深度报道要求记者胸怀大局意识，深刻把握报道方向，善于改变看问题的角度与思考方式，从细节中发掘新颖的新闻角度和内容，挖掘事件背后的新闻。在日趋激烈的新闻竞争环境中，做好深度报道对于提升媒体的社会影响力作用明显。

2. 媒体的社会责任与记者的职业素养

在新的国际舆论环境下，客观准确地传达中国声音、塑造真实的中国形象，既是新闻工作者的责任，也是一门充满智慧的艺术。对于涉藏报道，要让海外读者对西藏问题形成正确的认识，就需了解海外读者需求，淡化宣传意味，深入基层发掘人物故事，撰写客观平衡、有深度的报道，本案例做出了很好的示范。在资讯快餐化的大时代背景下，传统媒体在思想深度方面具有无法比拟的优势与价值。因此，传统媒体一方面要追求新闻的时效性，另一方面更需要坚守挖掘新闻本源、还原新闻真相、丰富新闻内涵的追求，体现媒体引领核心价值观的担当与责任。报道结尾部分的记者手记以第一人称为叙述角度真实再现了记者缺氧时的身体反应，通过以身说法，生动地表现了高原地区养路工人的艰辛及奉献精神，感染力极强，也体现了新闻工作者不顾个人安危深入一线的敬业精神和社会责任感。

一位活佛的生活

【作品类别】新闻特写
【所获奖项】第26届中国新闻奖国际传播类二等奖
【刊播单位】新华社对外部
【作品字数】7 576
【刊播日期】2015年9月7日
【主创人员】多吉占堆、黄燕、边巴次仁、周舟、觉果、普布扎西、王清颖、坚赞、洛登、白旭、张芽芽、韩松

案例简介 >>>

近年来，国际涉藏舆论环境依旧复杂，达赖集团和西方反华势力歪曲诋毁我国，传播“灭绝藏族文化”“消灭藏传佛教”等不实言论，造成国际舆论对中国西藏问题的误解与偏见。2015年是西藏自治区成立50周年，为了让世界认识真实的西藏，强化涉藏舆论话语权，新华社展开了首次“揭秘式”报道，用英文稿件将一位在世藏传佛教高僧的生活细腻地呈现出来，让观众走近原本神秘的活佛，了解活佛的平凡与不凡，将备受海外关注的我国宗教政策和对藏方针不露声色地传达出去，是一篇手法高超的对外稿。该稿件被《华盛顿邮报》、《英国每日电讯报》、topix. com、worldnews. com、纳米比亚通讯社、新华网、《中国日报》、《中国日报》（香港版）、人民网、《环球时报》、新华社推特、《中国日报》推特以及《新华每日电讯报》、《香港成报》等近百家境内外媒体和网站转发，阅读量近10万，互动率超过10%，是平均互动率的10倍。

点评分析 >>>

本案例用细腻的手法、平实的语言，以融贯中西的话语方式，真实立体地呈现了一位“神秘活佛”的不凡与平凡。稿件细节生动，背景立体丰富，详尽展示了活佛的一天，在西藏自治区成立50周年的特殊时机，掌握了涉藏问题的国际舆论主动权。

1. 摒弃政治性语言，软性外宣

西藏问题不仅仅关系到中国的团结统一，也牵动着世界的敏感神经。涉藏外宣的主要任务是宣传我国在西藏问题上的原则立场与政策主张，还原一个真实客观的西藏，因此涉藏新闻往往带有较为浓厚的政治色彩，话语较为严肃、官方，并以论辩性的报道方式为主。这样的报道方式固然保证了涉藏新闻的真实性和严谨性，客观反映了国家政策，但也不可避免地与普通受众产生了距离感，从而影响了传播效果。因此，我们的对外宣传如今越来越多地采取软性宣传的方式，如本案例就创新性地摒弃了一贯的政治性语言，以人物特稿的形式，用平实简单的语言勾勒出一个18岁的少年活佛形象。文章一开头就亮出了主人公的名字、年龄、性格特点和身份，“看上去跟任何18岁的人没什么两样：学习、辩经、爱音乐、打篮球、发微博，还学英语”“不会让自己的理想沾染利己主义的色彩”“他生活的动力就是度化众生”，寥寥几笔，将少年活佛夏仲仁波切的形象呈现得生动具体。

2. 紧扣人物身份特征，文化外宣

综观全文，《一位活佛的生活》不仅注重描绘主人公的形象，还将藏传佛教文化的历史和现状介绍穿插在全文中，在把握人物的同时也向读者呈现了藏传佛教在那片神秘土地上的传承。作者用“独当一面的灵童”“师生”“觉醒之道”三个小标题串起全文，不仅剖析了夏仲仁波切这位年轻活佛的三个生活切面，更呈现了这一神秘而古老的身份与生活在现代的年轻男孩之间所产生的化学反应。文中许多描写都紧扣了人物的身份特征，如：“他的成长岁月与常人无异，上过幼儿园和小学”“大约12岁时，他意识到自己与同龄人不同”“我的责任比

泰山还重”“他说,‘作为活佛,我要普度众生’。”“活佛”在许多人眼中是一个象征着藏传佛教文化的身份,人们往往把它符号化,无法与活生生的人联系到一起。而当文中年轻活佛的鲜活形象呈现在人们眼前时,人们才发现原来所谓神秘的距离感只是缘于不了解,了解越多便越让人乐于相信和接受了。这样的文化外宣才真正有效。

3. 抓住外宣时机,破除虚假歪曲言论

事实上,本案例虽然是一篇人物特稿,但其选题和对外传播的意义远远大于文字描写技巧的意义。藏传佛教、西藏、活佛,这些词语本身就具有神秘感,这样独特的主题直接破除了达赖集团和西方反华势力对我国“灭绝藏族文化”“消灭藏传佛教”的歪曲言论。同时,稿件发布的时间点选择得也很恰当。在西藏自治区成立50周年之际,刊发这样一篇前所未有的走近藏传佛教活佛日常生活的稿件,用鲜活生动的故事使得虚假歪曲言论不攻自破,同时将我国真正的对藏族同胞和藏传佛教的方针政策传递出去。

理论延伸 >>>

如今是一个人人都有麦克风的时代,越来越多的新闻加入了用户自生产的元素甚至直接由用户生产。然而,人物报道尤其是人物特稿,因其对作者新闻采写技巧、新闻资源占有等有较高要求,对专业媒体而言,越来越凸显出其独特价值。而反观读者层面,在这个时代浅阅读已经成为潮流,人们都在追求短、平、快的资讯,需要深度阅读的人物特稿因此有受冷落的趋势。但事实上,人们对人物故事的喜爱程度并没有降低,因此,写作者如何写出既反映时代风貌,又不失人物故事深刻性的好特稿就成了新的挑战。那么,写好新时代的人物特稿有哪些基本要求呢?

1. 讲好故事

2013年,习近平总书记在全国宣传思想工作会议上指出,要精心做好对外宣传工作,创新对外宣传方式,着力打造融通中外的新概念新范畴新表述,讲好中国故事,传播好中国声音。作为新时代的新闻工作者,学会讲好故事是一项必

备技能。

故事是一种极为强大的东西,一切都蕴含在其中。如果我们要理解一个人和他所处的时代,除了故事之外,其他的表现形式都显得太空洞无力了。故事中最重要的就是故事里的人。而在所有的新闻报道类型中,人物特稿往往因其对人物故事的描写和刻画而引人入胜,因此称得上是呈现"故事"的极佳表现形式。

矛盾、冲突、戏剧性是故事必要的元素,故而一篇人物特稿必须具有这些元素。这些元素往往能将人物性格特点刻画得更加鲜明,人物形象也因此更加丰满。需要注意的是,这里的矛盾、冲突、戏剧性,指的不是采访者、写作者刻意制造、捏造的,而是真实存在的。这就需要采写者有足够敏锐的洞察力,能从一件看此平常的小事里,发现其中隐藏的精彩细节;需要采写者在实践过程中不断积累经验,最终练就慧眼识人的精湛本领。

2. 注重细节的挖掘与描摹

前面提到了故事的重要性,下面要谈的是决定故事精彩程度的最重要元素——细节。有人说过,细节是人物故事中的"金子"。人物特稿如果没有细节,便很容易沦为一篇流水账,只是简单地堆砌了平淡的事实,而失去了吸引人们持续阅读下去的力量。

一篇好的人物特稿需要有画面感,而细节就是为画面感服务的。丰富的细节更利于人们在脑海中还原人物故事的本来面貌。故事的情节发展,乃至报道所要传达的一切,都隐藏在作者最终所选取的细节中。细节越多,故事越精彩,人物越生动,文章的感染力越强。故而在人物特稿中对细节进行充分的挖掘与描摹是采写者又一门应该研习的功课。

3. 精准运用背景资料

要讲好新时代的故事,就要在大的时代背景下寻找最动人的故事,聚焦人物个体命运。我们写人不是为了简单呈现一个人的经历,归根到底,是在描述时代的大背景。有人说,新闻就是活着的历史,而新闻人需要做的,从本质上来说,就是去寻找时代大潮中的那一滴水,并从中萃取我们这个时代的经典意象,通过个人命运反映时代,从而阐述这个时代的演进和发展。

在一个人物故事发生的过程中,背景信息量往往十分巨大,信息繁杂,在这样的情况下,根据人物特点和采写者希望传达观点的不同,选取的背景也应该不同。好的人物特稿记者,一定是一个非常出色的裁缝,能把个案和背景很完美地融合在一起,不露痕迹,他对背景资料的运用一定精准巧妙、别出心裁。

哈密瓜根植老挝 桑树种落户古巴

——广西农业技术闪亮海外助力中国外交

【作品类别】新闻特写

【所获奖项】第26届中国新闻奖国际传播类三等奖

【刊播单位】广西日报社

【作品字数】2 429

【刊播日期】2015年1月5日

【刊播版面】《广西日报》要闻1

【主创人员】苏超光、梁家炬

案例简介 >>>

2015年初，根据中宣部和广西壮族自治区党委宣传部的部署，《广西日报》推出《行进中国·精彩故事/盘点2014》专栏，向全社会全面展示广西近年来各方面取得的显著成绩。本文作为该专栏的开篇，通过采访并收集、汇总大量素材，从中筛选出几个亮点，以讲故事的写作方式，展示了广西农业技术如何走向海外、谋求合作共赢、助力中国外交的故事。本文发表后，得到了广西相关部门的高度肯定，并被多家境内外媒体和网站转发，如网易、中国在线、中国共产党新闻网等。

点评分析 >>>

本文用客观平实的新闻语言,着重阐述了2014年广西农业在对外交流合作中的几大亮点事件及其中的丰富细节,清晰全面、循序渐进地展现了广西农业在巩固已有的与东盟国家的合作、与中国台湾的交流的基础上,更将触角伸到美洲和非洲,打造跨境农业资源合作开发基地,推动农产品国际贸易的整个过程。本文还充分表现出新闻特写的特点,其叙述富有逻辑、层层递进,以"哈密瓜根植老挝,桑树种落户古巴"这一新闻事件为节点展开广西农业助力中国外交的全景图,用事实说话,以小见大地讲好中国故事,确是一篇优秀的涉外报道。

1. 生动故事展现外交风采

本文是一篇涉外的综述性报道,题材重大。全文巧妙地从几个有趣的故事细节切入,以小见大,渐次铺开,引人入胜,既生动地展示了广西农业技术的海外风采,又形象地体现了中国坚持合作共赢的外交理念。本文在境内首发后又为境外专版转载,大大提升了国际传播影响力。

过去,我们的涉外报道往往容易陷入力图将我国外交政策直接生硬地植入报道的误区。但事实上,外交本身就是极具艺术性和技巧性的,所以作为涉外传播的报道,也应该将受众的感受放在重要的位置,通过讲故事的方式将我国的外交风采生动可感地呈现出来,这样才能达到良好的传播效果。本文便是这样艺术地处理报道的。如果仔细阅读全文,我们会发现一个有意思的现象:除了标题中提到的"外交"一词外,全文中无一次提及"外交"一词,但我们不可否认的是,本文内容涉及的每一个故事和细节,无一不是围绕广西农业对我国外交的助力展开的。

以广西与古巴的农业合作部分为例,正文第二段就用习近平总书记2014年访问古巴时特意带去辣木和桑树种子的有趣细节吸引读者,之后在分段标题下展开叙述中古蚕桑科技合作逐步开展的过程。本文抓住"送种子"这一生动故事,从2011年时任国家副主席的习近平第一次向古巴赠送中国的辣木和桑树良种开始说起,其间广西蚕业科学研究院先后9次向古巴赠送桑树种子,最后以2014年习总书记访问古巴,与古巴革命领袖菲德尔·卡斯特罗参观庭院和农庄种植的辣木和桑树时表示再次带来桑树种子作结，情节紧凑流畅，细节打动人心。同时，“种子”本身所代表的意象就是希望，是“中古友谊新的见证”，展现出我国外交的新风采。

2. 精巧结构助力流畅叙事

在新闻通讯的写作中，除了故事本身需呈现得精彩之外，结构设计和语言运用也十分重要。一个好的故事往往因写作者结构其故事的方式精巧而更令人印象深刻。本文用具体、准确、简练、流畅的新闻语言，根据地点和合作形式的不同分小节叙述，讲述了广西农业技术怎样既走出去又引进来，与东盟国家、中国台湾、美洲国家以及非洲国家进行深入的交流与合作，从而助力中国外交的中国故事，行文一气呵成，可读性很强。

从整体结构来看，全文以四个标题为标志，分为四个小节。第一小节“哈密瓜根植老挝，桑树种落户古巴”点名新闻由头，总起全文，概括性地引出广西农业与各个地区的合作；第二小节“农作物优良品种试验站扎根东盟”围绕广西主导的中国（广西）－东盟农作物优良品种试验站在老挝、越南、柬埔寨三个国家如何扎下深根展开叙述；第三小节“桂台农业交流既走出去也请进来”将2014年广西和台湾合作的深化之年里两地改做法、请专家、引品种、建平台的具体过程具体展现；第四小节“将交流合作触角延伸到美洲非洲”通过广西与古巴、埃塞俄比亚两个美洲、非洲国家的合作故事拓宽了广西农业助力外交的广度。

从小节内部结构来看，第一小节前三个自然段结尾句式相似，“你知道吗，这是广西的技术”“你知道吗，习主席看到的桑树和特意带去的桑树种子，都与广西有关”“你知道吗，这里晃动的是广西农业技术人员的身影”，这种形式上的强调，让人阅读时不断接受关键词“广西农业”和关键信息“外交事件”，从而强化了两者之间的联系，不失为一种很有扣题效果的结构技巧。

3. 善用数据增强故事真实性

作为一篇与农业相关的报道，本文运用大量数据来展现广西农业技术与各个地区合作的不同维度，使全篇故事具体、真实、有说服力。仅第二小节的四个自然段中，就出现了14处具体数据的运用，这样高频率具体的描述，对农业科学技术这样的题材来说是十分必要的，而对于涉外传播这样特殊的报道类型来说也是非常重要的。

本文是围绕“广西农业技术闪亮海外,助力中国外交”这一主题展开的,一方面,作为一篇关于农业技术的新闻通讯,科学、严谨、客观的语言是必需的,而在文中运用数据就是体现这种真实性和科学性最合理且有效的方式,如谈到广西与台湾的农业交流深化时,文中用“组织骨干农民赴台培训,将培训人数扩大了1倍”来佐证政府在“走出去”方面的突破;另一方面,作为涉外传播报道,具体真实的数据无论面对国内还是国际受众都经得起推敲,故而如本文这样大量运用数据是最简洁有力、最具说服力的传播方法。

理论延伸 >>>

1. 文字通讯写作方法

通讯是一种比消息更详细和生动地报道客观事物和典型人物的新闻体裁。它可以用描写、议论、抒情、叙述等多种手法来写人记事,通常用来评介人物、事件,推广工作经验,介绍地方风貌,等等。这是我国自古以来就有的一种写作体裁,古代很多优秀的记叙文(或者说是散文)都可以说是通讯。比如《史记》中的《鸿门宴》就是一篇事件通讯,《史记》中许多关于人物的记载,可以看作是人物通讯。

要想写好一篇通讯,主要应注意四点:如何立意,如何结构,如何选取材料以及如何运用语言。

(1)立意就是确定思想,提炼主题,立意的过程也就是找角度的过程。一是在全局工作中立意;二是放在大背景下立意;三是放在大众关注的问题中立意。

(2)一篇通讯的结构有按时间顺序来写的纵式结构、按逻辑顺序来写的横式结构,也有纵横结合的写法,选择什么样的结构应该根据主题和事件的特点来衡量。

(3)在材料的取舍方面,要选择最能再现人物或者事件本质的材料。比如某件事在表现主人公人物性格时具有代表性,我们在写作中就应该选择这样的典型事例。

(4)通讯的语言也有严格的要求。一是要具体,不要抽象,最好是用事实来代替华而不实的形容词;二是要巧用、妙用数字,数字是人们无法理解之物,是枯燥的概念，但如果用得好，就会很生动；三是用群众语言，就是来自生活的、群众口里说出来的、具有地方特色的、通俗易懂的语言。

除此之外，通讯写作还应该注重细节描写。以人物通讯为例，对细微之处的描写十分有利于表现人物特点、凸显人物形象，故抓住人物特殊的动作、眼神着重进行描写，或用故事、情节、对话等形式来表现人物之间思想上或其他方面的矛盾冲突，都会是行之有效的方法。

2. 涉外报道要讲好中国故事

近些年我们越来越认同一个传播理念，那就是在进行报道时，采用讲故事的报道形式能够更好地传达我们的想法，也更容易吸引大众的注意力。因为人们往往会对有情节、有人物、有变化进程的故事印象深刻。

我们在进行涉外报道时，更是应该做到对内对外讲好中国故事，具体原因有：首先，以讲故事的方式讲新闻能增强感染力。报道通过抓人的情节、大量的细节、形象的人物言行的描写，能让读者产生身临其境的感觉，仿佛置身于新闻中的场景，很容易被新闻中人物命运的起伏而感动。而涉外报道中运用这种方式便能跨越语言和文化的鸿沟，用故事直抵人心。

其次，故事化新闻可以大大增强新闻的可信度。故事化新闻非常重视"细节"，而对细节的深入描写，恰恰证明了新闻事件的真实性。在这里需要强调的是，涉外报道能否给受众真实可信的感受是十分重要的。外界对我国往往有许多成见和误解，而充满细节的故事恰恰能成为有力的自证工具。

最后，讲故事的报道方式虽然没有直接报道我国的新成就，但仍能折射出我国所取得的进步。如本案例作为典型的正面报道，并没有用口号式的语言对我国发展进行鼓吹，而是用事实说话，用讲故事的方式，将哈密瓜根植老挝、桑树种落户古巴，从而助力中国外交的过程娓娓道来，让人信服。

过去我们曾有过自说自话的涉外传播阶段，但如今我们要用受众乐于接受、愿意相信、容易记住的方式，也就是以讲好中国故事的方式来进行涉外报道，这是很大的挑战，同时也是涉外传播的新机遇。可以预见的是，在今后一些涉外重大话题和事件的报道中，讲故事的方式将会被更广泛地运用。

广 播 篇

闻歌识中国

【作品类别】广播系列

【所获奖项】第26届中国新闻奖国际传播类一等奖

【创作单位】中国国际广播电台

【作品时长】8分钟

【刊播日期】2015年11月3日至2015年12月1日

【刊播栏目】里斯本彩虹台《行者无疆》

【主创人员】国丹、李金川、梁策、钮璇、Filipe Hu

案例简介 >>>

党的十八大以来，习近平总书记多次强调要弘扬中国传统文化，新闻宣传工作尤其是对外传播工作中，要充分展现中国政府和人民的精神志气，提振中华民族的文化自信。鉴于此，中国国际广播电台葡萄牙广播于2015年自主策划了《闻歌识中国》系列节目，旨在通过中国民歌这一“小”切口，展现中华民族传统文化之“博”，让海外听众更加直观地感受中华传统文化的独特魅力。

《闻歌识中国》系列节目共五期，每期节目均以一首有代表性的中国民歌为引子，继而介绍民歌发源地，展现当地风土人情、传统文化以及人民生活。几路记者深入北京、内蒙古、广西、贵州、西藏进行采访，采访对象既有专家学者和民俗艺人，也有普通百姓和中外游客。另外，记者还采集到大量现场音响素材，经过精心编辑制作，最终做出五期系列节目，于2015年11月至12月在《行者无疆》栏目播出。

点评分析 >>>

《闻歌识中国》系列广播节目以富有中国地方特色的民歌作为切入点，能够迅速抓住听众的兴趣，唤起听众的注意力，通过音乐带领听众走进这些民歌的诞生地，让听众在轻松愉快的氛围中，了解当地百姓的生产生活、风土人情和精神面貌，用音乐和声音勾勒出一幅幅多姿多彩的美丽中国画卷，也让这些没有国界的音乐拉近了中国与世界人民的距离。

1. 巧用民歌，挖掘人类共通情感价值

民歌是一个民族共同的文化记忆，是最能引发共鸣、拉近距离的文化载体之一。以民歌这个小切口来展现民族传统文化能充分发挥广播声音语言的优势。

虽然历史、文化与意识形态不同，但是人类有很多共同的情感，比如对家乡的热爱、对幸福生活的向往。《闻歌识中国》系列节目充分利用“音乐”这一承载着人类共通情感价值的元素，将中国民歌糅合到广播稿中，并通过主持人的叙述穿插起来，不仅能引起外国听众的兴趣，也更容易为其所理解。

2. 采访扎实，展现地道文化

新闻是现实生活的反映，只有通过沾露珠、带泥土的扎实采访，才能如实地反映多彩的现实生活。广播新闻报道提倡“目击式新闻”，注重报道的立体感，丰富的广播音响素材更离不开深入全面的采访。

《闻歌识中国》的每一期节目都以扎实的采访为基础，广播记者走进当地人民家中，记录当地人的生活劳作，展现出真正原汁原味的、地道的文化风貌。比如在《敖包相会》这期节目中，记者来到呼伦贝尔草原的牧民家中，深入原汁原味的游牧生活，在那达慕大会与敖包祭祀中获取最鲜活的采访素材。同时，在节目编排中，记者采集的采访同期声被巧妙地穿插到主持人的叙述中，不但增强了节目的真实性与现场感，而且使节目内容更立体、形式更多元。

3. 音响多元，塑造听觉场域

《闻歌识中国》系列节目每期 8 分钟，大量运用音响素材，且素材形式多元、

内容丰富(包括采访同期声、现场环境音、背景音响等),为听众营造了一个立体的听觉场域。优美的民歌旋律伴随着主持人娓娓道来的讲述,让广大听众犹如身临一个个独具魅力的诗意场景:“老北京”的传统民俗、贵州屯堡文化的干净纯洁、草原儿女的壮志豪情、高原净土的虔诚信仰、广西壮乡的渔家生活一一浮现在听众眼前,令人神往。

《前门情思大碗茶》中有卖大碗茶的声音,有吆喝声、铛铛车的声音、地铁报站声、茶馆里的京剧声;《敖包相会》中有草原上的风声、羊群的叫声、那达慕赛马的音响;《山歌好比春江水》中有鱼鹰的叫声、打鱼现场的音响、老渔民唱的山歌……这些环境音响的运用均增强了节目的真实性与现场感。此外,该广播节目还十分注重音响素材的细腻化处理。节目由歌声引出,又在歌声中结束,通过歌声的首尾呼应,让音乐在听众的脑海中徘徊,强化了音乐的识别符号,扩展了该节目的回味空间,颇有余音绕梁之感。

理论延伸 >>>

1. 音响在广播节目中的使用

一则优秀的广播报道中,除了需要好的切入点、扎实的采访,音响的运用也是不可或缺的重要组成部分。音响素材若选用恰当,其所传递的丰富信息甚至胜于文字的堆砌,这也是广播类节目独特的优势和魅力所在。广播音响有多种形式,总体来说,可以分为现场音响和资料音响。现场音响,顾名思义,就是现场采集到的声音,传递此时此刻正在发生的事情,这种声音的采制会最大限度地还原现场感和真实感。资料音响则是指已经录制完成,拿来即可使用的录音素材,通过这种音响的运用,可以将受众带入当时的情境中。

《闻歌识中国》这则报道就综合运用了现场音响和资料音响:以富有地方特色的民歌(资料音响)作为切入点,“先声夺人”,可以抓住听众的兴趣,同时也让听众在节目一开始就有直观的感受,继而带领听众走进民歌发源地,探访当地百姓生活,结合一系列的现场音响和采访同期声来介绍中国不同地方的风土人情和文化特色,描绘歌曲中传唱的美丽中国。

2. 传统文化的对外传播

传统文化和美德是一个国家和民族的灵魂，中国悠久灿烂的传统文化是展示中国魅力的重要窗口。传统文化的对外传播不但能让中国在世界舞台上展现自身的魅力，让世界了解一个真实、多元的中国，从而加强与其他国家及人民的沟通联系，而且还能进一步推动我国经济向海外拓展、提升中国的国际地位。故而在国际传播中，传统文化的对外传播策略显得愈加重要。

《闻歌识中国》系列节目在实现传统文化的对外传播方面也做了不少努力。该节目在选材上就极具中国特色，以中国民歌为切口，展现中华民族传统文化的博大精深。在翻译的过程中，节目注重外国听众的习惯，尽量使用短句和简单的句式。在传播渠道方面，节目充分发挥新媒体优势，注重微传播。该系列节目不仅同时在里斯本彩虹台和葡语大广播两个广播平台播出，葡语部还充分利用融媒体优势，在国际在线葡文网、中华网葡文网刊发，并通过微信、微博、荔枝 FM 等平台公众号进行推送。

春华秋实

——十一世班禅额尔德尼·确吉杰布坐床二十周年特别纪念

【作品类别】广播专题
【所获奖项】第26届中国新闻奖国际传播类二等奖
【创作单位】中央人民广播电台
【刊播日期】2015年12月20日
【作品时长】11分33秒
【刊播栏目】藏语广播《中国报道》
【主创人员】集体

案例简介 >>>

这是一篇有分量的独家报道,收录了中央人民广播电台自2013年起对十一世班禅额尔德尼·确吉杰布所做的独家专访及重要活动的现场录音。通过这些声音的回顾,集中展示了十一世班禅额尔德尼·确吉杰布坐床二十年来的佛教学识和政治立场,具有较强的社会影响力。这不仅是一期制作精良的节目,而且也是一份宝贵的声音历史资料。

点评分析 >>>

这是中央人民广播电台藏语广播自2013年"国际传播能力建设"项目获批

以来,首次以专题节目形式在尼泊尔境外藏胞集中地宣传我国涉宗教政策、方针及十一世班禅学习生活的相关内容。该节目通过精心的编排与精良的制作,在播出地反响热烈,达到了预期的宣传效果,是一篇有影响力的境外宣传作品。

1. 抓准报道契机,回应负面舆论

中国在构建现代国际传播体系的过程中,不仅要不断适应现有国际话语体系,也要努力构建中国话语体系,在境外舆论阵地发出中国声音,维护和提升中国的国际话语权,赢得国际社会的理解、尊敬和信赖,增强国家在国际竞争中的"软实力"。

《春华秋实 ——十一世班禅额尔德尼·确吉杰布坐床二十周年特别纪念》专题节目抓住十一世班禅额尔德尼·确吉杰布坐床二十周年的契机,在重要的藏胞聚集地尼泊尔播出记者对班禅额尔德尼·确吉杰布的独家广播专访。通过班禅大师对自己学习生活的介绍、对爱国爱教以及中国梦等时下百姓热议话题的看法来展示班禅大师对人生的独到见解,让众多境内外藏胞真实地了解十一世班禅在国内学习生活的情况,用十一世班禅亲切自然、爱国爱教的真实人物写照,有力地抨击了境外势力对我国涉宗教涉民族政策的负面报道。

此外,该报道立足于班禅爱国爱教、慈悲为怀的教义理念,从人类社会的全局视角出发,不仅仅强调其在国家中的政治地位,同时也聚焦班禅对全社会的影响力。通过采访,听众了解到十一世班禅对灾区群众的关注,以及其慈悲为怀、普度众生的理念,恰当的平衡性报道积极回应了西方社会中抹黑十一世班禅是"政治工具"的不良舆论。

2. 还原现场音响,提升语言魅力

运用现场录音是提高广播节目质量、提升广播收听率的重要手段之一。现场录音运用得好,能使听众如临其境、如见其人,赋予新闻极大的感染力。把现场录音巧妙地运用到广播新闻中,可以给人真实感、现场感、亲切感,这正是广播新闻成功的关键。

该报道通过现场同期声生动还原了班禅大师的语言特点,既增加了亲切感又不失严肃性。比如,采访中使用了"学霸"这一网络流行语,巧妙拉近了班禅与普通人的距离,使班禅的人物形象真实自然。

此外，在整篇报道中，藏传佛教音响突出，真实地还原了现场，使得听众仿佛身临其境。节目开始部分的法号和音乐都极具藏传佛教的音响特点，先声夺人、抓住听众，并伴有起伏，节奏适宜，具有很强的可听性，让听众无论从听觉还是心灵层面都得到了更深层次的满足。

3. 编排构思巧妙，人物形象细腻

广播新闻的编排决定整个节目播出效果，要求编辑人员寻求最佳切入点，抓住重心、分清主次，节目要层次清晰、衔接过渡自然。同时，整合现场声、同期声、解说词等声音元素也非常重要，尤其是在人物主题的广播节目中，要通过各种声音的编排展示出人物整体形象。

该组报道构思严谨巧妙，稿件整体编排亲切自然，将不同时期零散的音响进行整合，通过整合出的音响内容来报道一位活佛。这些音响将活佛被认定之日的学识与现今的修为智慧贯穿起来，使得人物的形象更为丰富细腻，进一步真实而透彻地展示了大师的精神与思想。

此外，除十一世班禅大师的独家专访外，该广播新闻还记录了十一世班禅大师于2015年尼泊尔及我国西藏地区地震期间，为受灾群众举行的祈福法会的相关录音以及习近平总书记接见十一世班禅的重要声音资料等。通过对新闻信息的拓展延伸，该广播向境内外藏胞充分展示了十一世班禅在国内所享有的特殊政治地位和待遇。也正是因为这种精心编排，节目获得了很好的反响，很多听众表示了对该节目的喜爱，以及对十一世班禅的敬仰之情。

理论延伸 >>>

1. 对外传播的技巧与方法

该节目基于十一世班禅坐床二十周年的时效价值，在有众多潜在听众的尼泊尔播出独家广播专访。采访构思严谨巧妙，生动还原了班禅大师的语言特点。稿件整体编排亲切自然，潜移默化地将“爱国爱教”等内容带入采访之中，起到了较好的宣传效果。

这一专题节目示范了对外传播的技巧，即要以“润物细无声”的方法来达到

让受众接受的目的,而不是单向地“传而不通,通而不受”。要改变过去“一厢情愿”式的对外宣传,必须以外国受众接受的方式方法发声,才能真正实现塑造积极国家形象、反击境外媒体歪曲不实报道的目的。

2. 广播节目中的现场录音

运用现场录音是提高广播节目质量、提升广播收听率的重要手段之一。现场录音运用得好,能使听众如临其境、如见其人,赋予新闻极大的感染力。把现场录音巧妙地运用到广播新闻中,可以给人真实感、现场感、亲切感。

在新闻实践中要提高其对现场重要声音的敏感度与捕捉能力。现场录音要巧用,具体体现在:(1)现场录音需视新闻需要而定。广播新闻现场录音,用来表达、烘托、升华主题,运用得好可以达到文字达不到的广度与深度。广播新闻用不用现场录音、用多少现场录音,这都要根据稿件特点与需要来决定,要做到文字和录音的完美统一。(2)出色的现场录音能增强新闻的感染力,尤其能增强现场感与可听性。一篇高质量的广播新闻,应该是文字和声音的完美结合。

3. 广播节目的编排

随着各类广播媒体的快速发展,不但要加大广播内容的挖掘力度,更需要注重节目的编排方式。所谓广播节目编排,是将节目中所需要的各类声音元素按照其内容特点以及主次顺序进行衔接,做好节目播出架构的规划,使节目获得更好的播出效果。

注重广播节目编排,首先需要明确主题,起到画龙点睛的作用。同时必须注意节目的节奏感,保证错落有致、张弛有度,有“峰”也有“谷”。广播节目应符合广播线性传播、稍纵即逝的特点,注重整体效果。

直面雾霾:中国空气污染治理之战

【作品类别】广播访谈

【所获奖项】第26届中国新闻奖国际传播类二等奖

【创作单位】中国国际广播电台

【作品时长】52分52秒

【刊播日期】2015年12月11日

【刊播栏目】《今日》

【主创人员】周竞男、迈克尔·巴特沃斯、丁亨、王伟、王蕾

案例简介 >>>

2015年12月7日,北京市政府第一次发布了空气污染红色预警,预警持续到12月10日。《今日》在12月11日播出的圆桌讨论中,围绕广受国内外关注的雾霾问题,邀请了海内外知名的环境和政策专家参与节目。

三位专家围绕空气污染在中国的成因展开讨论,结合中国现状提出解决办法。整个访谈讨论热烈、精彩,既有英雄所见略同的契合,也有中外观点的直接碰撞,还有对发达国家经验的分析与总结。

点评分析 >>>

该访谈对谈论话题把握得当、分寸合适。雾霾问题是一个敏感的社会问题,

它与我们日常生活息息相关,受到民众的持续关注。这篇报道在对话题的讨论上做了巧妙的处理:嘉宾权威,问题有深度,由浅入深,观念得到百姓认可;客观实在,直面问题,解读全面,问题讨论热烈,节目形态精彩,可听性强,敏感问题得到了正面引导,具有良好的宣传效果。

1. 直面敏感话题,及时引导舆论

雾霾话题敏感而重大,如何做到重大问题不失语、敏感问题不失控,既不回避矛盾与争议,又掌控大局,考验着主创人员的智慧。从节目内容和反馈来看,节目既不回避问题也能够正面引导舆论,取得了良好的宣传效果。

嘉宾权威,时效性强,问题设计巧妙。节目播出时正逢北京发布第一次红色预警,同时,巴黎气候变化大会进入尾声。节目于此时邀请了美国加州空气资源局前执行主任凯瑟琳·威瑟斯彭女士和两位知名环境专家,问题设计着眼于空气污染的治理,不仅给受众提供了大量信息,也引发了他们深刻的思考,对决策者来说亦具有参考价值和借鉴意义。

2. 深入浅出,反响热烈

话题专业性强,涉及大量英语科技词汇,主持人在充分准备的基础上,做到了"专业理解,表述通俗"。话题虽然重大,但是访谈信息量充足,鲜明地指出了中国在能源结构、排污设施装置等方面存在的问题,对于海外受众了解雾霾在中国的成因非常有帮助,而且节目嘉宾提出的解决办法也符合中国实际情况。

得克萨斯大学奥斯汀分校穆迪传播学院教师阿丽莎·佩伦(Alisa Perren)在网站上留言说:节目组这种对时事的敏感性和及时的反应令我印象深刻。我在课上还将此期节目作为一个案例介绍给我的学生,他们听后表示,该节目改变了他们对中国媒体的刻板印象,原来中国媒体也是有能力将内容重大的课题做得既有信息量又好听的。

3. 中国故事,国际表达

节目组邀请了外籍专家,提供了客观、多元的视角,能够直面雾霾问题,并且全方位、多角度地进行解读,从不同角度出发的专家们讨论热烈,节目形态精彩。节目根据外国民众的文化特点、思维方式和表达习惯进行了中国文化对外表述的话

语体系转化,采用了对方认可的方式去讲述中国故事,因而收获了热烈的反响。

雾霾问题是世界性的生态环境难题,节目从全人类命运共同体的高度,借鉴国际的成功经验,理性分析,探讨解决之道,能够引发其他国家的关注和共鸣。这样入乡问俗、入乡随俗的国际化表达才有利于讲好中国故事,传递好中国声音。

理论延伸 >>>

1. 主持人的作用

广播是靠声音来传播的。声音的魅力在于,它不仅传播了信息,还在这些信息中融进了传播者的认识,从而为人们理解、接受信息提供帮助。主持人的主持风格、对节目的把握,能大大增强节目的吸引力。他们对稿件的再创造、再提高,能对听众认识、理解、接受信息产生很大的影响。

在节目中,主持人还应该注意措辞和表达,努力提升自己的话题设置能力、创作能力,避免广播听众注意力分散。

2. 广播的发展趋势

广播要想摆脱如今弱势媒体的不利处境,求得大的发展,仅仅小打小闹、局部调整、就节目谈节目、就广播说广播显然是不行的;而数字技术、网络技术和卫星技术为广播进行脱胎换骨般的变革提供了充分的技术保障。如今,广播在采访、编辑、传输、制作、播出、收听、贮存等方面进行全面革新,时机已经成熟,条件已经具备,而且,一些走在广播改革前沿的电台,已经做出了成功的示范。

网络技术为广播开创新的传输方式——网络广播——搭建了坚实的平台。广播与网络的融合已成为一种趋势。走上互联网的广播扩大了传播范围,还弥补了广播与生俱来的缺陷:线性传播、稍纵即逝、无法保存、不能检索、看不到文字。网络广播融合了互联网与音频广播的优点,使广播节目能保存、有文字、可点播,能随意检索与下载,并大大增加了信息量。随着广播技术的发展,网络广播将真正突出个性化服务的特色,为特定受众提供特定服务,实现交互性、互动性播出。

致远舰,你在这里!

【作品类别】广播专题

【所获奖项】第26届中国新闻奖国际传播类三等奖

【创作单位】美国洛杉矶1300电台

【作品时长】12分15秒

【刊播时间】2015年10月20日

【刊播栏目】美国洛杉矶1300电台《今日北京》

【主创人员】吴梅红、戴蔚然

案例简介 >>>

《致远舰,你在这里!》介绍的是2015年度中国十大考古发现之一——“丹东一号”清代沉船(致远舰)水下考古调查项目。

2015年10月,在辽宁丹东港水域发现的沉船,已经被基本认定为是在中日甲午海战中壮烈战沉的北洋水师“致远号”巡洋舰。这个消息令世人关注。这艘承载着中华民族世纪悲情的战舰在121年后重新浮出人们的记忆。深度挖掘致远舰题材的重要意义,不仅在于它寄托了国人对邓世昌等烈士忠魂的敬意和情愫,更在于这场战争给中国近代历史带来了重大转折。它的影响在今日中国所处的国际政治格局中仍然存在。

为了挖掘第一手素材,记者于2014年和2015年多次往返丹东港进行深度采访,积累了大量独家素材。其间记者连续多次采访著名中日关系史专家萨苏和中国海军史研究会会长陈悦这两位全程参与致远舰从发现到鉴定全过程的专家,通过其讲述和解读层层递进,将考古过程中的感人发现、历史背后的故事以及当下的现实意义完整地勾勒出来。主创人员还通过对素材的精心剪辑以及音响的运用,营造出缅怀民族英雄、追寻先辈心路历程的感人氛围,震撼人心。

点评分析 >>>

广播作品《致远舰,你在这里!》聚焦致远舰考古发现的重大历史瞬间,经过长达两年的跟踪采访,层层深入,浓缩成制作精良的12分钟广播专题,追忆慷慨悲壮的民族史诗,引发深刻共鸣,取得了较好的传播效果。

1. 忆往昔,揭示深刻现实意义

该广播报道兼具深远的历史价值与深刻的现实意义。致远舰的发现是中国考古史上的重要里程碑。中日甲午海战对中国近代历史发展进程曾产生巨大的影响,是台湾问题的重要历史根源,因此,在甲午海战中战沉的致远舰寄托着中华民族的世纪悲情,其考古发现无疑牵动着无数中国海内外华人同胞的心。更为重要的是,在当前复杂的国际形势与台海局势之下,作为历史真实的见证,致远舰的考古发掘题材具有重要的社会现实意义与国际传播价值。

作品在对打捞后的致远舰进行全方位、立体化的整合性报道的同时,对船舰的辉煌及沉没历史做了回忆,深度挖掘了伴随致远舰沉没的那一段往事,有利于国际社会进一步了解真实的中国近代历史,并重新燃起中国人民对近代史上这一段慷慨悲歌的悲愤与缅怀。

2. 讲故事,拟人叙事传情达意

该广播报道的制作历时两年,节目的素材是记者在连续两年的跟踪采访中收集的独家珍贵资源,并最终浓缩成为12分钟的报道,采访扎实丰富,素材内容涉及致远舰打捞的各个时段、场景和关键人物。该报道运用讲故事的方式,选取权威人物,声情并茂、细节突出、融情入理,引发听众共鸣。

在传播技巧上,主创人员选择"讲故事"——让亲历的专家讲故事,让考古发现的物证讲故事,通过打捞过程、专家访谈、资料研究等方式,对致远舰的当前打捞情况和历史故事进行讲述。同时,受访的专家无论是从对事件的参与度还是其本身的身份特征来说,都具有很强的权威性和说服力。

"刚出水的银白色的钢板'保留了自己120年的容颜',只为了让后世子孙再看一眼它当年的样子。"其拟人化的叙事方式,从一开始就能使听众产生强烈的倾听欲望:"当致远舰的舰徽撞进萨苏眼里的那一瞬间,我们的致远舰回家了。"这句话令人动容的同时,也体现出创作者将故事化的叙事手法运用得十分娴熟。这种讲故事的方式使得该节目在海外多个华语电台落地播出之后,引起了强烈的反响。

3. 重听觉,引发强烈情感共鸣

广播作品《致远舰,你在这里!》通过以声达意、以声传情,将战火纷飞的音响气氛营造得淋漓尽致,该作品有机融合音响、现场声、人物访谈,引发听者强烈的情感共鸣。

在广播节目中,常常需要增加真实性与互动性,因此广播节目由直播间走向了户外,开展了丰富多彩的现场直播节目。"办看得见的广播"已成为一种时尚,并成为发展趋势。在直播过程中,现场的音响效果就显得尤为重要,特别是对"声反馈"的抑制更为重要。现场的音响效果、观众气氛、节目信号的传输质量都成为广播制作中不可忽略的重要组成部分。

该节目充分结合了广播的特性,进行声音模拟和情景再现,在致远舰的整体讲述和访谈中,插入了大量的背景音效和现场声,令观众身临其境、感同身受,尤其是说到邓世昌的历史故事时,不仅对其赴死场景进行还原,还在保持历史真实的基础上强化艺术表现张力,以恢弘的音乐激起听众强烈的家国情怀,强化了节目的感染力和现场感。

理论延伸 >>>

拟人化新闻

所谓拟人化,就是把人类的特性、特点加于外界事物上,使之具有人格化的特征。近年来,拟人化的手法经常被运用到新闻报道中,形成一种新的新闻形态——“拟人化新闻”。在2013年对“嫦娥三号”的报道中,新华社就曾使用拟人化的形式,推出“月球车玉兔”系列报道,以“玉兔日记”等形式用“月球车玉兔”的口吻随时报道探月的最新进展,反响良好,将生涩的科技类报道变得生动、形象、有趣味性。在案例《致远舰,你在这里!》中,创作者对致远舰进行了拟人化的描述,标题简洁有力,以第二人称亲切地呼唤致远舰,并在描述刚出水的银白色钢板时,使用了形象的比拟手法,称其为了让后世子孙再看一眼它当年的样子而“保留了自己120年前的容颜”。一系列拟人化的描述都凝聚着对致远舰的浓浓崇敬与眷恋,引发听者的情感共鸣和心灵震撼。

罪与罚——徐州审判日本战犯秘闻

【作品类别】广播专题

【所获奖项】第26届中国新闻奖国际传播类三等奖

【创作单位】徐州广播电视台

【作品时长】20分27秒

【刊播日期】2015年9月2日

【刊播栏目】AM702《海上生明月》

【主创人员】王燕飞、胡剑玮、文莉、刘莹

案例简介 >>>

抗日战争胜利后,远东国际军事法庭在日本东京对第二次世界大战中的日本甲级战犯进行了国际审判。与此同时,中国国民政府在境内的10个城市,设立审判战犯军事法庭,对日本乙、丙级战犯进行审判。徐州是其中唯一一个地市级审判地。徐州审判作为中国抗战历史的重要组成部分一直鲜为人知。

2015年9月2日,江苏省档案馆、徐州市档案馆联合在南京公布徐州审判日本战犯系列档案。这些档案史料填补了中国抗战历史研究的又一空白。《罪与罚——徐州审判日本战犯秘闻》详细介绍了徐州审判档案史料的发现过程、徐州审判的历史脉络、徐州审判的历史意义等。

点评分析 >>>

2015 年 9 月 3 日是中国人民抗日战争暨世界反法西斯战争胜利 70 周年纪念日，也是中国第二个法定的"中国人民抗日战争胜利纪念日"。《罪与罚——徐州审判日本战犯秘闻》在中国人民抗日战争胜利纪念日前夕播出，具有很强的时效性和新闻性。节目揭秘了徐州审判日本战犯史实，主题重大，意义深远。同时，节目对音乐和音响的创新性运用进一步强化了该节目的感染力。

1. 还原历史脉络，把握新闻价值

纪念抗战胜利 70 周年，记载着岁月记忆的档案向听众呈现了更多的历史细节。2015 年 9 月 2 日，江苏省委宣传部、省政府新闻办在南京举行发布会，由江苏省档案馆和徐州市档案馆联合公布一批抗战档案史料。所公布内容的时间跨度从 1931 年至 1947 年，许多档案为首次发现，堪称江苏历史上档案史料公布规模最大的一次。抗日战争胜利后，除了专门审判"破坏和平罪"与"违反人道罪"的远东国际军事法庭外，当时国民政府成立了中央处理战犯机构——战争罪犯处理委员会，并在南京、上海、北平等 10 个城市设立"审判战犯军事法庭"，审理在侵华战争中犯下罪行的战争罪犯。20 世纪 90 年代部分档案曾结集出版，但外界对徐州审判的了解仍很欠缺。徐州市档案馆与江苏省档案馆合作，发现并整合了徐州审判的重要档案史料 30 件，梳理出徐州审判的脉络轨迹，是目前国内唯一关于徐州审判的完整记录。

《罪与罚——徐州审判日本战犯秘闻》详细介绍了徐州审判的档案史料的发现过程、徐州审判的历史轨迹、徐州审判的历史意义等。节目既是为抗战胜利 70 周年纪念日作铺垫，也是借此契机向大众揭露更多抗日战争历史细节。历史意义上的重要性与报道时机的恰到好处，体现了主创人员对新闻价值的准确认识与把握。节目从徐州本地与抗日战争的交叉点切入，拉近听众距离，新闻角度新颖有趣。

这档节目效果不凡：在金陵之声广播电台《海上生明月》栏目播出，又在美国洛杉矶中文电台、东盟国家（包括泰国、柬埔寨、老挝等）中文电台播出，引起海内外听众的普遍关注。

2. 音响层次丰富，拓展想象空间

广播是听觉艺术。可听性强的节目通过声音赋予听众想象的空间，使人产生“如见其人、如临其境”的感觉。为了最大化地发挥广播的独有优势——声音的魅力，我们需要把视觉的、嗅觉的、触觉的等无声语言合理地转化为有声语言，使广播节目的声音元素得以拓展和丰富。这种效果，就是所谓“联觉作用”的结果。充分发挥广播中声音元素的表达技巧，能够使受众从听觉的感受中获得视觉、嗅觉、触觉的感受，并在脑海中浮现出一幅幅运动着的画面，达到立体的传播效果。

《罪与罚——徐州审判日本战犯秘闻》作为历史题材作品，恰到好处地运用电影原声作为背景音乐，每个段落用男声旁白串联，使广播音响呈现出良好的层次感和立体感，增强了叙事的感染力。同时，节目还使用了电影《红高粱》的原声节选，增强听众对所叙述事实的熟悉感，也加入了悬念意味。采访人物的同期声与解说词、背景音乐间隔穿插，节奏感明显。这种创新运用电影片段与背景音乐的手法极大地拓展了听众的想象空间，给听众带来听觉上的冲击力与心理上的震撼感，有效强化了广播主题的塑造力、感染力、传播力。此外，该广播中徐州方言为主的同期声采访进一步增强了节目的真实感与贴近性。

理论延伸 >>>

1. 新闻价值

新闻价值是指凝聚在新闻事实中的社会需求，是新闻本身之所以存在的客观理由，包括时新性、重要性、显著性、接近性以及趣味性等几个基本属性。时新性指报道及时，内容新鲜。事件发生和公开报道之间的时间差越短，新闻价值越大；内容越新鲜，新闻价值越大。重要性是指事件对国计民生的影响越大，就越重要，新闻价值也越大。接近性包括地理、利益、思想和感情上的接近。凡是具有接近性的事实，受众关心，新闻价值就大。显著性是指新闻报道对象的知名度越高，新闻价值越大。趣味性指具有趣味性的事实，往往有新闻价值。

《罪与罚——徐州审判日本战犯秘闻》在历史纪念日前夕详细介绍了徐州

审判的档案史料的发现过程、徐州审判的历史脉络轨迹、徐州审判的历史意义等，把握住了显著性、时新性、接近性等新闻价值属性，具有较强的传播价值。

2. 广播节目中的音乐运用

有声语言，在广播里是指能够表情达意的一切声音形态，最常见的如语言、音乐、音响，这三种声音形态构筑出节目丰富多彩、真实可信的“声音世界”。在《罪与罚——徐州审判日本战犯秘闻》中，使用音乐是一种突出的创新。音乐是一种最具有情感化的声音载体，它能准确细腻地捕捉听众的心理感受，易激发听众的情感和情绪反应，起到烘托气氛、延伸主题、丰富听觉感受的艺术作用。在回顾抗战历史这样带有故事性的片段里，音乐的运用较大程度地增强了语言表达的张力。

一名中国乡村教师的春天故事

【作品类别】广播专题
【所获奖项】第 26 届中国新闻奖国际传播类三等奖
【刊播单位】中国国际广播电台
【作品时长】24 分钟
【刊播日期】2015 年 6 月 19 日
【刊播栏目】英语环球广播《社会生活》
【主创人员】路畅、罗来明、刘旻、关娟娟

案例简介 >>>

中国有近三百万的乡村教师,由于城乡发展不平衡、交通地理条件不便等因素,中国乡村教师队伍面临着职业吸引力不强、提升渠道不畅等问题和困扰。尤其是地处偏远地区的乡村教师,往往面临着职业与生活的双重挑战。发展中国家教师面临的这些困境,不仅在中国存在,而且也是长久以来国际教育界和各国政府关注的议题。

针对这一问题,在四川省芦山地震两周年之际,中国国际广播电台的记者走进四川贫困山区,探访了一位普通乡村教师付玉苹,通过几天的相处,探寻她在艰难和挑战中对生活和生命的求索之路,最终创作出这部纪录式广播专题作品。该报道以小见大、由浅入深,较为集中和全面地描绘出一名典型的中国乡村教师形象,同时也细腻地刻画出了主人公简单真挚的人生哲学、平凡而有力量的生存姿态以及这种姿态下的人性美,在国际上获得了较好的传播效果。

点评分析 >>>

该广播专题作品聚焦一名中国乡村教师的典型事迹,向世界传达了一个真实而有感染力的中国故事。报道在反映发展中国家教师面临的普遍困境和社会问题时,从易于引起全球听众共鸣的人性关怀角度入手,通过刻画一名中国乡村教师的形象,展现出简单真挚的人生哲学,由此引发听众对生命价值的思考,以及对中国乡村教育所面临的困境与挑战、留守儿童等话题的关注。整篇作品音响丰富、细节突出,故事讲述以小见大、由浅入深,基调大气而充满人性关怀,是一篇符合国际主流审美的广播专题佳作。

1. 选题以小见大,充满人文关怀

发展中国家的儿童教育一直以来都是一个备受世界关注的问题,也牵动着多国政府和教育界人士的心。作为新闻传播工作者,面对如此重要的一个社会问题,如何将其适宜地进行报道,发挥出新闻传播的价值成为一个挑战。

在本专题报道中,作者选取芦山地区一名普通乡村教师作为报道对象,通过报道其真实的教学经历和实际的生活情况,试图为听众呈现出贫困地区乡村教师的真实现状,从而引发人们对乡村教育的困境与挑战、留守儿童等话题的进一步了解和关注。此外,报道中的主人公——乡村教师付玉苹还经历了 2013 年的芦山地震,虽然在地震中右腿严重受伤,但经过一段时间的休养后她依然坚守在教学岗位上,用乐观、积极的生活态度,为乡村教育默默付出。付玉苹只是中国乃至更多发展中国家众多乡村教师的一个代表,她所在地区的儿童教育状况也只是众多贫困地区教育的一个缩影。作者通过报道这样一个典型案例,以小见大,反映出发展中国家儿童教育问题的大主题,且报道基调大气而充满人文主义关怀,让人听后印象深刻,引发思考。

2. 场景音响丰富,营造新闻场域

本篇报道是一则英语广播专题节目,面向的多是海外受众。而报道的故事发生在中国四川的一个偏远乡村,采访涉及的人物大多带有浓重的地方口音,即便是国内听众也无法完全听懂。但节目中依然采用了大量的采访同期声,包括

对付玉苹本人及其家人、学生的采访和各种环境背景音。由于主人公付玉苹是一名乡村小学教师,学校是她主要的工作场所,乡村教育也是本篇报道的最终主题所在,所以学校里学生课上、课下活动的背景音几乎贯穿节目始终。这些富有生活气息和场景特色的音响元素,一方面增加了报道的现场感和画面感,另一方面也让报道对象的人物形象更鲜明、更生动。

此外,节目在表达上还添加了一些带有中国风的背景音乐,和报道内容相照应,为报道的叙述增添氛围、渲染情绪,增加了节目的可听性。

3. 多侧面切入,人物刻画立体丰满

这篇纪录片式的专题报道时长有 24 分钟,时间虽短但涵盖的内容却非常丰富,在 20 多分钟里对中心人物进行了多个侧面的刻画解读,使人物形象立体丰满,有血有肉。首先,报道从付玉苹的教学工作入手,介绍了她在学校上课的情况,这部分主要通过她的采访同期声和学生们的反馈来呈现,让听众了解到这是一个认真负责、深受学生喜爱的小学教师。教学之外,付玉苹对这些留守学生的日常生活也非常关心,关心他们吃午饭的问题、生病问题等。报道通过对乡村医生的采访,从侧面刻画出付玉苹的善良品德。

其次,该报道突出了付玉苹的另一层身份——一个普通的农民。家庭并不富裕的她在教师工作之外还担负着繁重的农活。为了呈现付玉苹的家庭生活背景,报道通过对付玉苹家人的采访以及对其家中旧房子的寻访,采集丰富的声音素材与场景,在充实节目内容的同时,也折射出当下乡村教师在教学和生活上面临的双重困境和挑战。经历过这些生活的不易,其简单真挚的人生态度、平凡而有力量的生存姿态才显得愈加可贵。

理论延伸 >>>

1. 专题节目选题特征

广播专题节目由于具有时长较长、内容丰富、报道更深入等特点,关注的往往都是社会热点事件或话题,报道的主题也更有深度。这也对记者们在选题以及内容采写、节目编排上有更高的要求。如果选题不够典型,报道就容易显得空

泛、不具有代表性。

本案例中,作者的报道主题是反映乡村教师和贫困地区留守儿童教育面临的困境和挑战,选取付玉苹这一典型人物的典型经历进行报道,属于大主题、小切口的选题做法,通过一个具体案例让听众对案例背后的社会问题有更加具体、深刻的认识和了解,使报道更生动、更容易获得听众的情感共鸣。

2. 广播节目中的声音细节

细节决定成败,一篇新闻专题报道,如果缺少独特而恰到好处的细节描写就会失去很多特色。善于利于一些细节来刻画人物、突出报道主题,对创作出优秀的广播专题报道节目具有不可小觑的作用。

本案例中,作者运用了很多声音细节从侧面刻画出主人公付玉苹的人物形象。如付玉苹在课堂上为学生们读课文、学生们向记者介绍自己画的画,以及学生们上、下课时的背景音,等等。这些具有鲜明当地生活特色的声音让节目听起来更生动,给听众以更好的画面感和现场感,从而更准确地理解节目内容,同时也更好地突出报道主题。

牵手美丽新村——青杠树村专题报道

【作品类别】广播专题
【所获奖项】第 26 届中国新闻奖国际传播类三等奖
【刊播单位】中国国际广播电台
【作品时长】12 分 22 秒
【刊播日期】2015 年 8 月 4 日
【刊播栏目】华语环球广播《全景中国》
【主创人员】杨昱、张帅、李颖

案例简介 >>>

本专题节目以“青杠树村”的名字由来为始,由村民讲述青杠树村的前世今生,村领导讲述青杠树村的建设过程及其建设政策,旨在让听众在了解青杠树村过去和现在的巨大变化的同时,了解国家对新农村建设的相关政策,呈现出一个具有四川特色的幸福美丽新村形象。该节目经中国国际广播电台华语环球广播《全景中国》栏目在美国、加拿大、澳大利亚等国的十几个城市播出,对宣传中国幸福美丽村镇建设以及成都宜居城市的幸福生活都起到了很好的作用。

点评分析 >>>

该专题节目中,创作者以成都青杠树村近年来在新农村建设中的变化为题,从一个具体的案例入手,以小见大地呈现了成都在幸福美丽村镇建设中自创的“小组生微”模式以及取得的巨大成就,有助于让国内外听众更好地了解中国的新农村建设和新农村面貌,具有较高的传播价值。此外,节目运用了大量的对当地村民、村干部的原始采访录音,让节目内容更加真实、有感染力。在节目表达上,作者还添加了一段富有四川风格的背景音乐,增强了节目的可听性。

1. 选题巧妙,以小见大

2013 年 12 月,习近平总书记在中央城镇化工作会议上发出号召:“要让居民望得见山、看得见水、记得住乡愁。”加强农村建设、统筹城乡发展是中国现代化进程中一直广受关注的重要议题,而广播是一个单纯依靠声音来进行传播的媒介,直接的政策性报道一般会显得说教性很强,难以引起听众的兴趣。在《牵手美丽新村——青杠树村专题报道》这则广播专题节目中,作者巧妙地选取了一个具体案例,将视角聚焦到四川的一个小村落——青杠树村,从“青杠树村”名字的由来入手,讲述了村中开始新农村建设之后发生的巨大变化,以及村民们当下的幸福生活,以讲故事的形式,为听众呈现出一幅幸福美丽新农村画面,将中国新农村建设的政策和成就进行了具象化的解读,对于国家相关政策的宣传和落实具有一定的现实意义。

这种以小见大的选题方式,不仅让报道显得更生动、具体,且有效强化了成就性、政策性报道的说服力、传播力、引导力,尤其是在国际传播中,这种“讲故事”的报道方式往往让听众感觉更亲切,从而获得更好的传播效果。

2. 音响丰富,广播特色鲜明

广播新闻的特点是运用声音元素来传递信息,在广播新闻制作中,对声音元素的把握和运用是决定新闻传播效果的关键。本则报道中,作者走进基层,走到百姓身边,采录到了很多“沾露珠、带泥土”的现场同期声和背景音,并进行恰当的运用,大大增强了报道的现场感和画面感。如节目开头,配合解说词中的“往郫县三道堰方向行驶”,作者先用一段汽车行驶而过的背景音开场,让听众有种身临其境之感。随后在描述青杠树村的名字由来、村中今昔变化等内容时都有相应的村民采访录音来佐证,增加了报道的可信度。此外,为了强化报道的深度和高度,记者还采访了村里的支部书记和村主任,从政策执行的角度讲述了青杠树村变化的过程以及建设的方向,烘托出建设美丽新农村的时代背景。

在节目表达上,作者创新性地添加了一些富有四川当地特色的背景音乐,一方面迎合了节目报道的基调,二来增强了节目的可听性。这些丰富的音响元素的使用,让报道显得更加真实、生动、富有感染力,彰显出广播新闻的声音魅力。

3. 内容翔实,报道结构清晰、有层次

本则专题报道涉及内容丰富,主题宏大,在结构呈现上采取由远及近、由表及里的表达方式,从青杠树村外和历史讲起,然后过渡到新农村建设下村内人们的幸福生活状态,最后从政策角度阐释幸福生活背后的多项经济发展措施及取得的成就,层层深入,结构严谨,在叙述上具有很强的逻辑性。

报道中,作者先用王维《渭川田家》中的诗句向听众描述出一幅和谐美丽的乡村画面,借机引出青杠树村,并通过一位年长村民的口述,介绍青杠树村名字的由来。这种故事化的开头使报道顿时显得活泼生动起来,容易引起听众的兴趣。

随后,作者话题一转,将报道聚焦到青杠树村的现代化建设上,由古到今,与前文衔接自然。在新农村建设下,青杠树村的交通、环境、经济发展等都发生了翻天覆地的变化,村民的生活水平也有了明显的改善,新农村建设的成就通过村民们真实可感的幸福生活有了具象化的呈现。

最后,报道从新农村建设出发,讲述了青杠树村的经济发展措施及取得的成就,这也是报道的重点。青杠树村成立集体资产管理有限公司来集中管理村民的土地资源,从第一产业向第三产业转型,大力发展旅游业,将整个村建设为4A级的旅游景区等,都是其整体建设的具体体现。结尾,报道总结点出新农村建设的本质是让人民能够过上更高质量的生活,从整体格局上对新农村建设进行阐释,使报道具有一定的政策高度。

理论延伸 >>>

1. 新农村建设报道

自2005年中央正式提出建设社会主义新农村的战略任务以来,新农村建设

就一直是我国现代化进程中备受关注的重要议题之一，在取得丰硕成果的同时，也给媒体报道提出了新的要求。

新农村建设属于国家战略层面的决策，这要求新闻工作者必须具有一定的战略意识，报道必须深刻理解、准确把握其丰富的内容和深刻的内涵，从而做到选题准确、内容丰富。此外，新农村建设报道不同于传统的“三农”报道，需要找到合适的切入点，从小处入手，避免强说教的纯政策性宣传，让新闻呈现出时代性和贴近性。报道的主体也应该从以工作为中心转换到以人为本，突出强调构建和谐社会过程中的农民群体及其生活状态的变化。农民既是社会主义新农村的建设者，也是当然的受益者，新农村建设报道只有以平视的角度、平等的态度，反映其所关心的事件和话题，才可能取得成功，成为新农村建设的有力推动者。

本则报道选取新农村建设中的一个具体案例——青杠树村作为报道对象，巧妙地化抽象为具象，用青杠树村看得见、感受得到的生活变化来展现其新农村建设的成就。报道中还多次运用村民的采访录音印证新农村建设给其生活带来的实质性改善，让听众感觉亲切、可信，是一则成功的新农村建设报道。

2. 广播专题节目的内容编排

相比于广播消息，专题节目时长更长，内容更丰富，报道也更具有深度。因此，在节目制作中，内容结构的设计和编排就显得尤为重要。首先，专题节目最好能有一个比较吸引人的开头，比如开启一个故事或者设置一个悬念，这样才能激起听众继续收听的兴趣。其次，报道的内容前后要有逻辑照应关系，否则容易造成结构的凌乱和失衡，让听众对报道内容产生疑惑。

本案例中，创作者从青杠树村名字的历史由来出发，过渡到其现代化建设，然后详述当下村子本身和村民们生活上发生的变化，最后提升到我国的新农村建设政策上，报道内容逐步深入，结构上清晰严谨，让听众既对青杠树村的幸福美满生活有了更深入的了解，也对我国的新农村建设政策有了更加具体而直观的认识。

“南京大屠杀死难者国家公祭仪式”现场直播

【作品类别】广播直播

【所获奖项】第 25 届中国新闻奖国际传播类一等奖

【创作单位】中国国际广播电台

【作品时长】60 分钟

【刊播日期】2014 年 12 月 13 日

【刊播频道】旧金山 AM1510、纽约 AM1240、奥克兰 FM90.6 等国际台海外落地频率,国际在线中文网,华语广播网

【主创人员】张意、周劲翔、黄晓东、包涛

案例简介 >>>

“南京大屠杀死难者公祭日”是我国首个以立法形式确定的国家公祭日。该公祭日的设立是为了悼念南京大屠杀死难者和所有在日本帝国主义侵华战争期间惨遭日本侵略者杀戮的死难同胞,揭露日本侵略者的战争罪行,牢记侵略战争给中国人民和世界人民造成的深重灾难,表明中国人民反对侵略战争、捍卫人类尊严、维护世界和平的坚定立场。2014 年 12 月 13 日,我国首次为南京大屠杀死难者举行“国家公祭仪式”,公祭活动意义重大。

《“南京大屠杀死难者国家公祭仪式”现场直播》这则广播特别节目以首次南京大屠杀死难者国家公祭仪式的举行为主题,充分利用广播的声音优势,结合“幸存者证言”、嘉宾采访、直播报道等多种音响表现方式,营造出肃穆庄重的氛

围，烘托出沉重悲痛的情绪，完整地呈现出南京大屠杀死难者国家公祭仪式的举行过程，赢得众多海外华人华侨的认可与好评，国际传播效果突出。

点评分析 >>>

《“南京大屠杀死难者国家公祭仪式”现场直播》这则广播直播报道紧扣“国家公祭”的主题，多维度、多层次、多手段地向海外华语听众阐释了中国首个南京大屠杀国家公祭活动的重大意义，情感真挚，内容丰富，可听性强，获得了突出的国际传播效果。

1. 聚焦历史主题，凸显现实意义

2014 年 12 月 13 日，我国首次为南京大屠杀死难者举行国家公祭仪式，为此，中国国际广播电台专门制作了《“南京大屠杀死难者国家公祭仪式”现场直播》广播特别节目，聚焦这一重大选题，客观真实地呈现出南京大屠杀死难者国家公祭仪式的全过程。此外，本节目通过与铺垫环节的配合，让听众回顾了南京大屠杀的悲痛历史，以史为鉴，深化了国家公祭仪式的现实意义。

这期特别节目紧紧围绕“铭记历史、珍爱和平”的主题，彰显出我国反对战争、维护和平的坚定立场，有利于我国国际形象的传播，并以海外华人华侨为主要受众，有利于提升民族凝聚力，激扬民族精神。

2. 音响音乐到位，氛围肃穆庄重

《“南京大屠杀死难者国家公祭仪式”现场直播》广播特别节目全程直播国家公祭仪式过程，并结合“幸存者证言”、采访报道等音响及符合主题调性的背景音乐，对报道主题进行了立体生动的呈现。

在国家公祭仪式开始前的铺垫环节，节目特别使用了中国国际广播电台和南京大屠杀遇难同胞纪念馆、江苏电台联合制作的多位幸存者证言，并就公祭活动的意义提前采访了海外华文传媒协会主席、日本中日新报社社长刘成先生，南京籍海外侨胞、希腊《中希时报》总编、华人社团负责人汪鹏先生等。在铺垫环节中，丰富多样的音响内容的运用，极大地调动起听众的情绪，使听众充分感受到死难者国家公祭仪式的重大意义。在直播过程中，主持人语言、音响和背景音

乐的配合自然地呈现出公祭仪式肃穆庄重的现场氛围,并且保证了默哀、诵读和平宣言、领导人致辞等公祭仪式环节的自然衔接,增强了节目感染力和可听性,烘托出符合主题基调的沉重悲痛的情绪。

3. 采访触角多元,立场坚定鲜明

《"南京大屠杀死难者国家公祭仪式"现场直播》广播特别节目的主要受众为海外华人华侨,针对这一特殊受众群体,节目主创人员广泛联系海外华人社团、华文媒体以及江苏电台等,将极具渲染力和震撼力的"幸存者证言"和海外华文媒体、华人社团、南京籍海外侨胞等的多方观点相结合,全方位、多角度展现出南京大屠杀死难者公祭日的历史背景和立法过程,并突出其表明中国人民反对侵略战争、捍卫人类尊严、维护世界和平的坚定立场的重大意义。除了采访对象国际化之外,本次直播还通过国际台中文环球在旧金山、纽约、奥克兰等地的调频、中波频率以及覆盖全球的短波广播同步播出,并在国际在线中文网、华语广播网进行音频直播,覆盖范围十分广泛。多维度的国际化采访和多渠道的直播落地使本则广播特别节目起到了对外宣扬中国立场、对内提高民族凝聚力的良好效果,是一次精准有效的国际传播实践。

理论延伸 >>>

1. 广播现场直播

现场直播是指在现场随着事件的发生、发展进程同时制作和播出广播电视节目的播出方式。与录播相比,直播的时效性更强,受众身临其境的现场感与参与感也更强。与电视直播相比,广播直播具有成本低等优势,但由于缺少画面信息,有时广播直播的代入感和表现力可能没有电视直播强烈。这就要求在广播直播节目中,主持人语音、现场直播和垫乐要进行完美的配合,以渲染出客观真实的现场气氛,增强观众的代入感。

《"南京大屠杀死难者国家公祭仪式"现场直播》广播特别节目便通过主持人语音、采访报道、现场直播和其他音响音乐的良好配合,渲染出国家公祭仪式庄严肃穆的现场氛围,烘托出沉重悲痛的情绪,使受众可以快速投入到此事件当

中。通过分析本案例,我们能够掌握在广播直播节目中提高节目渲染力、营造符合主题基调的现场氛围的方法。

2. 广播节目中音响音乐的使用

广播是声音的艺术,正确使用音响音乐,可深化广播听众对于节目内容的理解,渲染节目的气氛,增强节目语言的感染力。除此之外,音乐的使用还可以为听众提供想象空间,激发听众对节目的兴趣,并使其产生对后续内容的收听欲望。音响音乐在广播节目中的重要作用要求制作人员对音响音乐有较强的鉴赏力,并充分把握节目的感情基调和每一部分内容所承担的情绪作用。

在本案例中,铺垫环节将极具渲染力和震撼力的"幸存者证言"音响和海外华文媒体、华人社团、南京籍海外侨胞等多方观点的音响相结合,为后续的现场直播进行了有效的背景信息介绍和情绪基调铺垫。直播过程中,主持人语音、现场音响和背景音乐的配合进一步提升了节目的情绪渲染力。

重整河山待后生

【作品类别】广播专题

【所获奖项】第25届中国新闻奖国际传播类一等奖

【刊播单位】中国国际广播电台

【作品长度】13分20秒

【刊播日期】2014年12月2日

【刊播栏目】华语环球广播《全景中国》

【主创人员】郑璐、朱旭

案例简介 >>>

骆玉笙先生是我国著名曲艺表演艺术家。30年前,为了纪念抗日战争胜利40周年,她饱含激情地演唱了电视连续剧《四世同堂》主题曲《重整河山待后生》。歌曲凄凉悲壮、激愤高亢,展现了民族说唱艺术和流行音乐元素结合后的独特魅力,又唱出了大义凛然、顽强不屈的民族精神。30年后,《重整河山待后生》的演唱者和部分曲作者已经故去,然而他们留下的艺术精品还在感动、激励着世人。

2014年是骆玉笙先生诞辰100周年,这则作品深入采访了《重整河山待后生》的参与者,挖掘出了这一艺术精品的制作过程和鲜为人知的故事细节。本则报道主要讲述了这首主题曲的创作和演唱过程,注重对故事中人物性格的挖掘,用亲历者的平实语言去还原历史,给人以振奋和警醒,进一步激励世人铭记历史、珍惜和平。

点评分析 >>>

这则报道虽然只有短短13分钟左右，但是有着较强的代入感和感染力，让作品背后的故事深入人心。本作品主题重大，并选择了较好的播出时机，即抗日战争胜利70周年前夕，具有较高的历史价值和重要的现实意义，也展现出了民族艺术的独特魅力。

1. 切入角度以小见大

广播报道《重整河山待后生》创作时即将迎来抗日战争胜利70周年，面对这一重大选题，主创人员并没有从宏观的角度切入，诉说宏大的历史事件，而是以电视连续剧《四世同堂》主题歌《重整河山待后生》的创作过程为切口，采取故事化的讲述方式，以小见大，视角巧妙。

在收听过程中，受众可以感受到众多创作细节背后人物命运的沉浮，每一处故事细节都带有那个时代的烙印，例如这首歌的词作者林汝为在谈到创作历程时，就回忆起小时候日本侵略者的暴行。这则报道既起到了缅怀与铭记历史的作用，又有对世界和平的呼唤，更融入了对未来发展的思索。

2. 人物性格刻画突出

《重整河山待后生》专题报道十分注重故事化叙事，并将故事人物化、人物细节化，以丰富的细节刻画人物性格，丰满人物形象。故事中的人物性格越有鲜明的特征，新闻报道就越具有生动性和吸引力。本报道就深刻诠释了骆玉笙先生等人的性格特征，比如骆先生从最初犹豫到答应演唱的转变过程，体现了在经历那段屈辱岁月后对日本帝国主义的仇恨和爱国之心。在讲述作品创作的过程时，很多细节都展现出骆玉笙先生高超的艺术造诣，例如录制过程中，骆玉笙先生第一次演唱完毕后，掌声经久不息。这些细节描写不仅将人物最显著的性格特征展现了出来，而且对报道主题也起到了正面烘托及铺垫作用。

3. 节目编排专业求新

《重整河山待后生》专题报道的编排专业又富有新意，编辑思路清晰，作为广播节目,音响运用巧妙得当,《重整河山待后生》的主题曲成为贯穿始终的音响线索。例如故事的开头,骆玉笙先生在演唱前,大家担心这位老太太能否唱好时,节目适时推出了老太太开口所唱的《重整河山待后生》中的前奏“千里刀光影”,用声音回答了人们的疑问,代替了任何语言的描述,具有说服力。在报道结尾提到“当这首在30年间被广为传唱的歌曲再次响起时,已经年过八旬的林汝为导演仍不忘警醒世人”时,主题曲的结尾音乐《重整河山待后生》,既点明了报道的题目,又达到了警醒世人、呼唤和平的目的。

理论延伸 >>>

1. 广播节目音频编辑

广播不同于电视和报纸,是只能通过声音唤起情感的媒介载体。与电视和报纸相比,广播具有更强的伴随性。由于只能通过声音来传递情感和信息,广播的音频编辑就显得至关重要。广播声音根据来源一般分为现场音、主播配音、采访音、音乐音效等,要根据节目的目的将多种声音有效结合,陈述事件、烘托氛围。如果编辑不当,极易造成音频混乱、嘈杂之感,从而导致新闻信息不能有效传达。

《重整河山待后生》这则报道就是将这些声音很好地进行剪辑、整合的范本,从开头的人物出场介绍到最后的人物离场谢幕,声音、音乐的运用都恰到好处,节奏张弛有度,充分发挥了广播的特点,具有较强的感染力。

2. 人物采访技巧

《重整河山待后生》通过声音来塑造人物形象,除了幕后音频剪辑之外,前期的资料整理、人物采访也尤为重要,这些内容是撑起这期节目的关键。

人物采访成功的关键在于选对嘉宾以及问对问题。选择嘉宾时要充分考虑其代表性和关联性,在这则报道中,为了做好采写工作,《重整河山待后生》的主创人员通过前期考察,经过层层筛选确定主要采访对象为导演和词作者林汝为,曲作者雷蕾、温中甲,以及骆玉笙先生的孙女骆巍巍。而年过八旬的林汝为曾经多次接受有关《重整河山待后生》的采访,如何让她讲出从没讲过的故事就很考验编导能力。经过长达两个小时的“唠嗑”,主创人员发现林汝为至今仍然对《重整河山待后生》的歌词记忆犹新,对旋律哼唱自如。从歌词的由来入手讲“不一样”的故事,便成为这次采访的主要内容,主创人员也由此获得了大量真实、珍贵的采访素材。

葡萄藤串起中国情

【作品类别】广播专题

【所获奖项】第25届中国新闻奖国际传播类二等奖

【创作单位】山东广播电视台

【作品时长】21分39秒

【刊播日期】2014年3月31日

【刊播栏目】广播经济频道《新闻大屏幕》

【主创人员】李伟、朱帅、戴晋

案例简介 >>>

德国葡萄专家诺博·高利斯和助手汉斯作为中国引进专家,自2000年起,连续9年17次来到枣庄山亭,向当地农民传授葡萄栽培改优技术,无偿赠送名优葡萄品种,并在山亭区建成了大型现代化农业龙头企业——汉诺庄园,带动当地农民致富。汉斯和诺博相继去世后,诺博的外孙马克·林顿继承祖父的事业,继续为山亭人民传授技术,并将传承几百年的家族商标无偿授予汉诺庄园使用。祖孙两代,跨越十几年的付出,诺博与外孙马克的感人事迹,也得到了习近平主席的高度评价。

《葡萄藤串起中国情》这则广播专题节目以德国葡萄专家诺博·高利斯和助手汉斯对枣庄山亭农民的帮助为主题,通过对与诺博和马克一起工作过的当地干部、农民的多次实地采访以及多渠道收集的诺博和马克在山亭期间生活、工作的故事细节,全面深入地挖掘了诺博·高利斯和马克·林顿祖孙两代人的

“中国情结”,展现了中德两国人民的深厚情谊,内容翔实、情绪饱满,赢得了听众和网友的好评。

点评分析 >>>

《葡萄藤串起中国情》这则广播专题节目通过讲述德国葡萄专家诺博·高利斯与其外孙马克的感人事迹,以小见大地展现了中德两国人民的深厚情谊以及人类命运共同体的发展理念,并向世界传递了中国和世界人民互助发展的愿望和行动,有效搭建了民间交流、对话的平台,充分发挥了民间人士在国际传播中的作用,凸显出地方媒体在国际传播中的独特优势。

1. 以小见大,细说人类命运共同体

习近平同志在十九大报告中提出,坚持和平发展道路,推动构建人类命运共同体。平等互助、合作共赢的人类命运共同体是近年来习近平总书记提出的重要全球发展理念。国家之间的互联互通以及国际交往常使用宏大的叙事话语,而《葡萄藤串起中国情》却从小处着眼,将人类命运共同体的核心理念蕴涵于诺博·高利斯和马克·林顿祖孙两代人的“中国情结”之中。山东广播电视台制作的《葡萄藤串起中国情》,通过普通人的视角以小见大地反映出中德两国人民超越种族、文化、国家与意识形态界限的共识、友谊与价值观,大量的细节描绘使人物形象立体饱满,使人类命运共同体的抽象概念具体化、人物化、故事化。节目充分发挥了民间人士在国际传播中的作用,借助非官方话语源,增强了节目所传递信息的亲和力、感染力和真实性。

在中国快速发展的大背景下,《葡萄藤串起中国情》这期专题节目将人类命运共同体的大主题融于具体人物当中,相较官方话语的正式、严肃,更能调动听众的情绪,拉近与听众的距离。节目通过具体事件向世界传递中国和世界人民互助发展的进程,成为人类命运共同体中国方案的典型案例,获得了良好的国际传播效果。

2. 呼应热点,提升国际传播时、度、效

2014 年 3 月 28 日,习近平总书记在德国科尔伯基金会上提到德国葡萄专家

诺博同助手汉斯多次来到中国山东枣庄,向当地农民传授葡萄栽培、嫁接改优技术,并资助8名经济困难学生的事迹。习总书记提到,诺博作为众多的德国朋友之一,为中德关系发展、为中国改革开放事业作出了重要贡献。跟随习总书记这一讲话重点,《葡萄藤串起中国情》广播专题节目将习总书记的讲话片段置于节目开端,为后续内容的发展进行了铺垫,清晰展现了该新闻事件的国际传播价值和典型意义。

该节目在习总书记访问德国之后及时播出,具有很强的时效性和新闻性,这也使得该节目更易于引起听众的关注与讨论,与习总书记访德的重大外交事件一起形成共振效应,聚合热度,产生 1 + 1 > 2 的放大效果,进而有效提升了国际新闻传播的时、度、效。

3. 多维采访,精细打磨新闻质感

广播采访是一档广播节目成功的重要因素,也是记者为获得新闻素材所要进行的基本调查研究活动。有效的采访可以为受众展示客观真实的事件发展面貌,并塑造饱满生动的人物形象。《葡萄藤串起中国情》这期广播专题节目通过对采访的充分使用,从多个角度塑造了诺博 · 高利斯和马克 · 林顿不断奉献的高大形象,感人至深。本期节目中,记者多次采访了与诺博 · 高利斯和马克 · 林顿一起工作过的当地干部、农民以及两人的翻译,通过多种渠道收集他们在山亭期间生活、工作的故事细节,并在马克来山亭期间,进行了全程跟踪采访。数十人、几十段现场的音响,当地农民朴实的语言和翻译宁颜闽泣不成声的讲述,让听众产生极强的代入感。除此之外,多维度、全方位的采访生动地刻画出诺博和马克的人物形象,打磨出新闻故事的质感,立体呈现了祖孙二代的"中国情结",使内容翔实、饱满、真实,具有说服力。

理论延伸 >>>

1. 广播节目选题策划

选题策划对一档广播节目至关重要,一个好的选题有利于广播节目进行深度报道、体现广播节目的特色,并激发受众兴趣、提高传播效果。广播节目的选

题应围绕社会热点，从细微之处切入反映大主题，增强观众的代入感。

《葡萄藤串起中国情》这期广播专题节目便在习总书记访问德国后及时播出，紧跟习总书记访德的热点，并从具体人物入手，凸显中德人民的深情厚谊。这种以小见大的选题表现使该节目具有更强的亲和力和感染力，使节目所表达的观点更容易被受众接受，获得更好的传播效果。

2. 广播采访的应用

在广播节目中应用采访有利于客观真实地呈现报道主题，也有利于塑造所报道人物的形象。好的广播采访的应用可以使节目内容丰富翔实、事件呈现清晰饱满。

在本案例中，记者进行了扎实深入的采访，大量的现场采访音响令听众身临其境，诺博·高利斯和马克·林顿的人物形象构建更加立体丰满，二人同中国的情谊深入人心。在这期节目中，记者采访了诺博·高利斯的翻译宁颜闽，宁颜闽在谈到诺博对当地人民的帮助时泣不成声，这种自然的情感流露和现场音响的使用令听众直接感受到人们对诺博的尊重与怀念，也烘托出诺博对当地百姓所作出的巨大贡献。

丝路新春

【作品类别】广播系列

【所获奖项】第25届中国新闻奖国际传播类三等奖

【创作单位】中央人民广播电台

【作品时长】平均时长7分53秒

【刊播日期】2014年2月10日至21日

【刊播栏目】中国之声《新闻和报纸摘要》《新闻纵横》;经济之声《天下财经》;中华之声《早间随身听》《海峡在线》;华夏之声《新闻空间》;民族之声哈语新闻;维语频率新闻专题;央广网《丝路新春》专题网页等

【主创人员】集体

案例简介 >>>

《丝路新春》是中央人民广播电台2014年2月推出的解读"丝绸之路经济带"的大型广播系列报道。2014年9月习近平主席提出共建"丝绸之路经济带"倡议,引起中外广泛关注。该案例正是通过聚焦习近平主席对于共建中"五通"概念的阐述,分别以政策沟通、道路联通、贸易畅通、货币流通、民心相通等作为新闻线索,既着眼于宏观方针政策,也注重政策背后的细节变化,全方位聚焦中国与亚欧国家共建丝路经济带的意义和所催生的机遇,展现古老丝路当今的蓬勃活力和美好未来。

点评分析 >>>

《丝路新春》报道策划周密、采访扎实，是一个极具代表性、权威性、思想性的广播新闻范例，也是传统广播媒体进行融合新闻报道的一次突破性创新，对习近平主席提出的“五通”共建丝路经济带的倡议起到了重要的宣传、解释、引导作用，营造出良好的国际、国内舆论。

1. 选题策划精良，报道内容扎实

《丝路新春》作为大型广播系列报道，共10集内容，大处着眼，细处入手，报道多侧面描述了丝路经济带如何惠及30亿人口，中国与中亚各国的共同理念、共同利益、合作基石以及经济带在交通、经贸、能源、金融、科技、旅游等领域建设的新探索。整体报道思路由浅至深，由宏观到微观，多方位立体式报道了在习主席提出“丝绸之路经济带”倡议之后，该地区发生了怎样的变化。

本次采访活动本身就是一次国际传播活动。该报道共派出境内外记者50多人，分赴国内9个省区市及哈萨克斯坦、吉尔吉斯斯坦、乌兹别克斯坦等中亚国家采访，采访录音近百小时，拍摄图片2 000多张，视频近50小时，采访中外各界人士200多人，获得了大量的第一手材料及独家专访。其中，采访对象身份多元，覆盖面广，包括哈萨克斯坦、吉尔吉斯斯坦、土库曼斯坦、塔吉克斯坦等国的驻华大使，外交、经济、文化、交通等领域的政府官员以及中外专家学者、企业界代表、留学生等，他们从不同角度解读共建经济带的意义、存在的问题与对策等，集纳多方声音，体现了该新闻作品深刻的思想性。

在内容层面，该报道既有宏大的谋篇布局，也有细节上的精心编排，音响丰富，信息量大，形成时空交错的立体感。其中还包括习近平主席以及诸多中外使节、外交部部长、政府官员、文化参赞、专家学者的讲话录音，高端而权威。报道在厚重的宏观叙述中，穿插大量典型事例、新闻现场，例如普通司机、企业老板、大学生等社会人士的口述见闻。无论是现场同期声，还是精心处理的高质量音乐都为整个广播新闻节目增添了鲜活性和感染力，将声音的表现力发挥到极致。

2. 融合报道创新,多终端覆盖传播

《丝路新春》是中央人民广播电台媒体融合报道的一次全新突破,通过全媒体、多语种、多终端的呈现,图文音视频并举,构建起一张立体化、全覆盖、矩阵型的传播网络。该广播系列报道在中国之声、经济之声、中华之声、华夏之声、民族之声、维语频率等6个频率集中推出,播出覆盖中国内地和港澳台,并以哈萨克语、维吾尔语在新疆少数民族地区播出。与广播播出同时,央广网在首页要闻区推出《丝路新春》网络专题,并通过官方微博、微信进行传播;中国维吾尔语广播网、中国哈萨克语广播网分别推出维语、哈语网络专题,刊载广播稿件。

从整体新闻传播渠道的布局来看,该报道可谓是融合了多种渠道,最大限度地容纳了不同文化背景的受众群体,在广播媒体传播领域中几乎可谓是全面覆盖。当下,媒介融合一直是媒体业讨论的热门话题,而受众对于传播效果的影响很大,因此,相关领域的研究层出不穷。此次《丝路新春》是广播媒体融合传播的一个典型案例,其突出的传播效果也为融合传播的进一步深化研究提供了参考依据。

3. 顺应全球发展大势,契合国家发展战略

《丝路新春》的广泛影响足以证明其巨大的传播力,报道播出时正值习近平主席提出共建"丝绸之路经济带"的倡议之时,而丝绸之路经济带对于中国乃至世界来说都是一件极具意义的"大事"。因此,此次报道也具有很强的国际传播意义,是媒体作为社会舆论引导及国家对外宣传重要力量的最佳体现。无论是传播平台的选择、传播内容的设计编排,还是主题的策划,都不难看出制作团队的良苦用心。

理论延伸 >>>

1. 媒介融合背景下的广播新闻制作

广播新闻作为传统新闻形式之一,具有不可替代的覆盖面以及传播功能。同时,从媒介融合的角度看,广播媒体在新闻报道中可发挥的作用远远不止于传

播渠道。尤其是在当今媒介融合的大背景下,声音作为媒介融合最容易实现的媒介形式之一,应当把握机遇,果断转变。因此,广播从业者在掌握坚实的广播新闻制作技能的基础之上还要着眼于整个媒体业态的变化,将声音媒介的特长发挥到极致,让广播在与别的媒介融合之中获得新的生命力。

2. 重大主题国际新闻报道

国际新闻的价值不仅仅在于其涉及的内容国际化,更在于其传播渠道与受众的国际化。因此,重大主题的国际新闻报道需要有周密的前期报道安排,需要从媒介融合的角度思考问题,无论是内容的谋篇布局、团队的组建、传播的渠道排布还是跨文化传播效果的分析等,都是整个报道团队在新闻生产中需要考虑的问题。随着中国国际地位的不断提高,中国政府的对外宣传要求也随之提高,这对于媒体来说是一个更高的要求与挑战。如何在复杂的国际形势以及媒体环境下制作出最具有影响力以及话语权的新闻作品成为从事国际传播的媒体人最关心的话题。像"丝绸之路经济带"这样具有时代意义的国家重要战略政策,对于国际传播媒体而言,对这一政策进行大力宣传是职责所在,也是展现国家综合实力和塑造国家形象最好的机会,一定要牢牢把握住。中央人民广播电台正是在这样的机遇中找到了自己的定位,通过合适而精良的内容完成了国际传播工作。

塔州小朋友的中国梦

——习主席同澳大利亚小学生的书信情缘

【作品类别】广播消息

【所获奖项】第25届中国新闻奖国际传播类三等奖

【创作单位】中国国际广播电台

【作品时长】3分53秒

【刊播日期】2014年11月18日

【刊播频率】华盛顿AM1190、勃兰特AM1040、休斯敦AM1540、渥太华FM97.9、珀斯FM90.5、坎大哈FM102.2、内罗毕FM91.9等

【刊播栏目】《新闻纵贯线》

【主创人员】王潇、陈枫、李丛、Shane Bigham

案例简介 >>>

2014年11月18日,习近平主席前往澳大利亚塔斯马尼亚州参观访问。除探望已故塔斯马尼亚州前州长培根的家人外,习近平夫妇还特意来到总督府与塔斯马尼亚州朗塞斯顿市斯科奇-欧克伯恩小学的学生见面,鼓励他们更加努力地学习汉语,了解中国历史和文化。

广播消息《塔州小朋友的中国梦——习主席同澳大利亚小学生的书信情缘》结合现场实况音响,详细介绍了习近平主席同小学生的交谈经过及内容。中国国际广播电台利用资源优势,通过对学生和老师的采访,重现了这些学生在2014年5月以书信邀请习主席到访澳大利亚的情景。

点评分析 >>>

这则时长3分53秒的广播消息运用了大量的现场实况音响,结合插叙手法进行叙事,详细讲述习近平主席探望塔州小学生的缘起和经过,并在结尾处概述了习近平主席会见塔斯马尼亚州代州督布洛、州长霍奇曼和看望培根家人的过程,兼顾新闻性、时效性与感染力,是时政新闻报道的一次创新尝试。

1. 选题立意高远,内容翔实丰富

本则时政广播消息从大处着眼,聚焦中国领导人的重大外交时刻,传递中国和平友谊的外交信号。为了将重大时政报道落细、落小、落实,该报道从小处着眼,通过放大习主席与当地小学生的书信互动,让时政报道入情、入理。

2014年11月15日至16日,习近平主席出席在澳大利亚布里斯班举行的二十国集团领导人第九次峰会,随后对塔斯马尼亚州进行了参观访问。本则广播消息从中澳关系的重要政治意义出发,既概述了塔斯马尼亚州在中澳贸易、农业、林业和旅游业等领域所发挥的重要作用,又通过讲述塔州小学生的"中国梦",增进中澳友谊,有效提升了时政新闻报道的人情味。习近平主席将他们比作中澳友谊的种子,希望他们努力学习汉语,将来到中国学习、旅游,实现他们的"中国梦"。

2. 采用插叙手法,故事结构清晰完整

本则广播消息巧妙地搭建叙事结构,采用插叙的手法丰富新闻信息,拓展了时政新闻的深度、厚度与广度。消息并没有停留在叙述习近平主席到访澳大利亚塔斯马尼亚州并会见当地小学生经过的层面,而是在习近平主席到访之前就进行了扎实深入的前期走访,获取了该小学学生、老师和校长的一手采访资料,从而还原了2014年5月16名小学生给习近平夫妇写信并邀请他们到当地欣赏美丽自然景色和品尝美食的情景,有效丰富了报道的信息量,勾勒出塔州小学生"中国梦"的完整故事线,使事件发展的逻辑更加清晰,结构立体完整。同时,清晰细腻的中国梦故事让习主席与澳洲小学生的书信情缘更富有质感,强化了时政报道的感染力和趣味性。

3. 运用实况音响，有效增强现场感

音响是广播新闻节目的重要元素，活跃的现场音响是强化广播新闻现场感的最有效途径。在本则消息报道中，记者实时记录了习主席访问塔州的现场场景，运用大量的采访及实况音响将新闻现场鲜活地呈现出来，如小学生在欢迎习近平夫妇时用中文所说的“习主席、彭老师，欢迎您到塔州”还原了会面现场热烈愉快的场景和友好温馨的氛围，增加了报道的可信度，让听众仿佛有身临其境目睹习主席与塔州小朋友亲切互动之感，充分调动起听众的收听兴趣，让这则时政报道所传递出的中澳友谊入耳、入脑、入心。

4. 目标受众明确，提升海外影响力

中国国际广播电台于1941年12月3日创办，其宗旨为“向世界介绍中国，向中国介绍世界，向世界报道世界，增进中国人民与世界人民之间的了解和友谊”，是向世界传递中国声音的重要渠道。这则消息通过短波广播以及国际台，在海外50多家整频率电台落地播出，覆盖华盛顿、渥太华、珀斯等全球各大城市。此外，该消息还在国际在线英文网、荔枝微电台、轻松调频客户端及《新闻纵贯线》官方微博和微信公众号等平台播放，得到了受众的广泛好评。这则广播消息有效地展现了中国领导人的风采，用饱含人情味的书信情缘提升了中国国际传播的软实力，塑造出和平、友好、富有亲和力的大国形象，有效提升了中国国家形象的海外影响力。

理论延伸 >>>

1. 广播消息

广播消息是运用有声语言和其他音响，迅速及时、简明扼要地报道新闻事实的广播新闻体裁，又称广播新闻。它注意突出新闻的主体事实和最新事态，并尽量按时间顺序叙述；重视新闻时效，力求最大限度地缩短报道与主体事实之间的时间差；除语言以外，也注重利用实况音响再现事实和现场情景；讲究语言简洁明快、通俗易懂，结构脉络清晰，关键处适当提供理解信息的必要背景材料。

本则广播消息除按照时间顺序向听众介绍习近平主席会见塔州小学生的经过外，还运用插叙手法还原了当地小学生邀请习近平主席到访澳大利亚的情景，结构清晰，信息丰富，并于习近平主席参访当日刊播，突出了广播新闻的时效性。

2. 新闻现场实况音响

新闻现场实况音响是指在新闻事实发生现场采录的各种声音，包括伴随事实发生的声音，如新闻事件中的言语和人物活动、事物变化发出的其他声音，及新闻现场声音，如风声、雨声、人流车辆的嘈杂声等，具有较强的时间、地点的规定性。在新闻报道中恰当运用这类音响，可以更真切地反映新闻事实，增强报道的现场感和可信性。

本则消息中穿插了当地学生用中文欢迎习近平夫妇的现场音响，烘托了友好的叙事氛围，并在结尾处运用小学生练习汉语的音响，与习近平主席鼓励学生好好练习汉语，将来到中国学习、旅游相呼应，有效增强了报道的现场感，调动了听众的收听兴趣。

回家

——两位普通中国人的抗战寻访之路

【作品类型】广播专题

【所获奖项】第25届中国新闻奖国际传播类三等奖

【创作单位】中国国际广播电台

【作品时长】12分53秒

【刊播日期】2014年12月31日

【刊播栏目】中国国际广播电台华语台《全景中国》

【主创人员】刘兴宇、李锐、许骏飞

案例简介 >>>

这是一则关于抗日战争的回忆类广播专题节目。2014年,中国纪念抗战胜利70周年的内容成为国际舆论热点。两位致力于抗战历史收集的普通人也因此走入人们的视野,中国国际广播电台记者选取这两个人作为聚焦点,对二人进行了长达十几个小时的细致深入采访,利用电影蒙太奇的手法,将两位主人公经历中最有代表性的细节、感人至深的故事巧妙地穿插在一起,使听众在聆听的同时似乎还能亲眼看到每一幅画面。同时,节目还将战争带给人的创伤、战争历史给后人的启迪平实地展现出来,既还原了那段岁月,又为听众带去感动和思考。

这则广播节目除通过国际台在海外播出,还通过洛杉矶、纽约、温哥华、悉尼等地的中文电台播出,获得非常好的反响。

点评分析 >>>

《回家——两位普通中国人的抗战寻访之路》,这则不到 13 分钟的广播节目,将两位致力于抗战历史收集的普通人带抗战老兵遗骨、抗战遗留史料“回家”的故事平实地展现出来,通过两位主人公的生动讲述,为听众还原了当年的情景,引导社会以史为鉴,面向未来。

1. 感受平凡力量,触摸历史脉搏

2015 年是抗日战争胜利 70 周年,该广播节目在 2014 年最后一天播出,以此迎接中国人民抗战胜利 70 周年。该广播专题没有以宏大叙事歌颂历史英豪,而是将触角深入到平凡普通的中国人与历史长河中的无名战士,通过讲述两位致力于抗战历史资料收集的普通人的故事,于平凡中彰显沉甸甸的历史力量。节目所挖掘的人物及其故事平实动人,话题意义深刻,具有感染力。于日本书店里偶然发现的东北抗联历史相册、大口吞咽故乡泥土的中国远征军幸存者……记者所采访和选用的素材均为鲜为人知的平凡个体故事,却有力地证明了日本侵华战争所犯下的罪恶事实。该专题以回家为主题,很好地契合了两位主人公帮助远征军战士遗骸、影像“回家”的故事主线,既追忆了那段不可抹灭的历史,也展现了我国铭记历史、缅怀先烈、珍爱和平、开创未来的坚定决心,平凡人物的不凡故事凸显出“国家兴亡,匹夫有责”的中国气质,传递出当代中国人重建中国信心的历史责任。

节目结尾恰到好处地使用了习近平总书记关于铭记历史、珍视和平的讲话录音,画龙点睛,有效深化了广播专题的主题,增强了该报道的深度与厚度。

2. 叙事手法多元,现场感染力强

该广播专题采用旁白叙事与人物口述相结合的方式,以旁白记叙为背景,承上启下,串联起主人公的亲口讲述。生动的人物语言、语气传递出主人公的复杂情绪,这种情绪也直接影响着听众的情绪波动,使听众仿佛身临其境,增强了广播节目的现场感。

同时,该广播采用分剪插接的蒙太奇叙事手法,两位主人公的故事并没有分

开讲述，而是在深入细致采访的基础上，利用电影蒙太奇手法将主人公故事中具有代表性的细节穿插在一起，使听众在聆听中似乎看到了一幅幅生动的画面，有效强化了广播节目叙事的画面感，带给听众感动和思考。报道极有说服力地揭露了日本帝国主义在侵华战争中犯下的罪行，也反映了中国人民英勇不屈的抗战精神。

3. 音响情绪充沛，营造身临其境之感

《回家——两位普通中国人的抗战寻访之路》以鲜活生动的音响营造出身临其境的感染力。广播的开头，一声凄厉的警报声先声夺人，瞬间将听众拉回到炮火纷飞的战争年代。而采访同期声的运用则让听众感受到两位主人公寻访抗战历史之路中的真实见闻，伴随着主人公的口述，读者或激动、或震惊、或沮丧、或感动。例如讲述者哥书亚（音）在讲述他亲临战壕遗迹时内心的震撼时说道："那个战壕多到盘根错节，密如蛛网……这个地方的战场就像昨天才发生的一样，你看到那些战场，看到那些战壕，你全身发抖，心怦怦跳，感觉到心要从喉咙眼子里跳出去！"透过讲述者情绪充沛、富有感召力的讲述，听众仿佛亲眼见到了让人触目惊心的战场。叙述者语气和态度的变化，使节目显现了丰富的层次色彩，拨动了听众的情感心弦，使观众产生强烈的共鸣，有效增强了广播新闻的说服力和艺术感染力，进而提升了舆论引导力和传播力。

理论延伸 >>>

1. 广播专题报道

专题报道是对现实生活中某些具有典型意义和较高新闻价值的新闻人物、事件、问题、社会现象等，进行记录调查分析解释评述等，深入、系统而又生动地反映其发生、发展、结果及影响的全过程，揭示主题的深刻意义。广播新闻专题报道的主要任务是充分揭示事件的社会价值，以深度报道的形态呈现，与广播消息等存在明显的差异。其新闻报道不仅要对新闻基本要素进行深度的拓展，而且要针对新闻事件的社会价值尽可能地进行剖析，使听众通过新闻专题报道对新闻事件的规律及未来一段时间内的发展趋势产生较全面的认知。由此可见，

广播新闻专题报道的制作比一般节目难度更大。

《回家——两位普通中国人的抗战寻访之路》通过两位主人公直接或间接地对自己所见的描述,使听众对当年发生的事情,以及现如今人们再接触到那段惨痛历史时的态度有一个较全面的认知,直接感受战争给人们带来的伤痛以及人们对和平的渴望。

2. 蒙太奇手法

广播节目的编辑是广播节目制作过程中的重要组成部分,编辑手法成功与否直接影响整个节目的效果。

在电影中,蒙太奇手法是指根据影片所要表达的内容和观众的心理顺序,将一部影片分别拍摄成许多镜头,然后再按照原定的构思组接起来。总体而言,蒙太奇就是把分切的镜头组接起来的手段。由此可知,蒙太奇是将摄影机拍摄的镜头,按照生活逻辑、推理顺序、作者的观点倾向及美学原则联结起来的手段。该广播节目在编辑的过程中运用了电影蒙太奇的手法,将对事件的记叙以及采访内容等按照美学原则重新组合,使听众在聆听过程中似乎看到了一幅幅生动的画面,增强了节目的美感。

科技创新 中国“智造”

【作品类别】广播系列

【所获奖项】第25届中国新闻奖电视专题类三等奖

【创作单位】中国国际广播电台

【作品时长】平均时长8分钟

【刊播时间】2014年9月17日至12月23日

【刊播单位】中国国际广播电台

【刊播频率】亚美尼亚埃里温FM106.5、吉尔吉斯斯坦纳伦市FM106.5及面向欧洲、俄罗斯、中亚及远东地区的多个短波频率

【刊播栏目】《社会经纬》

【主创人员】胡民伟、张昕畅、卜卫军、赵力、王素、张艳

案例简介 >>>

《科技创新 中国“智造”》这一系列报道的目的是向海外着重推介中国高端制造产品,真实反映中国通过科技创新力促产业升级的现状,推动中国企业和中国高端制造“走出去”。该报道从“智造”产品切入,采用多元的选题故事和统一的组织架构,全方位展示了中国制造业所取得的重大突破。

点评分析 >>>

该栏目客观反映了中国科技创新的最新发展成果，选取中国科技创新中生产、“智造”改变生活的题材和产品，摆事实、讲道理，回击西方的中国制造仿造论、中国经济崩溃论等谬论，辅之以真实的细节，引发受众的共鸣，并采用了大量极富表现力的音响，给听众营造了强烈的现场参与感。该系列报道因节目信息量大、可听性强，取得了良好的效果，也让国际受众通过节目对中国的科技创新发展有了较为清晰的认知。

1. 主题鲜明，视角独特

科技的发展体现着国家的进步，创新也是民族进步之灵魂所在，创新驱动发展战略是2014年的外宣重点。党的十九大报告也提出，创新是引领发展的第一动力，是建设现代化经济体系的战略支撑。该系列选取科技创新作为切入点，展现了中国现代科技变革和创新制造的时代内涵，例如，《C919解决百项技术难题 先进材料比例超A380》的报道集中体现了我国研究大飞机所取得的突破性进展。此外，也有报道专门报道中国所制造的先进的构筑装备。这些报道主题鲜明、内容详细，有力提升了中国产品尤其是高科技产品的国际形象，从心理认同方面有效引导海外受众了解、喜爱并使用中国产品，从心理认知层面助推中国高科技产品“走出去”这一战略目标。

2. 内容凝练，阐释深入

该系列报道选题角度多元，解读深入，既以国际化的视角对包括大飞机、北斗系统、高铁等13个代表中国科技创新的产业进行了深刻阐释，又以使用者的角度描述中国制造带来的高度便利，给人较强的感染力，引导受众在潜移默化中对中国制造形成良好印象，生动体现了“中国立场，世界表达”的主旨。

报道从纷繁复杂的案例中精挑细选，紧紧围绕科技创新这一主题，以严密的逻辑、凝练的语言把科技创新、中国“智”造的现状、发展讲清楚、说明白。例如，中国的大飞机制造、中国构筑设备的迅猛发展，这些都为受众展示了一幅中国制造业勇于进取、敢攀高峰的壮丽画卷。它不仅仅是宏观意义上的表达，更从一个普通使用者的视角去阐释这一产品在生活的用途,以贴近受众的姿态赢得受众的认同。

3. 音响细腻,现实感强

在该系列广播报道中,细节的抓取尤为重要,为增强报道的真实性与可听性,使报道尽量做到还原现场,除检索大量资料以外,报道团队也十分注重对于声音细节的抓取,并将诸多音响细节巧妙地"穿插"在报道中,以真实的细节引发受众的共鸣。例如,在关于大飞机取得突破性进展的报道中,创作者对大飞机制造过程中的音效进行了较为完整的收录与集中传达,在每期节目中均采用了大量颇富表现力的音响,让听众迅速融入报道场域,给听众以强烈的临场感与参与感,大大增强了报道的感染力和说服力。通过音响细节的细腻表达,该案例很好地补充了广播类节目不可见、只可听的视觉短板,以声塑形,实现了传播效果的最大化。

理论延伸 >>>

1. 广播类新闻报道细节抓取

相比于电视类新闻报道,广播类新闻报道"只闻其声不见其人"的方式很大程度上限制了受众接收信息的渠道,在此种情况下,充分调动听觉感官对于广播类新闻报道而言显得尤为重要。基于此,在对于广播类新闻报道的处理当中就要时时刻刻把握两点基本要求:其一,在解说词的运用中尽量呈现画面感与故事感,解说词构成了广播类新闻报道受众信息的绝大部分,这就要求在解说词的撰写和表达当中要时刻注意塑造画面感和故事感;其二,在音响音效细节的补充和运用中要加强代入感,由于广播类新闻报道不具备可视性,其代入感的呈现离不开音效和音响元素的运用,该系列片在音效和音响的使用上值得我们借鉴,它运用收集自一线的音效音响,拉近受众与所表现主体的距离,让受众有身临其境之感,从另一个层面提升了传播效果。

2. 科技主题新闻报道切入角度的选取

科技新闻是科学技术领域新近发生的事实的报道。科技新闻的内容可以是科技成果及其推广应用,可以是党和国家的科技政策,也可以是科技工作者的成就、科技界的活动。伴随着我国综合国力的提升,科技类主题新闻报道不仅承担着解释说明科技成果的信息传播作用,还肩负着向世界展示科技创新大国形象的国际传播使命。

在科技类新闻中,由于科技本身的专业性与严谨性,报道中将不可避免地包含专业术语与概念,这加大了受众的理解难度,降低了受众的阅读兴趣。同时,科技类信息也对新闻报道的真实性、准确性、权威性提出了更高的要求。

因此,要强化科技类新闻报道的传播效果,首先要采用通俗易懂的语言,将专业的、晦涩的术语转换成受众听得懂的表述,从与受众息息相关的日常生活入手,阐释科技成果对百姓生活产生的看得见、摸得着的影响,拉近科技与受众的距离。其次,要善于运用形态丰富的报道手法与结构,以生动的视听语言调动受众的形象思维,辅助科技信息的说明与理解。最后,在报道中要坚持信息的科学性,通过深入的采访求证,取得权威专家的认可,不可主观臆断。

文字消息篇

中国军队援非抗击埃博拉系列报道

【作品类别】文字系列

【所获奖项】第 26 届中国新闻奖国际传播类一等奖

【刊播单位】《解放军报》

【作品字数】1 539 字、1 032 字、590 字

【刊播日期】2015 年 1 月 16 日至 2015 年 3 月 23 日

【主创人员】杜献洲、张晓祺、罗铮、洪建国

案例简介 >>>

埃博拉属烈性传染病，至今尚无有效治疗药物及疫苗。2014 年 2 月，新一轮埃博拉疫情在几内亚出现，短短数月席卷了塞拉利昂、利比里亚等国家，确诊、疑似和可能感染病例近 1.5 万例，死亡近6 000人，是埃博拉病毒被发现以来最广泛、最复杂和最严重的一次大暴发，严重威胁人类健康安全。中国政府迅即采取行动，先后向疫区国家提供了 15 批次、价值 1.02 亿元医疗物资和2 600余万元其他保障物资的人道主义援助。随即，习主席和中央军委发出命令，解放军组建医疗队分赴塞拉利昂和利比里亚，对疫魔展开生死狙击。对此，《解放军报》聚焦这一重大选题，进行了多篇报道，从准备工作到抗击现场，再到班师凯旋，内容丰富翔实、角度新颖独特，用文字展现了我国军医英勇抗击埃博拉病毒这一不平凡事迹，在《解放军报》一版、二版、三版、四版、八版刊发了多篇独家稿件，并先后被人民网、新华网、新浪网、凤凰网以及中新社、《中国日报》、《华尔街日

报》、大公网等数百家境内外媒体转载,在国际社会塑造了中国负责任大国的形象。很多非洲政要通过这组报道对中国军队援非抗埃行动有了全面了解,盛赞中国军医的出色表现。

点评分析 >>>

《解放军报》刊发的中国军队援非抗击埃博拉系列报道,关注了新中国成立以来,我军最大规模的海外卫勤援助行动。该新闻报道内容丰富、翔实,数据精练、权威,故事细腻、感人,将宏观发布与微观特写相结合,并巧妙地塑造了典型环境下的典型人物,让整个报道更加真实、感人,从不同角度展现了中国军医的精湛医疗技术和过硬的战斗作风,展示了中国军队和平之师、文明之师的良好形象,也在世界舞台上展示了一个有责任担当的东方大国形象。

1. 多角度切入,统筹系列报道

面对新中国成立以来我国军队卫生战线最大规模的援外行动,记者用半年多时间持续追踪报道。从视频连线医疗队员,到采访队员亲属和权威部门领导;从穿上防护服与队员一起受训,到深入隔离区采访刚刚归国的队员,记者采访记录了大量第一手新闻素材。在《走近"抗埃勇士"》中,报道以记者的视角切入,讲述记者在队员们出发前赶到解放军第 302 医院的所见所闻,"醒目的请战书、严苛的训练与考核"全方位展现了一支"能打仗、打胜仗"的医疗队。而获奖作品《"抗埃博士"的情感账单》则从周飞虎的视角切入,用欠下的"情感账单"来表现一位医学博士的辛苦工作。该系列报道从多个角度切入,综合运用多种新闻报道方式,深入刻画典型人物,以点带面地展现了我国军人在面对病毒战争时的英勇与无畏。并且,报道通过细致刻画舍"小爱"、保"大爱"的家国情怀,在引起海内外众多读者共鸣的同时,更彰显了我国的大国责任感。

2. 宏观微观交融,提升传播力

中国军队援非抗击埃博拉系列报道属于国际传播类的报道,政治性明确,在这样的新闻报道中,如何在发布宏观信息的同时又能引起受众的兴趣,是新闻记者面临的一大难题。《解放军报》的系列报道很好地展示了如何将宏观发布与微观特写相结合,将宏观政策、数据发布与典型人物的真实故事相结合的创作手法。

以获奖报道中的第一篇《走近“抗埃勇士”》为例,在报道的前半部分,记者用很多笔墨刻画了出发前的“现场”,如医院大楼贴满请战书的展板,让记者意想不到的特殊训练——“站军姿”“耐高温”,逼真模拟的任务区环境等。同时,报道也捕捉了很多细节,如给女儿起名寓意“大爱”的“爱爱”;穿防护服就“好比在桑拿天穿羽绒服逛街”等。作品在给出了大量的真实现场、微观特写之后,再来进行宏观解读。这一切看似有些“严苛”的“战前准备”到底是为了什么?因为“世界卫生组织1月9日发布的数据显示,西非疫情重灾区几内亚、利比里亚和塞拉利昂累计发现埃博拉病毒确诊、疑似或可能感染病例20 972例,死亡8 259人”,因为我们要“做一支能打仗、打胜仗的医疗队”。这种宏观与微观相结合的手法,以微观叙事铺垫渲染,以宏观叙事总结提炼,将信息的感性输出与理性输出相结合,既利于受众接受,又能提升新闻的传播价值。

3. 构思巧妙,强化人物质感

刻画典型环境中的典型人物是新闻报道中十分重要的环节,塑造典型人物的作用并不是彰显个人的成就,而是要以点带面地展现这一类人的精神面貌。但在新闻报道中同时要注意的是,避免用千篇一律的手法塑造典型人物,这样不仅不能发挥出典型人物的作用,还容易适得其反。

第二篇获奖报道《“抗埃博士”的情感账单》就从情感账单的角度切入,讲述了医学博士、解放军总医院重症医学科主任、我军第二批援利医疗队队员周飞虎的动人故事。报道从三个角度——对爱人的谢意、对父母的歉意、对同事的敬意解读了这份情感账单,将三层情感层层推进之后,再将同事这一层进行升华,展现“抗埃战士”背后的故事,了解他们的不易,并将这份情感升华为对事业的执着、对使命的忠诚。报道以账单的形式解读了“抗埃战士”不为人知的辛苦与不易,让受众更深刻地了解军人的职责、使命,展现中国军队的战斗作风,强化了人物的质感,有效塑造了中国气派与大国军人形象。

理论延伸 >>>

1. 重大事件报道

重大事件是指一个国家或地区发生的大事情，包括政治、经济、军事、体育、文化等领域的重大事件，也包括突发灾难性事故。重大事件因其强大的影响力能够引起人们的广泛关注，是国家形象传播的良好契机。媒体对重大事件的报道往往会影响国际社会对一国国家形象的认知，因此，在重大事件报道时要注意报道策略。

中国军队援非抗击埃博拉系列报道一改以往的重大事件报道策略，将宏观叙事与微观叙事相结合，从小现场、小细节、小人物入手，来展现其背后的大爱、大奉献以及大国形象。

2. 典型人物塑造

典型人物报道，也称典型报道，是指针对社会生活中具有代表性的有普遍意义的事件或人物所作的新闻报道。在典型人物报道中，如何克服典型人物宣传中的“高、大、全”问题，脱离典型人物报道的模式化、公式化，增强典型人物的可信任度，增强公众的关注度成为近年来典型人物报道的重中之重。用平民视角还原典型、用细节描写彰显典型魅力、用真实情感打动受众是目前典型人物报道创新的三个维度。在《“抗埃博士”的情感账单》中，就从“情感账单”这一创新角度，用细节刻画了周飞虎对爱人的谢意、对父母的歉意、对同事的敬意，从而使该人物更具贴近性，显得有血有肉，也使受众了解了“抗埃战士”背后的故事，并深受触动。

典型人物的报道是我国媒体新闻报道的重要内容，典型人物塑造得成功与否，直接影响新闻报道的传播效果。

中老缅泰湄公河联合巡逻执法成效明显

【作品类别】文字消息

【所获奖项】第26届中国新闻奖国际传播类一等奖

【报送单位】军委政治工作部宣传局

【作品字数】914字

【刊播日期】2015年12月28日

【刊播版面】《边防警察报》要闻1

【主创人员】杨玺、李鹏飞、崔同江

案例简介 >>>

湄公河，亚洲最重要的跨国水系，是东南亚各国往来贸易的“黄金水道”。在这条流域面积广、船行密度大的河流上，商船航行事故频发，执法巡逻面临着巨大困难，各国联合行动势在必行。2011年12月9日，云南公安边防总队水上支队作为中国公安边防部门第一支承担国际河流联合巡逻执法的队伍，正式和缅甸、老挝、泰国三国执法部门共同开展湄公河联合巡逻执法，确保湄公河航运安全。这支联合巡逻队伍近年来在共同防范、打击和制止湄公河流域违法犯罪、应对突发事件、维护航运安全等方面作出了突出贡献。

《中老缅泰湄公河联合巡逻执法成效明显》这则消息以四国联合巡逻执法这一重大事件作为报道对象，以生动的事例、翔实的数据，如实报道了联合巡逻执法给湄公河流域治安带来的喜人变化，让人深刻感受到四国湄公河联合巡逻执法这一国际合作的创新之举深得人心、成效突出，增强了沿岸各国人民的安全感和幸福感。该报道在发表后，在海内外取得热烈反响，收到了较好的传播效果。英国《独立报》、缅甸《金凤凰》、柬埔寨《柬埔寨之光》、泰国《民族报》等境外报纸、香港文汇网等境外网络媒体纷纷转载此文。

点评分析 >>>

《中老缅泰湄公河联合巡逻执法成效明显》这则不到千字的文字消息,以鲜活的形式有力地证明了四国湄公河联合巡逻执法的重大意义。记者亲临一线深入采访,掌握了翔实的现场及背景材料,用精练生动的话语向观众展示了四国联合巡逻执法的显著成效。

1. 报道重点突出,主题鲜明深刻

2011 年“10 · 5”湄公河惨案发生后,湄公河流域的安全问题引起了我国及湄公河流域其他各国的高度重视。同年 12 月 9 日,中老缅泰湄公河联合巡逻执法指挥部在云南西双版纳正式揭牌。截至 2015 年 12 月 28 日,四国联合巡逻执法队伍联合巡逻执法共 41 次。第 41 次勤务的圆满完成标志着四国湄公河联合执法为不同社会制度、不同法律制度相邻国家开展多边执法、安全合作提供了一个全新的范本,事关国际安全,具有重大的新闻价值与政治外交意义。

这篇报道对四国联合巡逻执法队 41 次的联合巡逻执法成效进行了全面的介绍,内容涉及水上联合搜救、重大疫情应急响应、平安航道联合扫毒等行动,有力维护了湄公河流域的安全稳定。报道重点突出、主题鲜明深刻,展示了我国不断壮大的综合国力以及政府对公民生命安全的高度重视,塑造出我国勇于担当的大国形象。

2. 善用事实说话,提升新闻价值

本案例作者全程跟踪采访报道中老缅泰四国第 41 次湄公河联合巡逻执法行动,采访对象包括各国执法队员、船员和商人等,事例生动、数据翔实。

该报道反应迅速,文章在第一时间将四国联合巡逻执法情况传达给了读者。全文两度运用直接引语,如采访对象之一中国商人杨云介绍:“中老缅泰四国联合执法以来,湄公河流域的治安状况好了,老挝、缅甸、泰国等国的批发商每个月都会乘船来中国进货,我家的生意越来越好做了!”富有生活气息的表达真实展

现了四国联合巡逻执法给湄公河流域人民带来的切实利益,沿岸人民的安全感和幸福感的提升从朴实话语中表露无遗。

此外,本案例中多处运用数据。例如第41次湄公河联合巡逻执法的内容,文中写道:“航程512公里,共检查船舶7艘、人员43人、货物860余吨,走访船员和群众46人。”对于湄公河联合巡逻执法的成效,报道也是利用数字直观呈现:“四国共派出执法人员6 212人次,执法船艇303艘,在金三角重点水域及地段开展水陆联合查缉38次,检查船只644艘、人员2 835人次、货物4.4万吨,救助商船135艘”,简明扼要,无需过多描述,四国联合巡逻执法丰硕的成果已了然于读者心中。

3. 背景材料翔实,增加新闻厚度

文字消息以快速、及时地呈现当下新闻信息见长。而在文字消息中适时穿插翔实、深入的背景材料则能够在实现其基本的信息告知功能的基础上增加新闻消息的厚度、深度和广度。

《中老缅泰湄公河联合巡逻执法成效明显》这篇报道对新闻消息的历史背景、事实成因、影响与意义进行了恰当的延伸,精练的文字有效补充了新闻消息,提升了消息的可读性、渗透力和立体感。文中提到,2011年发生“10·5”湄公河惨案后,湄公河货运终止数月,这一事实证实了四国成立联合执法队伍的必要性。它所展现的联合巡逻执法前的状况也能够与之后的成就形成对比,凸显四国联合巡逻执法的成果。在报道的倒数第二段,背景材料补充了往年联合巡逻执法的工作状况:中老缅泰四国联合巡逻执法行动早在2011年启动,至2015年,四年间该行动有效打击了湄公河流域贩毒、贩枪、走私、跨国、偷渡等跨国犯罪行为,维护了湄公河流域的航运安全,成为国际执法合作的典范。这段内容有助于读者了解中老缅泰湄公河联合巡逻执法行动之于中国及国际社会的重要意义,显示了中老缅泰四国打击湄公河流域违法犯罪的决心和信心。

理论延伸 >>>

1. 消息的写作原则

消息的撰写原则主要包括五点:第一,用事实说话,选择和运用典型事例对

事实进行概括;第二,准确真实,确认材料的真实性,写作分寸得当;第三,时间新、内容新、结构新;第四,坚持新闻的党性原则,强调思想性;第五,顾及文本的可读性、知识性和趣味性。在具体的写作要求上,消息撰写则强调时间上的迅速及时、篇幅上的短小精悍和文风上的生动活泼。

《中老缅泰湄公河联合巡逻执法成效明显》这则报道在第41次四国联合巡逻执法行动圆满完成的第一时间发出,作者多方搜集资料,综合运用事实材料与背景材料,注重细节描写,用数据为文章提供有力的支撑,提升报道可信度。同时,文章保留关键受访者话语,口语化的表达将跨国联合执法行动的利好表达得真实可感,拉近了和读者的距离。

2. 消息的结构

消息的结构通常包括两个方面,一是指消息的结构成分,一般有标题、消息头、导语、主体、背景、结尾几个部分。二是指消息的结构形式,即作者对已过滤的新闻材料进行总体性安排或布局的方式。消息的结构形式有倒金字塔式、时间顺序式、对比式、提要式、问答式、积累兴趣式和散文式等。在这些结构形式中,最为常见的是倒金字塔式结构。它按重要程度来安排材料,决定段落层次的顺序,常呈现为重要、次重要、次要、更次要、补充、进一步交代性材料的顺序。它的导语通常是直叙型的部分要素导语,包含着最重要的新闻事实,又往往具有相对独立性,可以独立成章。

本案例采取的结构形式便是倒金字塔式。报道开篇便将何时何地何人做了何事等重要信息告知读者。之后详细介绍了第41次中老缅泰湄公河巡逻执法的过程及结果,通过引用两段对采访对象的采访,以普通人视角表现此次行动的正面意义。紧接着报道利用背景材料,向读者介绍四国联合巡逻执法实施四年来取得的总体成就。最后强调巡逻执法已常态化运行,再次肯定了四国联合行动良好的社会效益。

习近平的“刚”与“柔”

【作品类别】文字通讯

【所获奖项】第26届中国新闻奖国际传播类二等奖

【刊播单位】新华通讯社

【作品字数】3 749字

【刊播日期】2015年9月21日

【主创人员】集体

案例简介 >>>

中国国家主席习近平自就任以来,以务实亲民的风格、铁腕反腐的态度、锐意改革的精神,让百姓点赞,使贪官畏惧,展现了“刚柔并济”的执政风格,令国人和世界耳目一新,也让中国改革开放的航向更加笃定,从而广泛凝聚了民心。

《习近平的“刚”与“柔”》(*Xi—A Tough Man with a Tender Heart*)这则英文通讯选取习近平就任总书记以来访贫问苦、从严治党、推进改革的几个经典画面,从“刚”与“柔”两个不同侧面出发,选取生动鲜活的事例,向海外读者呈现了一个具有“刚柔并济”执政风格、深受百姓爱戴的中国领导人形象,为习主席访美营造了良好的海外舆论氛围。

点评分析 >>>

英文通讯《习近平的“刚”与“柔”》将习近平就任总书记以来,在民生、改革、反腐等领域的施政措施,放在新一届中共领导集体治国理政新理念、新实践的大视野下,以生动鲜活的事例、准确的政策把握,向海外读者呈现了一个具有“刚柔并济”执政风格、深受百姓爱戴的中国领导人形象,是新华社精心打造的对外塑造领导人形象和宣传中共执政理念的拳头产品,不失为讲好中国故事、传播好中国声音的典范之作,在传统媒体和新媒体的传播中都获得了较好的反响。

1. 紧扣重大主题,切入角度巧妙

2015 年 9 月下旬,国家主席习近平应邀访美并出席联合国系列峰会,这是习近平就任以来首次对美国进行国事访问。习近平主席此访,为中美友好合作而往,为世界和平发展而行,是中美关系乃至世界和平与发展进程中具有里程碑意义的重要访问。

新华社的这篇英文通讯,正是习主席访美前夕的一次成功的国际传播案例,它旨在对外塑造领导人形象和宣传中共执政理念,主题意义重大。而该报道独辟蹊径,摆脱了平铺直叙或严肃的政策宣传语态,从小处着手,巧妙地选取习主席工作、生活中的典型事例,从习主席展现出的“刚”与“柔”两个不同侧面出发,塑造出一个有着坚强意志,推进改革而又亲民、为民的人民主席形象,并以小见大地体现了新一届中共领导集体治国理政新理念、新实践。

2. 描写立体真实,挖掘独家素材

本通讯在写作手法方面,大量采用侧面描写,即“借他人之口刻画人”。通过对集团党委干部、招标公司负责人、政府退休干部等人的采访,侧面体现出习主席坚决反腐、推进改革的坚强意志和卓越成效;通过河南兰考县农民游富田、南京大学学生张琦之口,呈现出一个务实亲民的人民主席形象。大量扎实的采访,一方面客观真实地体现了习主席“刚柔并济”的执政风格,另一方面也直接体现了广大中国人民对于习主席的敬佩爱戴之情。

此外,这篇通讯对于细节的描写同样可圈可点。新华社利用主流媒体的资

源优势，挖掘了大量的独家素材，譬如将习近平在兰考县考察期间，与村民互动的种种细节记录下来：习主席听完村民建议后不仅用笔记下来，还拍拍巴掌；临走前不忘叮嘱感冒的农民要多保重、注意身体等。这些工作、生活中的细节无一不体现出习主席对人民群众的重视和关心，真实立体地塑造了一个勤政爱民又富有亲和力的领导人形象。

3. 创新对外报道语态，传播中国声音

该英文通讯从受众角度出发，创新对外报道语态，英文写作生动、精准，用故事化的情节、打动人的细节、个性化的语言展现了国家主席习近平务实亲民的风格、铁腕反腐的态度和锐意改革的精神，充分发挥了新闻报道的引导力、影响力和公信力，是华文媒体对外“讲好中国故事，传播好中国声音”的典范之作。

这则通讯擅于选取典型事件，将人物通讯故事化。新华社的这则通讯开头就奇句夺目：“郭炜对中国党政军最高领导人习近平最难忘的印象是：他是一个勇于‘涉水’实践，甚至全身湿透也不怕的人。”这样的开头使读者眼前一亮，通过阅读下文得知，这里讲述的是习主席在辽宁考察期间，前往集团公司调研并冒着大雨与工人们交谈的事件，短短一句，就将一个拥有坚强意志、锐意改革且亲临一线的领导人形象呈现出来。

此外，这则通讯在语言风格上也颇有创新，尤其是在“亲民作风”和“人民的主席”两个板块，大量运用通俗轻松的语言，不仅记录了习主席发表新年贺词时用到的“蛮拼的”“点赞”等网络热词，还将中国网友对习主席的昵称“习大大”“平平”都运用其中，生动活泼的语言风格更容易拉近与海外读者的距离，引起读者共鸣，让他们迅速记住这个可亲可敬的中国主席。

4. 播发时机精准，引导舆论，把握时效

国际新闻传播是中国与世界沟通的桥梁和纽带，具有“澄清谬误、明辨是非、联接中外、沟通世界”的重要使命。准确把握国际新闻报道的时机对中国的对外交往起到了重要的舆论营造作用。习近平主席对美国进行国事访问期间，与奥巴马总统举行了深入、坦诚、建设性的会谈。双方达成广泛共识，取得了一系列重要成果。中美双方通过此访，进一步确认了构建新型大国关系的发展方向，提升了中美战略互信水平，升华了中美人民友好情谊，在中美关系中具有里

程碑意义。为了配合习主席访美的重大外交活动,该英文通讯抓准时效,特意选在9月21日习主席对美国进行国事访问前夕播发,准确把握报道时机。稿件播发后被《亚太日报》、Globalpost、Newsunited等海外媒体转载,在新华社海外社交媒体推特(Twitter)上获数万阅读量,并被《华尔街日报》记者、法国《回声报》记者等境外媒体人账号转推,为习主席访美营造了良好的海外舆论氛围。

理论延伸 >>>

1. 人物通讯写作

人物通讯是用来报道特定人物的一种新闻体裁,它以人物为报道对象,以人物的新近行动为新闻,重在表现人物的品质、性格和精神面貌,通过个别显示一般,通过平凡突出伟大,达到揭示时代特征、感染并且教育读者的目的。人物通讯一般选取典型人物:能体现时代精神,反映社会面貌;有能构成新闻的事迹;有鲜明的个性,能给读者留下深刻的印象。在写作手法方面,人物通讯要注意表现人物性格的特异点,可利用借景写人、侧面描写等手法烘托人物形象。

《习近平的"刚"与"柔"》这则报道结构巧妙,从习主席表现出来的"刚"与"柔"两个不同侧面出发,利用真实典型的事例、生动活泼的语言,塑造了一个具有"刚柔并济"执政风格、深受百姓爱戴的中国领导人形象。

2. 讲好中国故事

"讲好中国故事"是习近平总书记在2013年8月19日至20日在新闻传播领域的重要表述中提出的。习近平同志指出,"要精心做好对外宣传工作,创新对外宣传方式,着力打造融通中外的新概念新范畴新表述,讲好中国故事,传播好中国声音"。党的十九大报告中,习近平总书记再次将"讲好中国故事"作为今后重要的发展目标。讲好中国故事要求在国际传播中发出中国声音,向世界展现一个真实、立体、全面的中国,改变"西强我弱"的国际舆论态势,推进国际传播能力建设,使之与我国的国际地位相适应。中国特色社会主义进入新时代意味着近代以来久经磨难的中华民族迎来了从站起来、富起来到强起来的伟大飞跃。新时代带来了新形势、新机遇,中国正走向世界舞台的中央,在国际传播当中打造融通中外的新概念新范畴新表述将有效提升中国的国际话语权。

本案例体现出新华社在对外传播方面做出的努力和尝试，通过大量的采访，运用侧面描写，利用外国人听得懂、能理解的轻松愉悦的语言，向海外读者呈现了一个可亲可敬的中国主席形象，将人物通讯故事化，无形中很好地宣传了中国共产党的执政理念。

韩国正值中国风时代

【作品类别】文字系列
【所获奖项】第26届中国新闻奖国际传播类三等奖
【刊播单位】吉林朝鲜文报社
【作品字数】2 900字、2 676字、2 750字
【刊播日期】2015年12月24日至12月31日
【主创人员】韩正一、金京、金荣华、安相根、崔花、俞京峰、洪吉男

案例简介>>>

2015年中韩自由贸易协定正式实施,中韩关系大事要事特别多。李克强总理访韩时,提到正在韩国掀起的“中国风”(汉风)现象。作者敏锐发现并及时抓住这一新闻热点题材,策划了系列报道《韩国正值中国风时代》(共12篇)。内容涉及席卷韩国的汉语热、中国文化的深刻影响、韩国地方政府响应“一带一路”的积极举措、韩国年青一代的中国热等,全方位展示了在韩国刮起的这场“中国风”,并深刻分析了它的成因和未来。

点评分析>>>

《韩国正值中国风时代》系列报道从“中国风”的种种现象切入,循序渐进地探究其背后的原因,引人入胜。在报道手法上,巧妙运用对比,并辅以数据加以

论证,使报道真实可信。该报道通过“中国风”来讲“中国故事”,是“讲好中国故事”的又一成功尝试,在中国经济、中国文化、中国传播加速走出去的大背景下,具有很强的现实意义和示范作用。

1. 讲好中国故事,立意新颖

习近平总书记指出,要精心做好对外宣传工作,创新对外宣传方式,着力打造融通中外的新概念新范畴新表述,讲好中国故事,传播好中国声音。那么,如何讲好中国故事、用什么方式讲中国故事、讲什么样的中国故事,就成为各级新闻媒体在新闻传播时应该着重思考的问题。尤其是在国际舆论格局失衡的情况下,媒体更应该寻找创新思路,提升国际传播能力。《韩国正值中国风时代》是地方级媒体对外传播的一次成功尝试。该系列报道立意新颖,化中国故事为“中国小故事”,从韩国人学汉语的人数增多、韩国女画家“钟情中国人”、韩国的一档电视节目《明见万里》的第一期“令人生畏的未来——中国的‘90 后’”等小角度切入,将中国的发展变化、“一带一路”的政策等宏观性的格局问题融入微观的百姓变化之中,使传播内容变得通俗易懂,更好地达到传播效果。

该系列报道立意新颖,以平民化视角切入,借外国人之口讲述中国的发展变化,这种讲述手法更加真实、生动,容易加强受众心理上的接近性并引起共鸣,有利于打造中国话语体系,真正做到讲好中国故事,传播好中国声音。

2. 巧用对比,辅以数据

第一篇获奖报道《进入“汉语时代”,英语“王位”晃荡》大量使用对比手法,彰显着“汉语时代”的到来。众所周知,英语作为世界通用语言,是很多国家的第二语言。如今,在韩国,汉语渐渐地动摇了英语的绝对“统治”地位,这背后其实是国家综合实力的显示。对比手法的运用,可以增强叙事效果。文章从书店的中英文教材销量的对比、汉语学院取代了英语学院、汉语热改变了韩国的大学毕业认证制度等角度,将汉语在韩国的比重与传统意义上的“世界通用语言”“第二语言”英语做对比,更具代表性。

同时,在报道中辅以数据加以论证。报道中所有的对比都不是泛泛而谈的,而是运用大量精确的数据来说明论证的。数据的使用可以让新闻报道更加真实、准确，更具有说服力。对新闻传播而言，这样的新闻报道可接受度与可信度也更高，能够获得更好的传播效果。

3. 现象切入，深入本质

系列报道《韩国正值中国风时代》共12篇，以获奖的3篇报道为例，均从现象切入，如韩国的一档电视节目《明见万里》主讲人金兰都教授呼吁韩国年轻人"记住，未来的答案在中国！"从电视节目的内容、收视率、受众的反馈等现象切入，但不止于对现象的表述，而是从现象切入，深究其背后的原因。讲未来为什么必须讲中国？与黄金时段电视剧竞争收视率为何依然赢得满堂彩？韩国网友为什么说"看中国的'90后'就来神"？究其背后的原因，其实是对中国的文化、创业环境、"一带一路"政策等诸多方面的解读，是中国综合国力不断提升的证明。

从新闻现象切入是新闻报道中的常用手段，新闻现象较之新闻本质而言更生动、通俗易懂，适用于不同水平的受众。但是，新闻报道不能仅展现新闻现象，必须要透过现象分析新闻本质。从现象切入，深入谈及本质，现象与本质相结合才是好的新闻报道的表述方式。

理论延伸 >>>

1. 小事件突出大主题

小事件，大主题，是对新闻主题的深入开掘。有了重大的主题，新闻才有分量，才有可能产生重大的社会影响。一般来说，大事件能反映大主题，但小事件同样能反映大主题，并且因为"小事件"更贴近百姓生活，常常可以达到意想不到的效果。

在《进入"汉语时代"，英语"王位"晃荡》中，作者精心选取了"汉语教材在书店外文柜台中占据了中心位置""77岁乡下爷爷也学汉语""白领早晨学习汉语""大学毕业认证制度正在改变""从幼儿园开始学汉语"五个看似很小实则背后大有深意的"小事件"，来表明韩国开始进入"汉语"时代的大主题。尤其要说明的是，小事件反映大主题，必须要对主题进行深挖和提炼，对新闻主题进行准确的表达，才能更好地突出主题，达到良好的传播效果。

2. 新闻报道中巧用数据

数据能够让事物更准确地出现在读者的面前，有时候几个准确、重要的关键数字在一篇新闻报道中的作用远远胜过上百字的铺陈描述。使用大量的数据分析，可以为新闻报道提供不一样的视角。但如果报道者不掌握一些必要的社会科学方法和新闻报道技巧，那么对数据统计的理解，以及对新闻报道的描述往往就比较单一，会给受众造成枯燥与乏味之感。

在本案例中，作者将数据与对比手法相结合，使数据不再是一个个孤立的个体，并且在两个数据的对比当中，可以得出相对应的结论，如为什么说“汉语时代”来临？因为它的几组数据都超越了原来占据“王位”的英语，这样一来，数据就不再是冰冷的数字，而是充满社会意义的载体。所以在新闻报道中，应该关注数据的使用方式及相关的新闻报道技巧，充分发挥数据在新闻报道中的作用。

"祖国派军舰接亲人们回家"

【作品类别】文字通讯

【所获奖项】第 26 届中国新闻奖国际传播类三等奖

【创作单位】解放军报社

【作品字数】878 字

【刊播日期】2015 年 3 月 31 日

【刊播版面】《解放军报》时事新闻 8

【主创人员】张刚、熊利兵

案例简介 >>>

2015 年 3 月,也门安全局势急剧恶化。中国海军第 19 批护航编队紧急开赴也门,撤离中外人员。这是中国首次派遣军舰直接靠泊外国港口撤离中国公民,也是中国军舰首次撤离外国公民的国际救助行动。该行动在交战区域炮火威胁下实施,举国关注,世界瞩目。

《解放军报》后方编辑获悉后迅速拟订报道方案,及时通报前方随舰记者。一线记者不辱使命,辗转多个点位进行了大量扎实的采访,完成本篇通讯。《"祖国派军舰接亲人们回家"》稿件一经刊发,立即登上了人民网、环球网、中新网、凤凰网、今日头条等数十家国内网站的首页,并被网民大量转发,有效激发了国内民众的爱国拥军热情。同时,这篇稿件也在境外网站特别是社交平台上引发了关于中国军队的正面讨论,二次传播效果积极显著,在国际舆论中为中国国家和军队赢得了高点赞量。

点评分析 >>>

《“祖国派军舰接亲人们回家”》这则文字通讯字数不多,但细节生动,极具感染力,让人仿佛置身现场,是一篇短小精悍的佳作。在中国海军第19批护航编队赴也门撤离中外人员这样重大的新闻事件面前,《解放军报》编辑、记者迅速行动,前后方共同努力,报道准确、及时,充分体现了党报央媒的快速反应能力与新闻专业素养。

1. 取材典型,展现大国气派

本案例是一篇典型的事件通讯。它的选材强调事件意义重大、影响深远,且时效性强,具有广泛的代表性和较强的说服力。《“祖国派军舰接亲人们回家”》取材于2015年3月的也门撤离行动。这次行动是我国综合国力提升的一次重要展现。也门中国公民的成功撤离充分证明了我国政府以人为本、外交为民的执政理念和保护我国海外公民安全的坚定决心。本篇报道将事件的全貌简练、生动地呈现出来,有助于受众更多地了解此次行动的过程、结果和意义。这是一篇提升中国人民民族自豪感的稿件,也是展示大国气派、大国实力的外宣重锤。该文章在国际上形成的正面影响力对我国国家形象建设起到了积极作用。

2. 蒙太奇叙事,脉络清晰

作为一篇事件通讯,本文在导语部分言简意赅地交代了中国海军舰艇编队赴也门撤离中国公民事件的来龙去脉,同时多处运用数据,增强了报道的可信度。文章选材精当,亚丁港码头现场画面、海军舰艇编队与也门同胞的互动等材料真实地还原了现场。此外,写事离不开人。事件通讯还需将人穿插于事中,让其动态地出现,笔法上用简笔勾勒而非精雕细琢、浓墨重彩。在本案例中,对整个事件的介绍是由一个个人串联起来的,包括河南焦作人杨长江、编队指挥员、撤离现场负责人聂振宇等。这些人与其所处的场景、所说的话语一起流畅地展现了“祖国派军舰接亲人们回家”的过程。

从通讯的行文脉络来看,该报道若按照时间发展顺序来呈现撤离行动,难免有拖沓之感。因此,在写作脉络上,本文充分运用“蒙太奇”写作方式,重点描述了码头集结、登舰警戒、指挥员慰问在场同胞等关键场景,通过串联这些场景吸引读者的注意力,呈现此次撤离中国公民事件的全貌。整篇通讯简洁、紧凑而生动,读起来令人酣畅淋漓。

3. 场景生动,引发情感共鸣

值得指出的是,该篇报道有多处细节描写,包括场景交代、人物动作等。这些细节描写以影视化的语言方式呈现出来,如同一幅幅画面在读者面前展开,加上大量直接引语的引用,让读者仿佛身临其境,感同身受。

例如文中所写的:"一路上接连不断的枪声让大家惊恐不已。当他看到飘扬着五星红旗的中国军舰后,巨大的惊喜让他流下了激动的泪水。""编队指挥员的一席话,令在场同胞热血沸腾,很多人感动得热泪盈眶。大家高高挥舞起手中的五星红旗,'祖国万岁!共产党万岁!'的欢呼声在码头上此起彼伏。"这些描述画面感强,富有感染力,让读者能够体会和想象到撤侨现场洋溢的激动之情,从而更能够对文章结尾所描述的"我们强烈地感受到祖国的强大和解放军的亲切,感受到了作为一名中国人的自豪和骄傲"产生共鸣。

理论延伸 >>>

1. 事件通讯

通讯是一种以叙述、描写为主要表达方式,比较详细生动地报道具有新闻价值的人物、事物和情况的新闻体裁。按内容划分,通讯一般包括人物通讯、事件通讯、工作通讯等。本案例属于事件通讯,文章着重报道中国海军舰艇赴也门执行撤离公民任务一事。事件通讯以报道具有强烈新闻性的典型事件为主要内容,并较为详细地介绍事件的发展过程、作用及影响。它需要以事件为中心,有较强的情节性。其创作要求之一是写好事件的高潮,即事件中要体现人的思想和行为的"闪光"之处及整个事件的情绪最高点。为了达到这一要求,在文章撰写过程中,往往需要调动多种写作手法。此外,通讯须在记事的基础上,恰到好处地点出事件的意义,寓情于事、寓理于事。

《"祖国派军舰接亲人们回家"》这则报道选取的事件较为典型,开篇言简意赅地介绍了撤离行动的全过程，紧接着，文章的笔墨大多落在了具体场景上，这些人、事穿插的场景将文章的情绪层层上推，在指挥员慰问撤离公民环节走向高潮。在文末，文章借撤离现场负责人的口点明了主旨——国家强大，人民才能安全、幸福。

2. 白描手法

白描指用最朴素、最简练的笔墨，不施浓墨重彩，不加烘托，抓住描写对象的特征如实地勾勒人物、事物与景物的情态面貌。运用白描手法描写新闻事件发生的现场和事件中的人物，能使平面的文字立体、生动起来，从而大大增强报道的感染力。在新闻写作实际运用中，白描手法需注意以下三方面：一是白描要真，不能虚构事实，不能虚构描写；二是白描要精，要做到精练、准确，把事实的主要特征、最足以说明问题的地方勾勒出来；三是白描要深，要为深化主题服务。

《"祖国派军舰接亲人们回家"》这篇报道精心选取也门中国公民登舰撤离的时段，通过白描将一个个人物、场景巧妙地串在一起。简单、不事雕琢而充满画面感的描写让人读来如见其人、如闻其声。整篇文章布局巧妙、承转自然、行文流畅、可读性强，是一篇运用白描手法展现新闻事件的佳作。

全国首个中缅货币兑换中心落户瑞丽

【作品类别】文字消息
【所获奖项】第 26 届中国新闻奖国际传播类三等奖
【创作单位】德宏团结报社
【作品字数】841 字
【刊播日期】2015 年 4 月 1 日
【刊播版面】《德宏团结报》要闻 1 版
【主创人员】杨雪梅

案例简介 >>>

2015 年 3 月 31 日,全国首个中缅货币兑换中心在瑞丽市姐告边境贸易区挂牌成立,标志着瑞丽市成为国内首个挂牌交易缅币的城市。该中心的成立,是推进中缅经济交流的重大举措,将对逐步规范人民币与缅币兑换市场、推动中缅双边经贸发展、服务和助推“一带一路”建设等产生深远的影响,也能更好地服务中缅两国人民。

作者在了解到该中缅货币兑换中心筹建消息之后,便积极跟踪采访,及时掌握最新的相关信息,并在 31 日上午第一时间赶往揭牌仪式现场,采访兑换中心的基本情况,还采访到了前来兑换中心开展兑换业务的中缅边民,及时将该新闻事件形成文字消息报道出来,受到了中缅边民和企业家的极大关注,并被国内多家媒体及缅甸唯一中文报纸《金凤凰》转载,社会反响良好。

点评分析 >>>

《全国首个中缅货币兑换中心落户瑞丽》全文共800余字，选取了“全国首个中缅货币兑换中心在瑞丽市姐告边境贸易区挂牌成立”这一重要事件进行报道。全文结构清晰、合理，文笔凝练，且具有很强的时效性，受到中缅边民和企业家的极大关注，对推动中缅双边经贸发展、促进中缅国际交流有着重要的意义。

1. 服务国家战略，深化主题表达

瑞丽中缅货币兑换中心于2015年3月24日经瑞丽市政府批准成立，31日完成揭牌仪式，这是国内目前第一个挂牌交易人民币与缅币兑换业务的机构。该中心的成立不仅是瑞丽试验区沿边金融综合改革的重大举措，更是我国实施人民币“走出去”战略的重要一步，为促进中缅货币兑换业务规范化、合法化发展，实现中缅贸易投资便利化搭建了有效平台，同时对推动中缅双边经贸发展和助推“一带一路”建设等都将产生深远的影响。

作者敏锐地捕捉到这一事件的重要意义，从全局视角出发，立足于“一带一路”和“孟中印缅经济走廊”建设，通过对“全国首个中缅货币兑换中心在瑞丽市姐告边境贸易区挂牌成立”事件的报道，让中缅边民及更多的人关注到这一信息，更好地了解中缅双边经贸发展状况，也借此深化了中缅两国源远流长的胞波情谊。该报道内容简练、准确，主题鲜明，在中缅两国交流中产生了较好的国际影响，具有较强的国际传播价值。

2. 报道框架清晰，文笔精准凝练

条理清楚、结构分明是消息报道最基本的要求。在该作品中，作者在第一段的导语中首先指明“3月31日上午，全国首个中缅货币兑换中心在瑞丽市姐告边境贸易区挂牌成立”这一核心信息，并简述其所带来的重要意义，奠定了整篇消息的报道基调。

紧接着在第二段中，作者介绍了该兑换中心在瑞丽市成立的背景情况，即由于近年来中缅双边贸易发展迅速，资金往来流动频繁，两国企业家和一些当地工作人员对中缅货币兑换有了较高的需求。随后作者报道了该中心目前的业务情

况,“通过整合现有4家货币兑换机构的力量,发布区域性中缅货币兑换中间指导价,争取形成‘瑞丽指数’”,并通过瑞丽市委、市政府的期望指出该兑换中心接下来的发展方向,让受众对其有进一步的了解。最后,作者将视线聚焦到眼前,报道了现场“数十名中缅边民开始排队兑换货币”的情景,并通过对其中一位缅甸姑娘的采访,用个案佐证了该兑换中心的成立给当地中缅边民、企业以及中缅双边贸易发展带来的巨大便利。全文结构合理,符合消息写作规律,让受众对重要信息一目了然,且文笔精准凝练,读起来一气呵成。

3. 适当信息延伸,内容丰富全面

消息报道的特征是快速、简洁,为了突出时效性,消息的篇幅都比较简短,在内容的全面性上容易有所欠缺。本篇消息报道的核心新闻事实是全国首个中缅货币兑换中心在瑞丽市姐告边境贸易区成立,在此基础上,作者还进行了一定的信息延伸,让报道内容丰富而全面。

报道全文共计841个字,除了交代清楚核心新闻事实,还依次介绍了兑换中心在瑞丽市成立的经济背景、中心目前的业务开展情况、接下来的发展方向,最后通过中缅边民在现场排队兑换货币的具体场景进一步阐释了兑换中心的成立对当地中缅边民及中缅双边贸易的影响,将报道画面化,在增强报道生动性的同时,也丰富了报道内容,让受众能够更加全面地了解新闻事件及其背后的深刻意义。

理论延伸 >>>

1. 消息写作的结构

文字消息是以简要的语言文字迅速传播新近事实的一种新闻体裁,也是新闻报道中最广泛、最经常采用的基本体裁。消息报道的第一要务是尽快将信息告知受众,这要求消息写作将最重要的信息前置,让受众在看到报道的第一时间就对核心内容有所了解,即记者们最常采用的倒金字塔式结构。这种结构表述比较直接,适用于撰写时效性强、事件单一类的新闻报道。不过在写作过程中需要注意上下段落之间的逻辑关系,否则内容会显得比较凌乱。

此外,还有一种由倒金字塔式结构演变而来的提要式结构,在消息写作中也比较常用。提要式结构一般先在报道开头写出最具新闻价值的事实,让受众在第一时间了解该条新闻的基本事实,然后再介绍其他细节。本案例中的消息报道先陈述瑞丽中缅货币兑换中心成立的事实,再介绍该中心成立的背景、业务情况、未来发展方向以及给中缅边民及企业带来的实际性便利,偏向于这种提要式结构。

2. 兼顾消息报道的真实性和时效性

新闻报道的第一原则是真实性,真实性一旦缺失,报道也就失去了意义。当下,随着新媒体的快速发展,受众接收信息的渠道越来越多,信息获取的速度越来越快,这对新闻工作者在采写新闻报道过程中的时效性也提出了更高的要求。尤其是在消息报道这种追求强时效性的报道中,如何在确保报道内容真实性的同时提高报道的时效性,是当下记者们面临的挑战之一。

确保报道的真实性和时效性,要求新闻工作者在报道新闻事件,尤其是一些重大或背景复杂的新闻事件时,提前做好准备工作,对事件有一个充分的了解并及时跟进和掌握最新情况,以便在报道时可以快速地进入状态,顺利完成报道。在本案例中,瑞丽中缅货币兑换中心成立是记者在前期就一直跟踪采访、及时了解进度的事件。该兑换中心成立当天,记者也亲自赶往现场进行了相关采访,随后形成新闻消息,并在第二天的报纸上予以报道,在新闻的真实性和时效性上都有较好的体现,也使该则消息报道在传播过程中具有较高的新闻价值。

海外名校学子走进金华古村落

【作品类别】文字系列

【所获奖项】第26届中国新闻奖国际传播类三等奖

【创作单位】金华日报社

【作品字数】1 977字、2 369字、2 100字

【刊播日期】2015年5月7日至12月3日

【主创人员】李艳、陈东、吴骞、汪蕾、劳剑晨、黄泽振、吴俊斐

案例简介 >>>

“海外名校学子走进金华古村落”活动在全国属首创。活动期间,《金华日报》组建全媒体报道团队,实现了“报网融合”,全程蹲点,进行跟踪报道,零距离记录海外名校学子与村民同吃同住、相濡以沫结下的深情厚谊,奏响中国梦拨动世界心弦的动人乐章。报道有点有面,有感人故事,有深入思考,通过全媒体融合报道的方式,海外学子与金华古村的故事得到了生动的呈现。

在活动过程中,金华日报社每天向海外名校学子赠送刊有中英文对照专栏、专版的《金华日报》。来自18个国家的79名海外名校学子成为《金华日报》的第一批海外读者,他们也在第一时间通过互联网社交媒体转发了《金华日报》的报道,他们的父母、朋友、老师、同学们也通过《金华日报》的报道了解了他们所参加活动的最新信息。《金华日报》成为他们珍藏的第一份中文报纸,也正是在口口相传中,金华乃至中国,一步步走向世界。

点评分析 >>>

该系列报道以全媒体的报道手段和中英文对照专栏的创新报道形式取胜，探索了地方区域对外传播的创新路径。65篇报道图文并茂、报道手段多样、中英文合璧，创新国际传播内容、方式、渠道，以“报网融合”的全媒体报道方式融合文字、照片、视频元素，全方位、立体化地呈现了海外学子的中国故事。

1. 创新国际传播内容

60余篇通讯连续报道了这一活动，生动形象地从多个角度切入，全方位地记录了多个活动故事。如此长的周期和如此密集的篇目极大地丰富了国际传播的内容。在这一系列报道中，文章切入视角多元，既有外籍友人、海外学子的实际感受，也有国内学子对这次交流的热切期盼；报道的题材也呈多元化，农业、购物、观光、创业、垃圾分类……多种题材展现了这次活动与人们日常生活的密切联系，其意义更显重大；涉及人员的范围很广，五大洲的朋友们都能够在这些报道里找到自己的身影，也更能产生共鸣，有利于国际传播。

就整体而言，每篇通讯的文字并不多，寥寥百字而已，但是内容在不断地更新，加之有中英文双语对照专栏，能够让国内外读者都读懂，这一方式得到了读者们的高度肯定。正是因为外宣已经做到了国外青年人中，才使得该系列报道的国际传播效果更加突出，更有针对性。

2. 丰富国际传播形式

图文并茂，“报网融合”，报道团队通过文字、照片、视频等多种形式全方位、立体地呈现这一活动，可谓精彩纷呈。经多个国家、多名海外名校学子面对面、微信、脸书、推特等多种形式的传播，该系列报道获得了社会各界、海内外媒体较高关注度。既讲好了“金华故事”，也讲好了“中国故事”，同时向世界传递了“中国声音”。

为了更好地实现国际传播，该系列报道也进行了多种形式的尝试。报道不仅有点有面，有深入思考，有文有图，还有视频、二维码、专题页面，外宾、读者纷纷叫好，亮点频出。从操作上来说，将声音、图像、文字等多种方式有技巧地结合在一起着实有几分难度，同时还要跨越语言的障碍，更是难上加难。但是该系列报道展现了报道团队自身的实力。其中，“中英文对照专栏”这一形式是这次系列报道最为精彩的地方，既凸显了外宣政策，也考虑到了读者的接受能力，因此这一形式具有创新效果，传播效果也更好。

3. 拓宽国际传播渠道

作为唯一全程蹲点跟踪报道的媒体，《金华日报》还积极向前来采访的全国各大媒体记者提供文字、图片、视频等各种素材以及在《金华日报》刊发的所有作品。新华社两次向全国播发照片专题、文字深度通稿，《中国日报》、人民网、《印度时报》、保加利亚国家电视台等海内外媒体和瑞士、白俄罗斯等相关国家使领馆官网头版、专版或专题做了46篇（次）重量级报道，脸书、推特等海外社交网站转发了《金华日报》对该活动的报道，影响广泛，相关网页访问点击量突破5万余人次。

其中，《中国日报》海外版以《“海外名校学子走进金华古村落”项目鼓励通过友好交流的方式保护古村落》等为题专版刊发活动文章；新华社海外频道刊发来自保加利亚的名校学子玛丽亚·伊万诺娃10张图片新闻专题；《印度时报》先后刊登了七篇连载文章；《海外罗马尼亚》杂志是罗马尼亚最大的、面向海外罗马尼亚人介绍文化故事的杂志，该杂志结合《金华日报》报道，刊登了两篇参加活动的罗马尼亚学子劳拉专访文章。也正是这一积极的传播态势拓展了报道的传播空间，全面地展现了金华的自然人文故事，树立了金华的形象。这一系列报道成功地拓宽了国际传播的渠道，是讲好中国故事的典型案例。

理论延伸 >>>

1. 系列报道策划

系列报道是指围绕同一新闻题材、新闻主题从不同侧面、不同角度作多次、连续的报道，各条报道之间没有外在的时态连续，却有内在的必然联系。多个独立报道集合在同一主题思想下，以求对新闻事实作比较系统、全面、有一定深度的报道。

《海外名校学子走进金华古村落》这一系列报道非常符合系列报道策划的特点。多篇报道、相同主题、多个侧面、多次报道，且均为非事件性新闻，并没有外在的时态连续，但是坚持了同一重大题材，就更容易引起人们关注；加之这一系列报道形式多样，一鼓作气，内容深刻，具有很强的舆论导向作用，更好地增强了对外传播的影响力。

2. 区域媒体对外传播

区域媒体是传播区域形象的工具，是推动区域经济发展的动力源泉，区域形象的树立离不开区域媒体的宣传与传播。在媒体传播手段愈加多元化的今天，以媒体受众市场不断细化为契机，市级区域媒体对外传播正在由粗放式向精细化转型创新。

《海外名校学子走进金华古村落》这一系列报道正是《金华日报》对外传播的有效尝试。图文并茂，实现了“报网融合”，文字、照片、视频等多种形式全方位地展现了这一活动，更是展现了金华的面貌。报道的内容丰富、细致，点面结合，传播效果极佳，将金华这一区域形象全面地树立起来，有利于地区的进一步发展，是一个区域媒体对外传播的优秀范例。

一位从天津出发的“白求恩”

【作品类别】文字通讯

【所获奖项】第 26 届中国新闻奖国际传播类三等奖

【作品字数】1 310 字

【刊播日期】2015 年 12 月 18 日

【刊播版面】《今晚报》B4 版

【主创人员】杜琨

案例简介 >>>

奥地利人理查德·傅莱,著名的国际共产主义战士。为了践行共产主义精神,1939 年,傅莱不远万里从奥地利来到中国,只身投入到中国的抗战中,并于 1944 年加入中国共产党。傅莱是中国研制使用青霉素的第一人,在晋察冀和延安抗日革命根据地救治大量伤员,为中国的抗战作出了巨大贡献。

2015 年是中国人民抗战胜利暨世界反法西斯战争胜利 70 周年,当年 9 月 3 日,理查德·傅莱的儿子小傅莱接受中国政府邀请,来北京参加阅兵仪式,随后他来到天津,参观其父生前曾经生活过的地方,并接受了记者的采访。

本文在《今晚报》首发后,面向海外读者刊发时又再次进行了精心撰写和编辑,先后在欧洲《欧洲时报》、美国《侨报》、澳大利亚《联合时报》、加拿大《加中时报》、巴西《南美侨报》、西非《西非统一商报》六家权威媒体以专版头条的形式发表,在多国华人界产生广泛影响。

点评分析 >>>

《一位从天津出发的“白求恩”》生动刻画了“天津白求恩”理查德·傅莱的人物形象，使其在抗战中不为外界所熟知的感人事迹在全世界得以传播。该报道选题契合时事热点，人物形象鲜活、有感染力，细节刻画生动、准确，以人物事迹的形式契合中国人民抗战胜利暨世界反法西斯战争胜利对外传播的宏大主题，是讲好中国故事的一次成功尝试，为中国人民抗战胜利暨世界反法西斯战争胜利 70 周年营造了良好的舆论氛围。

1. 选题巧妙，契合时事热点

2015 年是中国人民抗战胜利暨世界反法西斯战争胜利 70 周年，习近平总书记在抗战胜利 70 周年大会的讲话中，向支援和帮助过中国人民抵抗侵略的外国政府和国际友人，表示了衷心的感谢。在这个具有重大意义的时期，《今晚报》选取了理查德·傅莱的事迹进行报道。报道以理查德·傅莱的儿子小理查德·傅莱受中国政府邀请来北京参加纪念抗战胜利 70 周年盛典并参观先父故居这一事件为切入点，赞扬了“天津白求恩”在抗日战争时期为中国抗日战争、世界反法西斯战争所作出的重要贡献，以及他在新中国成立之后为中国的医学事业提供的无私帮助。

“天津白求恩”的事迹背后有着重大的社会意义，从侧面反映出了中国的抗日战争是正义性的反侵略的战争，得到了国际社会的广泛支持，许多国家的反法西斯战士直接参加了中国人民的抗日战争。正如习近平总书记所言，我们纪念中国人民抗日战争暨世界反法西斯战争胜利 70 周年，就是要铭记历史、缅怀先烈、珍爱和平、开创未来。

2. 讲好故事，让人物跃然纸上

人物通讯是以人物为主要报道对象，通过对具体事例的描写反映一个人的思想、事迹、言行，并通过各类丰富的材料使人物形象更加具体和富有人情味，从而感染读者的一种报道类型。《一位从天津出发的“白求恩”》这篇报道中主要讲述的人物是在 2004 年已经逝去的一位老人理查德·傅莱，在这样一篇简短的通讯中，记者通过两个小故事塑造了高尚、鲜活的“天津白求恩”人物形象。在“天津购送急需药品”中记者通过描写理查德·傅莱将抗日根据地急需的大量奎宁、消炎粉和红药水等药品混在天津德租界商人运送的化妆品中，从而解决药物紧缺的燃眉之急的事情，刻画出理查德·傅莱正义、有勇有谋的医生形象。在“改名‘傅莱’的国际主义战士”中，报道通过描写傅莱凭借从美国寄来的青霉菌菌种和早期研究资料，经历五十多次失败后，研发出中国历史上第一批初制青霉素，拯救了无数战士的生命的故事，塑造了理查德·傅莱“医学无国界”的国际战士形象。

在人物通讯中，为了更好地塑造人物形象，寻找人物背后的故事十分重要，更重要的是，要有意识地挖掘人物的各个侧面，找到既有意思又有意义的故事，塑造立体的人物形象，这样才能凸显人物的精神内核和新闻的社会价值，同时拉近人物和读者的距离，获得读者的认可。

理论延伸 >>>

1. 细节决定成败

通讯中的细节描写，就是通讯的生命力。一篇好的通讯需要用大量的细节描写来支撑，细节描写能让新闻报道的主题得到极大的提升。

细节是新闻事实的组成部分，是有特点的新闻事实，它是必不可少的。当然，围绕一个主题，通常会有多个细节，在筛选、取舍新闻事实时，一定要把与主题密切相关，能够烘托、渲染主题的细节发掘和凸显出来。如在这篇案例中，作者从多个角度选择了能够刻画理查德·傅莱人物形象的细节，除了上文中提到的“有勇有谋”的人物性格之外，还包括“中共外籍党员中党龄最长者”“中国历史上第一批初制青霉素的制造者”等，这些细节都让理查德·傅莱的人物形象变得鲜活起来。

细节描写，可以生动地反映人物的形象、性格、品质等特征，使之成为一个独特的典型。对人物的细节描写，有利于增强文章的可信度及可读性。当然，新闻通讯中的细节描写也不能过多过滥地运用。细节描写过多反而会冲淡主题，有堆砌之感，只有灵活多变地运用，将叙述和描写有机结合起来，才能使其融为一体。

2. 用故事塑造人物

在人物通讯中，人是新闻活动的主体，以具体的、活生生的、有血有肉的人作为故事的切入点，来进行故事化的新闻报道，能凸显新闻的力量和冲击力，使之变得生动有趣，让本来缺乏活力的新闻事实产生故事化的效果，吸引受众的注意力，让受众更容易接受。如在这篇报道中，作者用多个小故事从多个侧面塑造了理查德·傅莱的人物形象，每个故事展现出不同的人物性格，运送药物展现了他有勇有谋的性格特点，改名字展现了他热爱自由的性格特点……这些不同的小故事承载着不同的人物性格，拼凑出了一个鲜活的、立体的“天津白求恩”的人物形象。

人物形象的塑造是通讯题材的重要组成部分，人物形象塑造得成功与否直接影响到整个报道的效果。因此，新闻报道要重视对人物形象的塑造，深入了解人物形象塑造在新闻报道中所发挥的作用。

中美两国联手合作清除法律障碍

【作品类别】文字消息
【所获奖项】第26届中国新闻奖国际传播类三等奖
【创作单位】中国日报社
【作品字数】2 206字
【刊播日期】2015年3月25日
【刊播版面】《中国日报》要闻3版
【主创人员】张琰

案例简介>>>

中美间的反腐合作，特别是追逃追赃，是中国反腐败国际合作中最敏感，也是媒体最关注的话题之一。

通过长期跑口和不懈努力，《中国日报》记者专访到最高人民检察院反贪污贿赂总局局长徐进辉，写就了《中美两国联手合作清除法律障碍》（*China, US Work to Clear Legal Hurdles*）这则特别报道。最高检首次对媒体权威披露，中国司法机关已向美方提交了有关中国贪官在美外逃的“重点追逃名单”，并希望美方能积极配合中国司法机关，在美境内协助开展追逃追赃行动，争取抓获更多中国外逃贪官，将其带回国内受审。文章采访内容翔实，背景资料全面，分析了中美追逃追赃面临的主要障碍和难点，以及下一步将采取的措施和建议等。

点评分析 >>>

经过长期扎实的报道积累，在中美双边部长级首次会晤之前，该报道独家专访了中方权威部门，以翔实的采访、具体的事实、丰富的背景材料以及典型事例写就了这则消息，释放了中国加强国际反腐合作的善意信号，并得到了美方较为积极的回应，取得了极佳的外宣效果。

1. 选题重大，助力中美反腐合作

积极推动中美反腐合作，是十八大以来党风廉政建设和反腐败斗争的重要环节。反腐合作使美国不再是腐败分子的"避罪天堂"，为中美合作注入了新的战略性内容，开辟了构建中美新型大国关系的新领域，提高了我国在构建国际反腐新秩序过程中的议题设置和规则制定的话语权。因此，中美两国进行反腐合作这一选题具有重大的现实意义，极具新闻价值。

《中美两国联手合作清除法律障碍》这则消息以中美两国联手合作清除法律障碍为主题，全面立体地介绍了中美反腐合作的现状、成效及遇到的问题，并选在中美双边部长级首次会晤之前刊发，率先释放了中国加强国际反腐合作的坚定信念以及善意信号。

这篇稿件刊发隔天即被美联社、路透社等国际主流媒体转引，共计被海外媒体转引350多次。此外，这篇英文消息对中美间的反腐合作也起到了一定的促进作用。该文见报后，美国国务院发言人迅速就此事作出正式回应，美国发言人确认收到几份重点追逃名单后，表示鼓励中方提供更多有力的证据和情报，确保美国执法机关能够对相关的案件进行调查和起诉。4月11日，美方还公开表示，美方同意"精简遣返中国贪官的流程"。由此可见，这篇消息带来的外宣效果不容小觑。

2. 立体全面，拓展深度与广度

《中美两国联手合作清除法律障碍》这则消息使用典型的"倒金字塔"结构，将重要信息前置、背景信息后置，辅以简要精练的案例介绍，立体、全面地介绍了中美两国反腐合作的相关情况。

文章首先以具体实例(乔建军案)介绍了中美进一步加强反腐执法合作后取得的成效,接着以一连串的数据解释了中美加强反腐合作的必要性和重要性,最后回顾2004—2014年十年间的追逃历史,指出中美两国在开展贪官追逃和追赃方面仍面临的困难和障碍。通过历史和现实的背景材料交织,这则消息立体地表现了中美合作反腐的成果、现状与未来,拓展了新闻事件的内涵与外延,从而加深了读者对新闻事实及其意义的理解。

3. 用真实数据反映客观情况

在新闻中使用数据,一方面能增强报道的客观真实性;另一方面能从宏观上描述事物的规模,强化文章的表现力,增强说服力。但是在新闻中引用数据时首先需要明确数据的来源,确保数据的真实性,且要有选择地使用数据,尽量突出重要数据,切忌滥用、误用数据。

《中美两国联手合作清除法律障碍》这则消息中,重点引用了权威媒体、机构及专家的分析数据,确保数据真实可靠。文中提到"中国检察机关已经从境外17个国家和地区追回49名职务犯罪嫌疑人,追缴了被非法转移到境外的资产高达30亿人民币",这三个数据的引用,具体凸显了中美2014年在合作打击腐败犯罪方面取得的明显成效。"截至2014年初,有150多名中国贪官仍外逃在美国"这句中的数据又体现出中美联合追逃追赃的严峻现状和加强合作、清除法律障碍的重要性,让读者对该政策形成更为具象化的理解。

理论延伸 >>>

1. 倒金字塔结构

倒金字塔结构,也称"倒三角"结构,是消息写作中最常用的一种结构方式。它以新闻事实的重要性程度或受众关心程度依次递减的次序,先主后次地安排消息中各项事实内容。具体来说,倒金字塔结构又被称为"三度反复",即对同一新闻事件,从标题至导语,再到主体,分三步呈递进式展开叙述:第一次用一句话报告事实,起索引作用;第二次叙述事实,补充标题,吸引读者;第三次叙述事实,展开、补充导语,完全打开包袱。

本案例使用了典型的倒金字塔结构，首先以“中美两国联手合作清除法律障碍”这一重要信息为题，直接告知读者中美两国在反腐执法合作上已达成一致，并将进一步加强执法合作的决定。其次，通过列举具体事例叙述了中美合作的细节及目前带来的成效。再次，补充说明了中美两国在开展贪官追逃和追赃方面仍面临的困难和障碍。这则消息结构清晰、主次分明、内容丰富，兼顾了时新信息、背景信息以及具体案例，在确保整体篇幅适中、文字简明扼要的基础上，保证了文章的丰富性和新闻事实的全面性。

2. 中国反腐议题报道

十八大以来，中国的反腐风暴受到海外舆论的格外关注，伴随着一批贪腐官员的落马以及海外追逃力度的加大，“老虎和苍蝇都要打”的中国反腐进程成为重要的国际舆论议题。然而，不少外媒的报道中却展现出对中国反腐政策的偏见，他们在交代反腐举措的同时，用大量笔墨进行点评，通过对新闻事实富有倾向性的解读使国际舆论对中国反腐产生误读。因此，外宣媒体如何有效发声，把中国的声音传递出去，使反腐这项深得民心的举措能够在对外传播中获得应有的正面效果，是关系到中国反腐进程继续深入的关键因素之一。

本案例真实准确地记录了我国的反腐成就，尽量多地挖掘有效信息，压缩了外媒负面解读的空间，并且在拟题时突出“中美联合反腐”的重点，旗帜鲜明地表达了中方立场，向美方释放了善意的合作信号，收到了很好的反腐舆论引导效果。

赴日寻访祈愿旌旗

【作品类别】系列报道

【所获奖项】第26届中国新闻奖国际新闻类三等奖

【作品字数】635字、870字、2 758字

【刊播日期】2015年8月19日至11月27日

【刊播单位】《长江日报》

【主创人员】欧阳春艳、蒋太旭、余熙、彭年、李皖、刘敏、胡维琼

案例简介 >>>

本系列报道以特殊视角彰显了抗战胜利70周年主题。2015年初,《长江日报》获得线索:武汉一位藏家收藏有107面旌旗,旌旗上用日文写满了和平祈愿文字并有签名。这些旌旗由日本各地数百个组织赠送给中华全国总工会,赠送时间主要在1954年至1955年。报社有感该题材对于认识中日关系历史、增进两国人民传统友谊所具有的重大历史和现实意义,遂进行精心筹划。自2015年8月19日起,《长江日报》用近20个版面、约3万字、图片近50幅的篇幅,对一个跨越了60年的祈愿和平故事进行大篇幅报道,力求真实反映战后十年日本民间反省战争、珍视和平、祈愿中日友好的意愿。

点评分析 >>>

该系列报道以20世纪50年代日本民间赠送中国的一批祈愿旌旗被发现为

线索，对日本祈愿旌旗的内容进行了详细展示，并通过扎实、不懈的跨国寻访，联合中日媒体与民间力量，用一个个感人的新闻故事记录下日本民间对战争的深刻反思，传递出他们对和平的向往与呼声，在纪念抗日战争胜利70周年的背景下彰显出国际新闻传播的巨大动能。

1. 实现媒体使命，挖掘现实意义

该报道深刻挖掘新闻价值，以良好的新闻敏感放大了“祈愿旌旗”的历史价值与现实意义。报道启动之时，正值中国人民抗日战争暨世界反法西斯战争胜利70周年，也适逢日本安倍政府“修宪”。记者抓住关键报道时机，用贴近日本民众的“旌旗”为抓手，用60年前的祈愿唤起日本民间的共同回忆，以最翔实的历史与现实素材，警醒日本民间的反省永远不应被遗忘，真实反映出日本民间反省战争、珍视和平、祈愿中日友好的美好意愿。

该系列报道发表后，产生巨大反响，受到了日本各界的广泛关注，引发日本民众对中日友好渊源的回忆。其中，日本前首相鸠山由纪夫认为该组报道非常有意义，深刻发掘出了日本民间蕴藏的广泛而强烈的反战和平民意，有力推动了日中关系的改善，并且帮助日本人民正确地认识了历史。该系列报道的巨大影响力为维护中日两国传统友谊、维护世界和平作出了重要贡献，实现了国际新闻报道“联接中外、沟通世界”的使命与责任。

2. 留住珍贵历史，凸显抢救性价值

时光飞逝60年，但历史不能被忘记。60年前参与旌旗祈愿活动的亲历者如今大多年事已高，有的已逾百岁。此次采访报道相当于与时间赛跑，抓住点滴流逝的历史瞬间，颇具有抢救性价值。在3个月的持续寻访过程中，多位记者前往东京、大阪、尼崎等地寻访旌旗签名者，走访了旌旗上落款的十多个日本工会组织，最终寻访到60年前旌旗签名者本田宣义、矢作政义和关谷兴雄，以及赠旗活动见证者、组织者杉浦正男和比留间长一等人，获得了大量第一手材料。当102岁高龄的杉浦正男老人回忆起当年赠旗的情景时，往事历历在目。像这样来自百岁老人的深刻追忆使人屏息静听、胸怀激荡、感慨万千。这些珍贵的一手资料承载着强烈的历史厚重感，强化了系列报道的纵深性与感染力，是对新闻的抢救、对历史的抢救，也是对文明的抢救。

3. 借力传播,切入角度巧妙

中日友好交往既是国际政治问题,也是两国人民关切的问题。该系列报道将中日关系的焦点放在民间交往之上,扩大共识,弱化政治性与意识形态因素的色彩,从日本民众的角度出发,将目光从军队或政府转移到普通民众上,用战争的经历者替代了战争的参与者,为观众展示了同样遭受过战争创伤的日本民众的所思所想。该系列报道通过换位思考,借助日本民间心声传播真实的抗战历史,展现在日本政府蔑视历史的错误行径下真实的日本社会舆论。报道采访的内容多为亲历者们的亲述,切入点独特,大大增强了报道的真实性与客观性。例如,在采访中,矢作政义认真地对记者说:“在世的签名者会越来越难找到,不过我相信今天的大多数日本人是反对战争、热爱和平的。”旌旗赠旗活动的见证者与组织者杉浦正男也表达出自己的心愿:“要和平,不要战争。希望中日两国人民世代友好下去。”该系列报道借力传播,借日本民间之口向世界传达着反战的信号,让中国和世界看到和平的希望。

理论延伸 >>>

1. 新媒体时代的系列报道

系列报道的基本特点可以概括为三条:一是主题集中。围绕同一主题来展开,不能分散,不能跑题。二是内容广博。多侧面、多角度围绕同一主题反映各方面的情况,内容博而不散,信息量较大。三是主题深刻。系列报道的题材都是重大的非事件新闻,适合做成深度报道。在主题思想深刻性上,系列报道独具优势。这也为系列报道的策划提出了更高的要求,报道角度的多面选取、新闻主题的深度发掘,都需要新闻记者具有良好的新闻敏感性和逻辑感。系列报道本身是一种化零为整的报道形式,报道间既相互独立又和谐统一。

在新媒体的冲击下,社会进入了信息获取碎片化、扁平化、快速化的时代,传统意义上的系列报道也随之改变。一方面,在选择报道题材时,除了重大的历史事件外,还应该考虑那些与社会底层群众生活息息相关的问题,拉近与观众间的距离,让观众产生更广泛的共鸣,敢于反映事物发展过程中的矛盾关系,引发社会思考;另一方面,在互联网时代,系列报道同样要追求时效性,要根据报道内容合理选择相应的篇章结构,要提高内容整合的合理性与有效性,以适应当下的传播环境。

2. 系列报道的布局策划

本系列报道对于认识中日关系历史、增进两国人民传统友谊具有重大的历史和现实意义。《长江日报》在确保选题严谨性的同时,精心策划、巧妙布局,通过大量细节描述对日本祈愿旌旗的内容进行了详细展示,真实反映了战后十年日本民间反省战争、珍视和平、祈愿中日友好的意愿。

此外,除了常规的新闻报道外,《长江日报》2016 年 11 月还在日本东京举办了“赴日寻访祈愿旌旗”活动演讲会和旌旗展览,达成了线上线下报道活动的联动。此次落地活动受到日本官方的积极配合,日本国会议员浜田和幸、前首相田中角荣之子田中京、前首相鸠山由纪夫秘书长芳贺大辅等日本政要及工会组织、社会名流出席活动,积极肯定了这组报道对于中日关系的重要意义。

为了永不忘却的国家记忆·日本寻证

【作品类别】系列报道(通讯)

【所获奖项】第25届中国新闻奖国际传播类二等奖

【刊播单位】新华日报社

【作品字数】2 953字、2 218字、2 682字

【刊播日期】2014年11月17日至12月2日

【刊播版面】《新华日报》1版转3版

【主创人员】周跃敏、陈钢、陈炳山、于英杰、余萍、丁峰

案例简介 >>>

首次南京大屠杀死难者国家公祭是2014年的大事,作为主祭地南京的主流媒体,《新华日报》精心策划了《为了永不忘却的国家记忆·日本寻证》系列报道。记者赴日采访反映日本战争罪行的10多个纪念场馆,访问致力于揭示历史真相的日本历史学家、参与过南京大屠杀的侵华老兵、原子弹爆炸幸存者等历史当事人,回国后用一个月打磨稿件,并请史学专家把关,最终完成此稿。报道用日本的证据和研究揭示日军侵华暴行,批驳日本右翼势力否定历史、加速军国主义化的险恶用心,也传递日本民间正视历史、爱好和平的声音,引导读者理性对待历史和当今与日本的关系。报道呈现形式图文并茂,报纸刊出视频二维码,与网站、微博、微信等组成全媒体矩阵同步推出。

特别要提出的是,该系列报道在海内外的中文读者中引发了热议并得到了

广泛的转发,其被翻译成英日韩等多国语言在海外广为传播。新华网、人民网、腾讯网、凤凰网、联合早报网等各大中文门户网站第一时间将报道置于显著位置;《欧洲时报》、《世界日报》、美国《侨报》、韩国《全北道民日报》也转载了部分稿件,该系列报道在国际国内社会所收获的传播效果可见一斑。

点评分析 >>>

该组报道是为宣传国家公祭日策划的精品力作,在探索媒介融合方面也可圈可点。报道以过硬的素材、严谨的态度、平和的话语,在大是大非的历史问题上发出了维护国家利益、维护世界和平的声音,既有政治高度,又有历史纵深感,既反映了安倍等日本右翼势力否定南京大屠杀历史、隐瞒侵略真相的言论的用心,也客观展现了日本还有一股致力于揭露历史真相、和右翼势力斗争的和平力量。其报道的客观性与真实性既能激发不忘国耻、振兴中华的爱国情怀,又避免了宣扬狭隘的民族主义情绪,感染力极强,获得了海内外的广泛认同。

1. 采访扎实,报道全面

本系列报道凭借着对相关历史的全面关注、对采访对象的深度挖掘,进一步延伸了报道内容,突破了报道资源,将新闻客观性原则践行到了实处。该报道对日本历史学家、日本政府官员、原子弹爆炸幸存者、曾参与南京大屠杀的侵华老兵、现致力于揭示历史真相的社团组织以及广大的日本普通民众的采访,提供了多种视角下的真实记录和客观观察,真实严谨、感情充沛、翔实可信,既具有国际视野又集中体现了新闻专业性,不仅营造了舆论氛围,使首次国家公祭的相关信息得到了全面展示,更揭示出历史与政治意义。

2. 内外联动,引领导向

本系列报道侧重于展示从日本收集到的侵华日军南京大屠杀的暴行证据和日本专家的相关研究成果,引发国际舆论的大量关注。报道刊发后就部分或全部地被美国《世界日报》、《侨报》、新加坡联合早报网、中国台湾旺报网、韩国《全北道民日报》以及在日本发行的杂志《人民中国》旗下网站等境外媒体转载,内外联动,有效地把握住国际传播的主动权和话语权。在南京大屠杀国家公祭日这一重大主题的宣传报道中,《新华日报》的系列报道营造出强势的新闻舆论场,发挥出主流媒体的舆论引领功能。

本系列报道通过报纸、网站、微博、微信多平台多渠道联合报道,增强了互动性、能见度和影响力,适应了媒介融合背景下新闻专题报道的趋势和要求,收获了良好的口碑和传播效果。

3. 优势互补,全媒体聚合

在《为了永不忘却的国家记忆 · 日本寻证》系列报道的新闻采写过程中,新华报业打造了一支适应全媒体综合报道的新闻小组,派出两名文字记者、一名摄影记者和一位摄像记者共同协作报道。这样的采编团队架构既能高效获取客观、翔实、全面、无误的专业化新闻素材,又能实现一次采集、多元加工、多层分发,不仅适合文字报道,也服务了图片、视频、新媒体等多种报道形式,使得报道内容与形式立体多彩,让这份国家记忆延伸触角,触及更广泛的受众。同时,也只有这种专业能力强、综合水平高、团队分工好的全媒体报道小组,才能在时间紧张、任务繁重、报道主题宏大的情况下,准确定位采访对象,恰当把握采访内容,稳妥处理采访方式,圆满完成采访任务。

此次新华报业派出全媒体报道小组的实践证明,人人皆可为记者的新媒介环境并不意味着新闻专业性的消解,恰恰相反的是,媒介融合趋势的加强,需要更多专业精湛的业务精英。同时,打造全媒体人才并不是单一地培养拥有全媒体技能的个体,而是组建具有全媒体意识、综合报道能力、具有一技或多技之长的全媒体团队,实现人力资源的有效整合,从而适应日趋复杂的报道形势,满足人民群众对专业化、深度化、个性化、互动化的新闻报道的需求。

理论延伸 >>>

1. 新闻客观性原则

所谓的新闻客观性原则,就是公正、准确地反映事实,以事实为主,避免在报道中掺杂个人偏见,把握平衡原则,呈现正确、真实的新闻,对新闻事件作全面、理智、客观的分析,以此保证报道的公正。新闻的客观性原则要求我们在报道过程中不能仅局限于对真实性的遵守，还应力求全面，否则必然会导致报道看似真实、实则片面，极易造成对受众情感的引导偏差，误导受众的理性认知。

本系列报道在采访过程中力求做到全面关注历史，在对采访素材进行新闻编辑时力求全面陈述而非断章取义。采访对象除了日本政府官员、原子弹爆炸幸存者、曾参与南京大屠杀的侵华老兵外，还有致力于揭示历史真相的社团组织及广大的日本普通民众，从多个角度全方位立体客观地呈现了新闻的原貌，不宣扬狭隘的民族主义情绪，真实严谨，营造了良好的舆论氛围。

2. 现代化全媒体矩阵

在媒介融合的大趋势下，加快推进传统媒体与新兴媒体的深度融合发展是我国当前一项重要而紧迫的战略任务。传统媒体要全面增强传播力、公信力、影响力和舆论引导能力，力求成为形态多样、手段先进、具有强大传播力和竞争力的新型媒体。因此，传统单一的报纸媒体逐渐演变为融合报纸、网站、客户端、微博、微信等多种传播形态的现代化全媒体矩阵。

在此次《为了永不忘却的国家记忆 · 日本寻证》系列报道中，为了实现更好的传播效果，增强与读者的互动性，新华报业做了诸多积极的尝试。除在报纸媒体刊发系列文章外，还利用采集到的丰富的音视频、图片资料，编辑制作成内容充实且精致的图片、音视频新闻，通过报纸刊出视频二维码，扫码即可查阅更加全面的新闻内容，与网站、微博、微信等组成全媒体矩阵同步推出，获得了极好的传播效果。

让国色香飘世界

——姜红升向上千外籍人士传播中国文化的故事

【作品类别】通讯

【所获奖项】第 25 届中国新闻奖国际传播类二等奖

【创作单位】宁波日报社

【作品字数】2 594 字

【刊播日期】2014 年 9 月 7 日

【刊播版面】《宁波日报》第 1 版

【主创人员】杨静雅、徐欣

案例简介 >>>

2012 年 10 月,红牡丹书画国际交流社在宁波成立。在不到两年的时间里,其创办人姜红升已向1 600余名外籍人士免费教授中国绘画和书法,并带领外籍人士逐步了解中国、融入中国。弘扬中华优秀传统文化是增强文化自信、提升文化软实力的重要国家战略,在宁波即将成为"21 世纪海上丝绸之路"支点城市的大背景下,红牡丹书画国际交流社的故事具有典型意义。该报道刊发后引发了广泛的媒体关注。《中国日报》对该社进行了多次报道,《中国日报》英文版以"Painting the Richness of Chinese Culture(描绘中国文化的魅力)"为题进行了整版报道。此外,央视新闻频道、《香港文汇报》等媒体也将红牡丹书画国际交流社作为传播中华文化的典型。

《让国色香飘世界——姜红升向上千外籍人士传播中国文化的故事》以红牡丹书画国际交流社的创办过程及姜红升传播中国文化的故事为主要报道内容,充分利用当地媒介资源优势,对中华文化对外传播、强化文化认同具有建设性价值。

点评分析 >>>

"文化自信是更基础、更广泛、更深厚的自信,是更基本、更深沉、更持久的力量。"[①]中国人民的理想和奋斗,中国人民的价值观和精神世界,始终植根于中华优秀传统文化沃土。在新的历史机遇下,如何坚定文化自信,探索中华文化对外传播的新思路,是讲好中国故事的关键。新闻通讯《让国色香飘世界——姜红升向上千外籍人士传播中国文化的故事》深耕地方媒体资源,巧妙捕捉到姜红升创办红牡丹书画国际交流社的典型故事,是中华文化对外传播的有益尝试。

1. 挖掘典型价值,呼应时代主题

文化的弘扬与传承是当下的时代主题。习近平总书记曾多次强调,中华优秀传统文化是中华民族的突出优势,中华民族伟大复兴需要以中华文化发展繁荣为条件,必须大力弘扬中华优秀传统文化。牡丹被誉为"画中之王",相关诗歌和绘画作品丰富,是富有代表性的中华文化象征符号。姜红升将深厚的中华传统文化凝练于牡丹绘画的笔墨丹青之中,在提升外国友人体验水墨绘画的参与度与趣味性的同时,传递出中华传统文化的魅力。

此外,该新闻通讯立足本地特色背景,进一步强化了新闻事件的典型价值。作为"21 世纪海上丝绸之路"在我国境内的重要港口,宁波在历史上曾在外贸领域发挥过重要作用,也是中华传统文化对外传播的关键通道。因此,本篇通讯紧密结合弘扬中华优秀传统和建设发展"21 世纪海上丝绸之路"的重大背景,强化文化对外传播的核心主题,凸显红牡丹书画国际交流社在中国传统文化"走出去"中所发挥的积极作用,向世界展现出中华文化的独特魅力和时代风采,也呈现出社会主义大国的文化自信。

---

① 摘自习近平总书记在中国文联十大、中国作协九大开幕式上的讲话。

2. 编辑思路清晰,延展人物故事

本篇通讯编辑思路清晰,新闻信息丰富,按照时间顺序娓娓道来。在报道当中,姜红升传播中国文化的故事被细分为“走上公益教授绘画之路”“让外国人爱上中国传统文化”和“让外国人融入宁波”三个版块,并在每个版块配合具体的人物故事进行解释说明。

“走上公益教授绘画之路”的版块详细介绍了姜红升为来宁波交流的45名德国师生讲授绘画课的经过,德国孩子对中国文化的热爱也成为他创办红牡丹国际交流社的重要契机。随后,在“让外国人爱上中国传统文化”的版块中,作者选取俄罗斯女教师Vita和宁波诺丁汉大学美国教授Kevin的例子,Vita所画的牡丹寄托了她对母亲的祝愿,Kevin请人撰写“洞察、理解、友谊”六个汉字以表达自己及家人学习中国书画、了解中国文化的心路历程。最后,作者讲述了Arna及家人在红牡丹学习书画后,决定推迟回家乡冰岛的计划,并继续在宁波生活的经历,肯定了红牡丹交流社在让外国人融入宁波方面发挥的重要作用。

3. 传承中华文化,提升海外影响力

中国优秀传统文化走出去,既要坚守自己的核心价值,也要有可以与世界共同分享、共同对话、共同承认的价值。姜红升之所以将书画国际交流社取名为“红牡丹”,一方面因为早在清朝,牡丹就已被誉为中国的国花,关于牡丹的诗句,如“唯有牡丹真国色,花开时节动京城”等流传甚广;另一方面,牡丹所蕴含的对美好生活的期盼与对吉祥顺意的追求等含义融通中外,符合世界的共同追求。

此外,红牡丹书画国际交流社也考虑到学员的需求,姜红升在课上会激发同学们关于人生哲学的思考,并在春节组织学员到社区帮市民写春联,给市民送祝福等,帮助学员尽快融入宁波的生活,更加深刻地体会中华文化。而海内外媒体的转载报道肯定了交流社在传播中华文化方面所发挥的积极作用,它也成为中华文化走向世界的一张名片,有效提升了中华文化的海外影响力。

理论延伸 >>>

1. 新闻通讯写作

新闻通讯以描写和叙述相结合作为主要表现手法,再现了新闻环境、新闻现场、新闻画面、新闻事实、新闻过程、新闻细节以及新闻人物的形象、行动、语言、心理等要素,可酌情使用抒情与议论的表现方法或调动多种修辞方法。根据不同的描写对象,通讯可划分为事件通讯、人物通讯、概貌性通讯、工作通讯(即研究性通讯、政策性通讯)、政论性通讯、小通讯等类别。

《让国色香飘世界——姜红升向上千外籍人士传播中国文化的故事》属于事件通讯,按照时间顺序,结合细节描写、典型事例等再现了红牡丹书画国际交流社的创办及发展历程,有效调动了读者的阅读兴趣。

2. 跨文化传播

当信息的发出者是一种文化的成员而接收者是另一种文化的成员时,跨文化传播便发生了。一个信息在离开它被编码的那种文化,进入另一种文化并被解码时,便会发生变化,解码文化的影响变成这个信息的一部分,原始信息的内涵会不同程度地被修改。因此,在进行跨文化传播时需要做到:第一,认识彼此的文化特点,克服成见和偏见;第二,努力使用共同的传播代码;第三,选择适当的传播时间并掌握时机;第四,尊重各种文化场所的背景和风俗;第五,改进传播技能,鼓励反馈等。

本篇通讯结合目标读者的阅读习惯和兴趣,选取来自英国、德国、俄罗斯等国家学员的学习案例,概述了红牡丹书画国际交流社在增进不同国家学员间的人际沟通及传播中华优秀传统文化方面所发挥的积极作用。

再寻沉默的道钉

——纪念华工参建美国中央太平洋铁路150周年

【作品类别】文字系列

【所获奖项】第25届中国新闻奖国际传播类二等奖

【创作单位】南方日报社

【刊播日期】2014年5月14日至5月30日

【刊播版面】《南方日报》A01版、A05版、A01版

【主创人员】林亚茗、赵杨、曹斯、金强、徐林、郑幼智、黄扬华

案例简介 >>>

1869年5月10日,美国近代工业化历史上具有重大意义的第一条横贯北美大陆的中央太平洋铁路和联合太平洋铁路建成通车。太平洋铁路长3 000多公里,穿越了整个北美大陆。这条铁路成就了现代美国,宣告了美国大陆在经济运行上开始连成一体,并推动美国成为联结太平洋和大西洋的经济大国。在这一美国近代工业化历史的重大事件中,成千上万的中国工人应召参加了最艰巨的中央太平洋铁路的建设。中国人坚韧不拔的精神和出类拔萃的才智为太平洋铁路的建设作出了不可磨灭的贡献。

2014年,正值中国工人参建美国中央太平洋铁路150周年,《南方日报》的《再寻沉默的道钉——纪念华工参建美国中央太平洋铁路150周年》系列报道,以铁路沿线纪行的形式,生动展示了以粤籍华人为主的铁路华工的历史贡献。

《侨报》《加拿大商报》《星暹日报》《东方报》《美中报导》《华商日报》等 30 多家海外华文媒体相继转载，使该报道在国内外产生了巨大反响。

点评分析 >>>

《再寻沉默的道钉——纪念华工参建美国中央太平洋铁路 150 周年》系列报道，长达 12 期，以铁路沿线纪行的形式，把过去与现在、史料与口述进行了有机结合，全面展现了中国劳工为中央太平洋铁路的建成所作出的贡献。通过对多个人物的采访和多地走寻，鲜活地还原了铁路华工的艰苦奋斗史，为推动中美新型大国关系注入了正能量。

1. 主题新颖，故事性强

在全长近 1 100 公里的西段中央太平洋铁路上，有 95% 的工作是在中国工人加入筑路大军的四年中完成的。在铁路修建期间，华工在高强度、高风险的劳动中，承受着酬金微薄、种族歧视等不公平待遇，为美国的现代化发展作出了重要贡献。然而，中国工人为美国铁路所作出的贡献却鲜为人知。在中国工人参建美国中央太平洋铁路 150 周年之际，《南方日报》以“再寻沉默的道钉”为题，对华工的奉献进行了深入挖掘和全面展现，为中美两国人民展现了鲜活的历史，角度新颖，可读性强。

这 12 期系列报道通过多个人物故事还原铁路华工及美籍华人的奋斗史，弘扬念祖爱乡、敢为人先、团结包容的粤侨精神，故事生动感人，使读者有较强的代入感。这则系列报道在对外宣扬华人精神、展现华人贡献的同时，也为推动中美民间友好交往传播了正能量。

2. 多维报道，信息量大

《再寻沉默的道钉——纪念华工参建美国中央太平洋铁路 150 周年》系列报道全面展现了华工修建中央太平洋铁路的鲜活历史，每期报道从一个角度切入，生动呈现历史的一个切面。这十余则报道相互配合，让读者从多个维度、多个切面感受到铁路华工的艰辛与不易。如采访组在飘雪的塞拉岭寻访了华工当年搭建的“中国墙”，还在远离城市的卡森荒漠，拍摄华工曾经生活的痕迹，为读者重现当年的景象。除此之外,记者对《横贯大陆铁路的无名建设者》的作者、铁路华人后人赵耀贵,为37个华人荒冢守墓8年的72岁的拉里·德·利维,花费5年时间对修建太平洋铁路的华工进行报纸形象分析的美国华人学者赵汝成等人进行了采访,从个人的角度呈现出铁路华工所遭受的不公平待遇等鲜为人知的经历。另外,对美国犹他州多元文化事务部部长、旧金山市华裔市长李孟贤等人的采访展现出华工为美国中央太平洋铁路的建成所作的重要贡献。多个角度的翔实报道使该系列报道的内容具有很强的真实性、感染力和代入感。

3. 细节精彩,可读性强

细节是一篇新闻报道得以成功的重要因素,丰满的细节可迅速刻画出事件的场景、人物的形象等,能够更好地吸引、感染、打动读者,让读者沉浸到报道当中。该系列报道就以出色的细节刻画对多个人物形象进行了生动呈现。如记者在报道为37个华人荒冢守墓8年的美国内华达州拉夫洛克镇拉里·德·利维时,就对利维祭奠华工荒冢时的装扮进行了描写。尽管利维只是带领记者探寻华人墓地,但他还是"拿来了中国人祭奠先人的蜡烛、香与纸钱,还将自己打扮成清代中国人的样子",这一细节刻画反映出利维对铁路华人的贡献的尊敬与对华人文化的热忱,使利维认为华人文化是小镇文化和历史的重要组成部分这一落点更具说服力,利维的个人形象也更加深入人心。除此之外,在报道《擦亮沉默的道钉》一篇中,记者通过对小城奥本老火车站遗址附近矗立的"中国苦力"雕像的刻画,生动地呈现出华工的劳动形象,更体现出华工努力工作、艰苦奋斗的动人精神。

理论延伸 >>>

1. 文字系列报道

系列报道是围绕同一个新闻题材、新闻主题从不同侧面、不同角度作多次、连续的报道,各条报道之间没有外在的时态联系,却有内在的必然联系。多个独立报道集合在同一主题思想下,以求对新闻事实作比较系统、全面、有深度的报道。系列报道从多侧面、多角度围绕同一主题反映各方面的情况,内容博而不散,具有很强的舆论导向作用和一定的思想深刻性。系列报道的特点要求创作者有较高的策划编排能力,使多个角度的事实能互相配合,呈现出饱满翔实的内容。

《再寻沉默的道钉——纪念华工参建美国中央太平洋铁路150周年》系列报道通过翔实的内容对历史遗迹进行展现,对与铁路华工相关的人物进行呈现,对历史进程进行梳理,把过去与现在、史料与口述进行了有机结合,多维度地还原了铁路华工及美籍华人的奋斗史。

2. 文字报道中的细节描写

细节描写是新闻报道的重要组成部分。在文字新闻报道中,出色的细节描写可以将事件的场景、人物及人物的动作、语言等带到读者面前,使读者犹如身临其境。精彩的细节描写由于及时地捕捉到不易被人注意的、富有魅力的瞬间,有利于增强报道的可读性,并且可以使人物形象生动传神、丰满可感,有利于深化报道的主题,增加新闻的思想性。除此之外,由于丰富的细节可以使读者如临其境、如见其人、如闻其声、如感其情,因此新闻的真实性、可信度和感染力也会随之增加。《再寻沉默的道钉——纪念华工参建美国中央太平洋铁路150周年》系列报道中的多篇报道便通过对细节的刻画使内容更加深入可感,增强了报道的传播效果。

一位西方资深媒体人的坦白

【作品类型】文字通讯
【所获奖项】第 25 届中国新闻奖国际传播类三等奖
【创作单位】光明日报社
【作品字数】1 552 字
【刊播日期】2014 年 10 月 21 日
【刊播版面】《光明日报》第 8 版
【主创人员】柴野

案例简介 >>>

这是一篇关于“西方媒体新闻观”的文字通讯。最初,一位德国记者在俄罗斯电视台上接受采访时承认,自己曾多次受贿,接受美国方面提供的各种经济和政治好处,为他们写吹捧文章,同时也按照有关部门的旨意进行过歪曲事实的报道。通常这种丑闻会被德国媒体炒作,但德国主流媒体对此消息几乎全部失声。

西方媒体一直宣称,其新闻业不受政治约束,媒体一般置身于意识形态之外,而事实却是西方的报道也是站在国家利益基础上的。这位西方记者的自白正说明,对于任何与国家利益不一致的事件,西方媒体皆可采用歪曲、负面或者不报道的方式解决。因此,《光明日报》记者立即行动,经过多方调查,全面了解到事实真相,第一时间完成了《一位西方资深媒体人的坦白》一文,并在 2014 年 10 月 21 日国际版头条刊发。

点评分析 >>>

《一位西方资深媒体人的坦白》这篇文字通讯短小精悍,记者通过快速反应、多方查证,全面了解到德国记者的“坦白”内容,并迅速成文刊发,揭开了事情的神秘面纱。文章以这位记者承认的事实,揭露和批驳了西方新闻媒体一贯声称客观公正处理新闻事件的假象。很多读者阅后纷纷留言,对此类揭露西方媒体的文章给予赞赏,他们跟帖说道:“文章说出了事实,西方的新闻真的自由吗?”

1. 深挖真相,迅速回应国际舆论热点

德国主流媒体《法兰克福汇报》原著名记者乌尔弗柯特曾公开承认自己长期接受贿赂,为西方媒体进行不客观、不公正的报道,并披露西方很多记者也都是这样做的。这则新闻播出后,西方媒体受政治操控的内幕浮出水面,世界一片哗然,舆论纷纷质疑媒体是否还能客观公正地报道新闻事件。而正是在这需要证明事实真相的时刻,德国的主流媒体却集体失声,并且面对询问不予正面回答。因此,《光明日报》记者立刻聚焦这一选题,回应舆论热点,展开深入调查,利用各种方式全面了解事情的原委,迅速对这一事件作出相应的回答,揭露西方媒体所谓的“新闻自由”内幕。该通讯挖掘出了西方媒体被政府机构收买和操纵的事实,击破了西方新闻媒体一贯宣扬的“新闻自由”“客观公正”“新闻专业主义”行为准则,还民众以真相。

2. 真实客观,以亲身经历现身说法

西方新闻媒体一贯声称客观公正是他们报道新闻事件的价值追求和行为准则,并长期宣称其新闻自由独立,不受公权力的制约。因此,新闻媒体在西方普通民众心目中有了“无冕之王”的美誉,甚至成为与立法、司法、行政权并行的“第四权力”,这其中的“虚假”“欺骗”令民众难以相信。而报道采用西方资深媒体人亲口公开承认的事实,通过其利用欺骗性的报道获得好处,甚至直接剽窃他人文章等亲身经历,真实、深刻地说明了西方媒体受制于政府、利益的真相。

此外,报道当中也将作者自己长期在西方国家工作的真实体验加入其中,进一步增强了报道的可信度和说服力。

3. 中国立场,借新闻事实有力回击

在该“坦白”事件发生后,德国主流媒体均对此避而不谈,而《光明日报》记者立刻找到视频原文,又通过资料查询、电话采访等方式,全面了解到德国记者所谈的内容,第一时间写出了这篇文章,并立即在《光明日报》国际版头条刊发。此报道是国内最早发表的相关文章,反应迅速、影响力大,在急需回应舆论的关键时期有力地发出中国声音。

在中国的一些事件上,这样的问题也时有发生:2008 年 4 月,奥运圣火在巴黎传递时由于受到“藏独”分子的干扰而改变传递方式,却有法国媒体报道说“圣火被迫熄灭”;2009 年,一些自诩“中立客观”的西方主流媒体肆意歪曲报道新疆“7 · 5”打砸抢烧暴力犯罪事件。这类事件此起彼伏,不少西方媒体以所谓的“新闻自由”大肆篡改新闻事实以维护自身阶级的利益。该报道的出现,同样以翔实的内容有力批判了将新闻变成政治手段的行为,也从侧面证实了西方媒体曾对中国某些新闻进行不实报道的真相。

理论延伸 >>>

1. 西方“新闻自由”论

西方“新闻自由”起源于 17 世纪弥尔顿提出的“出版自由”,自从该理论问世,世人追求自由的呼声就从未间断。从取消审查制度,到废除印花税等,“新闻自由”经历了商业上的独立、职业化的追求、传播媒介的变化等历史语境的变迁,渐渐从梦想变为现实,成为如今西方媒体口中的“新闻自由”。

然而现如今一些西方国家不管是争取还是限制新闻自由,都出于维护自身阶级利益的需要。在他们手中,新闻自由成为可以被利用的工具。当要从敌对者手中争取新闻自由的时候,他们会把它写在自己的旗帜上;而当自己争得了新闻自由的时候,它便成了一种实现更高的政治和经济目标、服务其政治和经济制度的手段。《一位西方资深媒体人的坦白》揭开了部分西方媒体滥用新闻自由

的真相，暴露了他们成为利益附庸的身份，同时也承担了媒体应有的社会责任，保护了公众的基本权益。

2. 新闻真实性

新闻真实性指的是新闻报道中的每一个具体事实必须合乎客观实际。即新闻报道中的时间、地点、人物、事情、原因和经过都经得起核验。真实性是新闻的生命。新闻报道要根据事实来描述事实，既准确报道个别事实，又从宏观上把握和反映事件或事物的全貌。新闻媒体要直面工作中存在的问题，直面社会丑恶现象，激浊扬清、针砭时弊。同时，媒体在发表批评性报道时要事实准确、分析客观。

《一位西方资深媒体人的坦白》在面对西方媒体失实报道行为时，能迅速直面这一现象，揭露西方媒体曾因不可言明的目的歪曲事实、无中生有，以及在报道中国很多社会事件时，采用剪裁新闻图片、张冠李戴、嫁祸于人等不实手法的种种假象，保持了新闻的真实性，引导社会健康发展。

搜救马航失联 MH370 客机连续报道

【作品类别】文字系列
【所获奖项】第 25 届中国新闻奖国际传播类三等奖
【创作单位】解放军报社
【作品字数】16 290 字
【刊播日期】2014 年 3 月 10 日至 5 月 10 日
【刊播版面】《解放军报》1 版、2 版、4 版、8 版
【主创人员】钱晓虎、王瑶、李建文、吕德胜、罗铮、罗朝文、夏洪平

案例简介 >>>

2014 年 3 月 8 日北京时间 00:42,MH370 航班在马来西亚吉隆坡国际机场起飞,计划于当日上午 6:30 抵达北京首都国际机场。但在 1:20 后,航班在马来西亚和越南的交界处与胡志明管控区失去联系。飞机上共有中国内地公民 153 人、中国台湾居民 1 人,中国国家主席习近平和国务院总理李克强对此高度重视,并下达重要批示,中国交通运输部随即成立马航失联客机应急反应领导小组,展开海上搜救。

马航 MH370 客机失联后,解放军报社结合自身资源优势,迅速推出搜救失联客机的连续报道,合计 28 篇,向读者详细介绍了我国海军搜救 MH370 客机的最新进展和发现,有力地展现了中国政府和军队保护人民生命安全的坚定决心与意志,提升了我国的国际影响力。

点评分析 >>>

2014 年 3 月 10 日至 5 月 10 日,解放军报社对搜救马航失联 MH370 客机的工作进行了连续报道,显现了一批以《我国急调近 10 颗卫星保障失联客机搜救》和《我国海军搜救编队抵南印度洋任务区展开搜寻》等为代表的优秀新闻案例,既体现了解放军报社的专业性,又展示了中国负责任的大国形象。

1. 报道立场鲜明,争取舆论主动权

自 2014 年 3 月 8 日凌晨 MH370 客机失联起,党中央国务院便对此事高度重视,中国外交部、交通运输部也表示密切关注。参加马航失联 MH370 客机搜救,是党中央和中央军委作出的重要战略决策,也是中国军队迄今参与国际联合搜救任务派出舰机最多的一次。中国军舰作为搜救的主力,全力贯彻李克强总理“搜救不能松懈,更不能放弃”的要求。这组连续报道配合中央决策,全方位、多角度展现搜救进展及遇到的障碍,展示了中国军队积极参与国际人道主义救援和地区安全合作的善意与能力,为争取舆论主动作出了积极贡献。

这组报道也引起了国内外媒体的广泛关注,多家媒体转载或引用相关报道内容,对中国政府和军队快速及时的反应、强大的搜救能力和持续不懈的努力给予了高度评价。印尼《雅加达邮报》、中国香港《南华早报》援引专家的话,称中国军队的参与,可以极大地提高搜救效果。此前,外媒经常夸大中国日益增长的军事力量对区域国家的负面效应,而类似的搜救工作展现了中国政府积极参与国际事务的决心,并通过自身努力实现构建人类命运共同体的目标,在一定程度上消减了“中国军事威胁论”的负面影响,改善了我国的国际形象。

2. 连续追踪报道,强化报道时效

连续报道具有动态性、实时性的报道优势,能通过大量持续性的信息发布起到突出强调的作用。在此次搜救马航失联客机的报道当中,在党中央和中央军委作出决策部署后,《解放军报》结合独家资源优势,迅速派出海军分社记者随搜救舰艇采访,总装分社、空军分社等也派专门力量,共同组建联合报道团队。前后方编辑记者密切协同,完成系列连续报道的撰写编排工作,成体系、动态化

地追踪式报道,传递了权威信息,满足了受众对信息的强烈需求,全方位持续呈现中国舰机搜救进展。

这组连续报道体量较大,内容涉及军舰在不同海域参加马航失联客机搜救工作的最新进展、相关搜救技术保障以及中央对搜救工作的最新决策,包含消息、通讯、评论等不同新闻体裁。28 篇连续报道日日跟进,抢抓时效,引发了极为广泛的关注,吸引读者持续期待。此外,报道团队对整组连续报道进行了良好的顶层设计,形成系统性逻辑化的报道网络,28 篇报道之间结构紧密,相互勾连,从多个侧面、不同角度描绘出搜救行动的全貌,突出强调了中国政府对此事的高度重视以及对中国公民的保护,有效强化了灾难报道的时、度、效。

3. 信息把握得当,体现灾难报道专业度

新闻伦理是灾难报道当中最为敏感、最难把握的关键因素,过度放大情感性因素会导致新闻报道中的有效性信息不足,但若只关注新闻事实的挖掘则容易忽视灾难中的人文关怀。在这组灾难新闻连续报道中,新闻工作者很好地把握了情感需求与信息需求之间的平衡度,既多角度、全面展现了搜救的最新情况,满足了公众对灾难事件客观信息的需求,又恰当地关注了乘客家属的悲痛心理与情感需求。在连续报道中,《搜救:井冈山舰不眠不休》和《搜救:只要有一线希望,我们就不放弃》等报道适度抚慰了乘客家属情绪,为家属传递积极信念,既有力地展示了中国政府和军队视人民利益高于一切的钢铁意志,也传递出灾难救援中的人道主义精神,体现出新闻工作者良好的职业素养,凸显了主流媒体的社会责任与专业度,有效提升了媒体公信力。

理论启示 >>>

1. 连续报道

连续报道是一种强化式报道,是指新闻媒体在某一时期内,围绕受众普遍关注的某一个(组)重大新闻事件或一个(多个)重要新闻人物所采写的分段持续报道,包括过程报道、反映报道和追溯性报道等,不断从新的角度反映过程的进展及其在社会上引起的反应,达到集中、突出的宣传效果,引起读者的关注,具有

报道面广、时效性强、持续时间长等特点。

解放军报社自 2014 年 3 月 10 日至 5 月 10 日对搜救 MH370 客机的工作进行了持续报道，合计 28 篇，除第一篇报道向读者概括性地介绍了搜救工作的相关背景之外，其余报道聚焦阶段性及最新进展，篇幅在 300—1 000 字不等，相对简洁精练，富有针对性。

2. 灾难报道

灾难报道是新闻报道中的一类重要题材，主要是指对由人为或自然的因素引发的灾难事件的报道。由于灾难新闻突发性强、影响范围广、构成因素复杂，往往事关社会重大财产与生命的损失，因此灾难新闻报道考验着记者的专业素养和水平。尤其是在“人人都有麦克风”的新媒体时代，灾难事件的发生总会伴随着网络谣言的滋生与社会舆论的发酵，这也呼唤着主流媒体专业度的升级。

第一，在灾难报道当中，快速反应、第一时间发声是赢得舆论引导先机、抢占新闻第一落点的关键；第二，持续关注、跟进事实，使受众及时了解灾难发生的性质、原因、危害程度，并提供有益的救援信息与自救防护措施，谨防次生灾害；第三，传递积极价值，避免煽情式报道给遇难者家属带来的二次伤害。

涉日舆论引导报道

【作品类型】文字系列
【所获奖项】第 25 届中国新闻奖国际传播类三等奖
【创作单位】中国新闻社
【作品字数】评论 1 436 字、消息 1 564 字、评论 1 322 字
【刊播日期】2014 年 1 月 29 日至 9 月 2 日
【刊播版面】中国新闻社电讯通稿
【主创人员】刁海洋、刘旭、高凯、王健、陈孟统、吴庆才、谭宏伟

案例简介 >>>

这是一篇关于涉日舆论引导的文字连续报道。2014 年是对日舆论引导任务很重的一年。这一年,中国以立法形式确定中国人民抗日战争胜利纪念日、南京大屠杀死难者国家公祭日、“8 · 15”日本战败投降日等,而日本首相安倍晋三却以恢复“正常国家”为由频频挑起事端。在这样的时间节点上,中新社精心策划,深入采访和剖析,发出一组专题报道:《心无“正确史观” 安倍何谈“正常国家”》《关乎历史与未来的两个日子》《战后 69 年 东京仍在历史迷雾中》《以胜利者的姿态捍卫历史真相》等,有效地引导涉日舆论。该组报道着重对事件进行中国视角的深度解析,发出中国声音,既有历史背景穿插又有现实意义阐述。

中新社的对日舆论引导工作在极其复杂的国际舆论环境中取得切实成效,

该报道获美国《侨报》、菲律宾《联合日报》，以及中国香港《大公报》、澳门《濠江日报》《新华澳报》、台湾“中央社”等采用，并被人民网等中央媒体网站，新浪、搜狐、网易等门户网站以及境外网站大量转载。

点评分析 >>>

这组涉日舆论引导报道，以消息和评论的形式在与日本相关的重要历史事件上及时表明态度、理性分析，阐明了中国人民热爱和平、反对侵略战争、捍卫人类尊严、维护世界和平的坚定立场。该组报道也体现出主流媒体在报道重大新闻事件时所发挥的核心作用，强化了国家级主流媒体的公信力和引导力。

1. 把握时机，引导舆论

2014 年，日本首相安倍频频挑起事端，当年也正值中国以立法形式确定、设立中国人民抗日战争胜利纪念日、南京大屠杀死难者国家公祭日、“8 · 15”日本战败投降日等时间节点上。为此，中新社积极投入到对日舆论引导工作中，坚持“围绕中心、服务大局”“发挥优势、突出特色、务求实效”的方针，从国家外交战略布局和国际国内舆论热点出发，配合对日外交、外宣工作，及时发出中国声音，表明中国立场。

在这次系列报道中，中新社多个发稿平台密切联动、精心策划，通过扎实的采访和深刻的剖析，接连在重要时间节点上发布 4 篇报道，在涉日舆论引导方面做到了及时、适时，有理有据有节地向国际舆论亮出中国观点，用中国话语主动设置议题，引导理性、正确的世界舆论，积极塑造中国作为世界和平建设者、全球发展贡献者、国际秩序维护者的良好形象。

2. 连续报道，针对性强

2014 年初，日本首相安倍晋三挑起争端，中新社对此发表第一篇报道《心无“正确史观” 安倍何谈“正常国家”》，从内政和外交多个层面深入剖析其背后的动机；在中国以立法形式确定、设立中国人民抗日战争胜利纪念日、南京大屠杀死难者国家公祭日的特殊时刻，中新社播发第二篇报道《关乎历史与未来的两个日子》，从历史背景、国际惯例到现实必要性，阐明在国家意志的高度上设置这两个纪念日的重要意义;“8·15”日本战败投降日当天,中新社驻日本分社记者赶赴靖国神社附近实地采访,目击部分日本右翼政客的拙劣表演,并通过深入采访与观察了解到日本和平反战的主流民意走向,继而采写了第三篇报道《战后69年 东京仍在历史迷雾中》;9月2日,在中国迎来首个法定“中国人民抗日战争胜利纪念日”之际,中新社播发第四篇报道《以胜利者的姿态捍卫历史真相》,展现中国现代化强国的自信,向世界传递出中华民族反对侵略、维护和平的坚定决心。

这组连续报道从2014年初一直持续到2014年9月,在每个重要时间点上及时跟进,连续报道,以极强的针对性和时效性作为衡量传播效果的根本标准,以在长期探索中形成的“中新”风格和国际化的特质,使中国观点更入情入理、入耳入心。中新社的涉日舆论引导工作在极其复杂的国际舆论环境中取得了切实成效,并赢得了媒体客户和受众群体的信赖和好评。

3. 以史为鉴,发出中国声音

“看得见多远的过去,就能走得向多远的未来。”抗日战争让中国遭受了前所未有的民族危机,野蛮、残暴、惨绝人寰的侵略持续了14年,而中国人民没有忘记这段惨痛的历史,在每一个与抗日战争有关的日子里以史为鉴,不让悲剧重演。

中国新闻社记者就此精心设计,在纪念抗日战争胜利、纪念抗日战争死难者的重要时间节点上及时向世界亮出“中国态度”、发出中国声音,以胜利者的姿态、以不卑不亢的态度捍卫历史真相,提升中国国际话语权。

理论延伸 >>>

连续报道

连续报道,是对正在发生并持续发展的某一重要的、受众关注的新闻事件,在一段时间内进行连续及时的报道,完整反映新闻事实的发生发展结局及其影响。连续报道一般取材于不可预知的事件性新闻,报道时间与新闻事件始末相对应。一次成功的连续报道,通过对具有典型意义的人或事的剖析,引出普遍性的经验或教训,可以达到指导工作、澄清认识、教育读者的目的。

这组稿件策划、采写、报道于2014年这一对日舆论引导工作极其重要的一年,在一段时间内通过连续及时的报道,完整反映中国及中国人民对过往侵略战争历史以及当前中日关系的真实态度,有效地引导了舆论。

文字评论篇

为和而不同的“黄金时代”喝彩

【作品类别】文字评论

【所获奖项】第 26 届中国新闻奖国际传播类二等奖

【创作单位】光明日报社

【作品字数】1 366 字

【刊播日期】2015 年 10 月 24 日

【刊播版面】《光明日报》国际新闻 5 版

【主创人员】余晓葵

案例简介 >>>

2015 年 10 月，习近平主席成功访问英国，开启了两国关系的黄金时代。这次访问对盘活中欧关系、中西关系、大国关系和外交全局具有重要战略意义，堪称中国外交的新辉煌，也是习近平主席外交思想的直接体现。作者有感于此，自发而为，从梳理访问成果入手，准确概括了英国这个老牌大国在对华关系上与众不同的“学习曲线”，及其对西方世界的示范作用。作者还从全球秩序和世界未来的高度，合情入理地批判了“西方中心论”，自信地阐释了中国主张的“和而不同、兼收并蓄”的文明观，积极发挥了讲好中国故事、引领舆论方向的作用，被媒体多方转载。

点评分析 >>>

新闻评论历来是国际新闻的重要报道领域,《为和而不同的“黄金时代”喝彩》这则 1 300 多字的时事类文字评论,立足于习近平主席成功访问英国这一重要外交事件,从访问达成的丰硕成果入手,准确把握了此次访问对中西关系、大国关系、全球秩序的重大引领和塑造作用。该评论视角独到、立意深远、论证充分,且全文行文流畅,是一篇讲述中国观点、影响国际舆论的佳作。

1. 立足重大外交事件,引领国际舆论方向

时事类的评论首先要选取有重要意义的事件进行创作。2015 年 10 月,习近平主席访问英国,这是 10 年来中国国家主席首次对英国进行国事访问,也是中方立足英国、面向欧洲、辐射全球,运筹大国关系和外交全局的一次重大外交行动。此次访问取得了丰硕成果,中英两国签署多个合作协议,开启中英关系的“黄金时代”,成为中英关系发展史上一座新的里程碑。

作者针对这一重大外交事件进行评论,从访问的成果、中英关系的“黄金时代”说起,深刻剖析了英国在处理对华关系方面的“特别”之处,客观陈述了“西方中心论”与当今多样化世界的冲突,并力主和而不同的中国智慧,不仅及时回应了全球对于习主席访英事件的高度关注,同时充分发挥了我国主流媒体在国际传播中讲好中国故事、引领国际舆论方向的重要作用。

2. 评论视角独到,主题立意深远

新闻评论的立意要求正确、全面,贵在有独特而深刻的见解。《为和而不同的“黄金时代”喝彩》这篇评论文章的中心立意在于:虽然中英两国归属于东西方不同文明,践行不同的制度与理念,分处不同的发展阶段,但仍然能够通过努力在外交往来中开启外交关系的“黄金时代”,这份“硕果”来之不易,应倍加珍惜。这篇评论的“弦外之音”是英国的“学习曲线”对其他西方国家在今后处理对华关系问题上有着重要的示范意义。

该立意敏锐、准确地把握了此次访问对中西关系、大国关系以及全球秩序的重大引领和塑造作用,并提升到全球秩序的高度,指出中国所主张的“和而不

同、兼收并蓄”的文明观在打造国际关系“黄金时代”中的作用。在当时复杂的国际形势和习近平主席访英的重要历史时刻,该评论对国际关系的未来发展具有一定的实践意义,可谓视角独到、立意深远。

3. 论证逻辑严密,行文流畅自然

该评论一开始便开门见山地提出了第一个分论点:中英两国在此次访问中实现了对旧有国际关系藩篱的突破与超越,开启了两国外交关系的“黄金时代”。随后列举了访问中达成的一系列“协议”成果,以其对两国关系发展的重要意义,用这些事实性论据支持了这一论点。

紧接着,作者提出了第二个分论点:英国在对华关系上与众不同的“学习曲线”,对其他西方国家超越意识形态偏见、拥抱“和而不同”的中国智慧提供了借鉴。随后列举出 2013 年底到 2015 年期间,英国在对华关系上采取的如“公开表示加入‘亚投行’”等一些重要的积极举措,用事实性论据佐证了该论点。

最后,作者将立论的落脚点提升到世界格局和全球秩序层面上,从高视野角度合理地批判了“西方中心论”思想,并指出各国要想打造关注人类共同命运的国际关系“黄金时代”,就必须秉持“和而不同、兼收并蓄”的文明观。可以说,该评论从分论点的提出、论证到最后总结论的归纳,整个过程论证充分、逻辑严密。而且全文行文简洁流畅,如文末“千淘万漉,吹尽狂沙”对国际关系形势的描述准确而形象,让人读来一气呵成。

理论延伸 >>>

1. 新闻评论立意

新闻评论的立意是作者对所评论的对象,包括人物、事件、现象及问题提出自己的看法,表达自己的见解,确定评论的基本观点和主要思想,是新闻评论的灵魂所在。要想写出好的新闻评论作品,首先要求立意一定要高。因为在一些重要事件发生时,各新闻媒体的评论选题会有所趋同,这时就要求创作者能够敏锐找到独到的视角,确立新的立意角度,争取发出“独家评论”。此外,在对外传播的过程中,还应该注意国际传播的规律,以及海外媒体与受众的特点,做到

"有的放矢",使评论更具说服力。

本案例中,作者立足于习近平主席成功对英国进行国事访问这一重大外交事件进行评论,提出自己的独到见解,立意深远,积极发挥了主流媒体在讲好中国故事、引领国际舆论方向中的作用,同时对于新闻评论人员如何进行新闻评论立意有一定的启示作用。

2. 新闻评论论证

新闻评论属于论说文的范畴,由论点、论据、论证三要素构成。在确立了评论的立意和角度之后,提炼出适当的论点,对于评论文章彰显其脉络主旨有着重要的作用。论点一般又可以分为总论点和分论点,总论点是评论文章的灵魂,是全文要论证的观点;分论点是为了更好地阐明总论点,从几个方面或层层深入地来论述,从而对总论点进行证明或补充。提出了论点,还需要有准确、充分、可靠的论据,才能让文章的论证有足够的说服力。

本案例中,作者提出的分论点先从中英两国关系入手,再逐步提升到英国在处理对华关系上对其他西方国家的示范性意义,最后落脚于中国主张的"和而不同"思想对于开启国际关系"黄金时代"的重要意义,且针对每个分论点都列举出了相应的事实性论据,整个论证过程逻辑严密、层层深入,使得最终总论点的归纳自然而合理。

历史不应该忘记也无法割断

【作品类别】文字评论
【所获奖项】第26届中国新闻奖国际传播类三等奖
【创作单位】人民日报社
【作品字数】1 375字
【刊播日期】2015年8月15日
【刊播版面】《人民日报》要闻3版
【主创人员】吴绮敏、赵成、胡泽曦

案例简介 >>>

2015年是世界反法西斯战争胜利70周年。但日本政府却在安倍上台后加速右倾化,向着摆脱“和平宪法”束缚、解禁集体自卫权、对外能够主动发动军事攻击的道路上狂奔。安倍晋三于2015年8月14日以内阁决议形式发表关于历史认知和国家未来走向的谈话。此次谈话日本政府酝酿已久,国际社会高度关注。令人失望的是,最终发表的谈话虽然包含了“侵略”“殖民统治”“反省”“道歉”等关键词,但其诚意却同正视历史的“村山谈话”相去甚远。

对此,《人民日报》发表评论《历史不应忘记也无法割断》,文章突出近年来日本在历史认知问题上显露出的开倒车倾向,强调“真正的反省和道歉,理应是不折不扣的诚意,理应化作对战后和平秩序的尊重和服从”,“历史不应忘记也无法割断”。文章再度表明了历史问题关乎中日关系政治基础和中国人民感情,正确认识和对待过去那段历史,是铭记历史、捍卫正义的要求,是日本与亚洲邻国改善关系的重要基础,也是开创未来的前提。

点评分析 >>>

"安倍谈话"事关日本对历史问题的认知和国家发展走向。这篇评论文章观点鲜明、论述有力,表明了中国鲜明的立场和原则,揭穿了安倍政府错误的历史观,引导国内民众正确把握中日关系大局,并对国际社会舆论起到警示作用。

1. 抨击有力,直指核心

2015 年 8 月 14 日,日本首相安倍晋三发表战后 70 周年谈话,国际社会对此保持高度关注,中国等曾经饱受日本侵略之苦的亚洲国家迫切希望日本能够正视历史,对历史负责。然而,令人失望的是,尽管安倍的发言中出现了"殖民统治""侵略""反省""道歉"等关键词,但其在谈话中对侵略和殖民统治的模糊处理表明日本政府并没有直面历史的诚意,甚至出现了开历史倒车的现象。

《历史不应忘记也无法割断》这篇新闻评论直指安倍晋三此次谈话的诚意。日本军国主义发动侵略战争、实行殖民统治的罪行不容辩驳,任何否认、歪曲甚至美化侵略历史的行为,都将被中国人民和世界人民强烈抵制。文章强调日本只有直面侵略和殖民历史,真诚反省和道歉,才有可能真正负起历史责任,取信于亚洲邻国和国际社会,开辟新的未来。全文论证有理有据,切中要害,掷地有声。

2. 层次清晰,思路明确

《历史不应忘记也无法割断》一文的论证步步深入,层次清晰,思路明确。全文开门见山地表明观点:"日本,只有牢记历史,真正对历史负责,才有可能开创光明未来。"紧接着,文章点明此次谈话特殊的时间节点,指出此次日本首相安倍晋三谈话的倾向"与'村山谈话'相去甚远"。在具体论证"历史不应忘记也无法割断"这一观点时,文章列出了国际社会对日本侵略行为的看法,强调日本发动侵略战争、实行殖民统治等是板上钉钉的历史事实;引入历届日本政府所承认的直面历史、对历史负责的"村山谈话",历数安倍与"村山谈话"背道而驰的各种行径;亮明日本国内有识之士与国际社会对日本国内逆流的强烈愤慨,同时将二战中同为侵略国德国的战后行为与日进行对比。这些论证告诉读者,安倍政府的所言所行站在了全世界爱好和平的人们的对立面,过去的历史已经不容置疑,日本若要有良好的反战态度就必须承认历史,真诚反省和道歉。文末,评论再次强调论点,与文首形成呼应,进一步增强了评论的力度,使评论掷地有声。

3. 直面敏感,紧抓国际话语权

国际话语权是一个国家综合国力的重要体现。从国际新闻评论角度来看,话语和权利是相关的,新闻评论必须要有直面敏感问题的勇气,同时还要把握好评论的时机,提高国际舆论引导的时、度、效。

本案例不避问题,迎难而上,敢于选取敏感问题进行评论。中国人民至今对日本曾经侵略中国心存芥蒂,日本政府在历史问题上的认知与态度直接影响两国邦交。从世界范围来说,一直以来,日本战争遗留问题同样受到国际社会的高度关注。在8月15日——日本宣布无条件投降纪念日的重要时间节点,我国媒体及时就"安倍谈话"的内容表明中国主张,以正义立场发出中国声音,指出"铭记历史、守护和平的力量始终是最强音","日本,只有牢记历史,真正对历史负责,才有可能开创光明未来"。全文着重从中国视角对事件进行深度解析,摆事实讲道理,既有历史背景穿插又有现实意义阐述,兼具深度剖析,入情入理,入耳入心。也正是如此,该报道发出后在极其复杂的国际舆论环境中取得了切实的对外宣传成效,切实把握住了国际话语权。

理论延伸 >>>

1. 国际新闻评论的特点

新闻评论是指媒体编辑部或作者对新近发生的有价值的新闻事件和有普遍意义的社会现象、热门话题,运用分析和综合的方法,就事论理,由实论虚,有着鲜明针对性和思想启迪性的一种新闻文体。国际新闻评论则主要针对国际问题进行评论,具有极高的政治性和思想性,从某种程度上来说,它体现的是国家意志和政府立场。国际新闻评论的特点主要有三个:新闻性、思想性和外交政策性。国际新闻评论重点在于关注国际事务的复杂变化,表明国家的态度。它往往能够透过现象揭示本质,对问题的实质加以讨论。

《历史不应忘记也无法割断》是一篇典型的国际新闻评论。文章主要就2015 年 8 月 14 日日本首相安倍晋三以内阁决议形式发表的谈话展开,批判安倍晋三开历史倒车的言论和行径,强调我国决不允许否认和歪曲侵略历史的坚定立场。该评论在谈话后的第一时间发出,在关键时刻发挥了引导国内舆论、影响国际舆论的作用。

2. 新闻评论的结构原则和要求

作为以说理、议论为主的文体,新闻评论的结构原则主要有三点。第一,从评论的具体内容出发。根据所要分析的事物或所要论述的问题的实际情况、内在逻辑和发展变化规律,围绕论题和中心论点组织安排材料及观点的前后顺序。第二,从受众的实际需求出发。评论的结构布局要考虑到受众的实际状况和需要,根据他们的文化水平、接受能力、认识规律和心理需求来安排评论的逻辑思路和篇章结构。第三,从不同题材的要求和作者的特点出发。评论的结构布局要适合体裁的特点,也要体现作者的特色和风格。在评论的要求方面,则主要是文章的布局要合理、层次要清晰、逻辑要顺畅。

《历史不应忘记也无法割断》这一案例观点清晰、层次分明、论证有力,行文亦朴实流畅。全文事实论据、说理论述穿插得当,易为观众所接受。

是谁见不得南海风平浪静

【作品类别】文字评论
【所获奖项】第 26 届中国新闻奖国际传播类三等奖
【创作单位】解放军报社
【作品字数】1 157 字
【刊播日期】2015 年 10 月 28 日
【刊播版面】《解放军报》1 版
【主创人员】钧保言(罗朝文)、钧保言(庞清杰)

案例简介 >>>

近年来,随着美国"重返亚太"战略的推进以及我国在南海地区建设的加强,美国进一步加大了对南海局势的干涉力度,从挑动、教唆地区国家制造紧张局势到亲自上阵,以所谓"航行自由"为名,不断派军舰进入南海。在这种情况下,2015 年 10 月 27 日,我国军方发言人严正表态,《解放军报》强势发声,以署名文章的形式对美国的行为进行批驳和揭露,占据事实与道德的制高点,与美方展开了针锋相对的舆论斗争。

点评分析 >>>

美军"拉森"号导弹驱逐舰打着所谓"航行自由"旗号驶入中国南沙群岛有

关岛礁近岸水域,美方这一炫耀武力的行为引起了国际舆论一片哗然。《是谁见不得南海风平浪静》这篇报道对美国以武力手段挑动南海紧张局势的这一行为和其"说一套、做一套"的虚伪行径进行了严正批驳。全稿一气呵成,层层推进,从历史与现实多个角度发出追问,揭露了美国为一己之私挑动地区局势紧张的虚伪面目,为我国外交创设了良好的国际舆论环境。

1. 一针见血,直指要害

论点、论据、论证是新闻评论的三要素。鲜明深刻的论点、全面充足的论据与逻辑严密的论证,三者相辅相成,共同构成一篇有理、有力、有节的新闻评论。在评论文章《是谁见不得南海风平浪静》中,论点、论据与论证环环相扣、层层推进,彰显了新闻评论的引导力。首先,该评论开篇采用强硬的言辞亮出论点,驳斥美方滥用"航行自由"、意图制造南海地区军事化的胁迫行为,直指其破坏南海地区和平稳定的叵测居心。评论标题一目了然,且采用反问修辞,突出了对破坏地区和平安全行为的不忿与强烈谴责。其次,评论第二段就摆出无可争辩的事实论据,以国家主权与国际法准则作为论证支撑,表达了中方对美军"拉森"号导弹驱逐舰驶入中国南沙群岛有关岛礁近岸水域行为的谴责,一针见血地指出:美国无理指责中国破坏"航行自由",实属充满主观臆测的霸权行径。

2. 论据丰富,论证有力

《是谁见不得南海风平浪静》采用了充足的历史与法理依据作为论据,又由近年最新的局势情况,包括已经在事实结果上取得成效的"南海行为准则",剖析出南海稳定对世界多国有利的论点。对于美方炫耀武力、仍秉有冷战思维的观点,作者用阿富汗战争、伊拉克战争、利比亚与叙利亚动荡等"铁一般"的事实来验证,美军出尔反尔、霸道无理的行为不言自明。作者通过演绎、归纳、类比等逻辑论证方法,在凝练、精准的语言组织下,将美方搅局、破坏地区和平的行径揭露出来。论点鲜明直接,论据充实丰富,论述过程逻辑环环相扣,充分发挥出了评论三要素互为骨血的作用,字字铿锵,以坚强有力的话语风格赢得了国际舆论的主动权。

3. 层层推进,意味深远

这篇评论贵在"准""新""深",以层层推进之势,完成了深远立意。南海问题表面上是地区性问题,实则涉及中美关系、冷战思维、世界和平稳定局势等深层次问题。就美方搅弄南海和平稳定一事,要想做出明确有力的回应,表达《解放军报》对当前重要问题和事件的态度和看法,就必须对靶射箭、讲透道理。基于此,作者不仅谈及冷战思维,更指出中国崛起美国失衡心态等背后的原因。文末更是将立意上升到全球化的国际社会,指出中美关系你中有我、我中有你,标榜合作与共赢的暗示延伸了文章整体的内涵,达到了引导新闻评论价值、呼应时局的目的。以此篇评论为例,《解放军报》作为社会公器与舆论引导者,做到了立意深远、有的放矢、就事论理,有效服务了我国外交政策大局。

理论延伸 >>>

1. 新闻评论的任务与作用

“坚持用正确舆论引导人”是新闻评论的根本任务。《新闻评论教程》[①]中指出,新闻工作者要自觉地运用马克思主义的世界观和方法论,对当前具有新闻价值的社会、政治、经济、文化现象,对具有普遍意义的重大事件和思想倾向,进行及时的有说服力的评论,引导舆论、影响社会、指导人生。具体来说,新闻评论有两大作用:第一,准确及时阐释党的路线、方针、政策,使其变为广大干部群众的统一行动。第二,切中时弊,扶正祛邪,为提高全民思想道德素质和社会文明水平,积极发挥舆论引导作用。

《是谁见不得南海风平浪静》一文为中方强势发声,占据事实与道德的制高点,与美方展开针锋相对的舆论斗争。该文被国内外各大媒体广泛转载,中央电视台、凤凰卫视等媒体也对该文进行了口播报道。该文对美方行为进行的驳斥,完全击中对方要害,揭露了美方罔顾事实、指鹿为马的虚伪面目。在国内各大网站、论坛上,这一稿件被广泛讨论、留言、跟帖,是新闻评论发挥舆论引导作用的成功案例。

2. 新闻评论的三要素

新闻评论作为议论文,由“三要素”构成:论点、论据、论证。论点就是立论,

---

① 丁法章. 新闻评论教程[M]. 上海:复旦大学出版社,2008.

是作者提出的基本主张或重要观点,是评论中需要加以阐述和说明的中心议题。论点可分为总论点和分论点。为了把总论点论述清楚,有时可以设分论点,对分论点的论述和说明,也是论证总论点的过程。论据是说明论点的理由、根据,是新闻评论的基础或根基。通过对论据的分析、综合,证明论点的过程是论证。

《是谁见不得南海风平浪静》一文做到了论点一针见血,论据丰富可信,论证严密充分,且结构上为层层递进式,最后立意颇高,展现了一篇声讨檄文所秉持的宽阔视野。

中国"一带一路"倡议与欧盟投资计划相契合

【作品类别】文字评论
【所获奖项】第25届中国新闻奖国际传播类一等奖
【创作单位】中国日报社
【作品字数】英文912字
【刊播日期】2014年11月29日
【刊播版面】《中国日报》5版
【主创人员】付敬、朱萍

案例简介 >>>

2014年初,习近平主席访欧时提出了共同打造中欧"和平、增长、改革、文明"四大伙伴构想,并期待欧盟对接中国的"一带一路"倡议。随后数月,欧盟机构领导人改选,欧委会新主席容克上任后虽提出了投资计划,但并未阐述对华的最新经济政策。在中国接连提出"一带一路"倡议、创建亚投行、设立丝路基金等积极举措的背景下,欧盟对华的经济外交政策略显消极。

在《中国"一带一路"倡议与欧盟投资计划相契合》(*Silk Road Initiatives Fit into EU Recovery Goals*)中,作者敏锐地指出,中国的"一带一路"倡议和欧盟的投资计划对接具有历史性机遇,并提出了包括兴建铁路、推进双边贸易谈判等符合中欧实际的建议,为深化双边经济合作提供了新方向和抓手,获得国内外受众的广泛好评。

点评分析 >>>

2014 年 11 月 15 日至 16 日,二十国集团(G20)领导人峰会在澳大利亚布里斯班举行,欧委会主席容克与中国国家主席习近平首次会面,但只字未提由中国发起的“一带一路”倡议,双方在深化经贸合作领域面临障碍。作者从“一带一路”倡议的宗旨、共同利益及发展理念等维度进行分析,指出该倡议与欧盟投资计划的结合将有利于双方的互融互通及长久发展。

1. 立意深远,凸显智库价值

“一带一路”倡议是我国顺应国际合作潮流,立足中国、着眼全球的重大战略构想。2013 年 9 月,中国国家主席习近平在哈萨克斯坦纳扎尔巴耶夫大学发表了重要演讲,提出共同建设“丝绸之路经济带”。10 月出访东盟国家时,习近平主席在印度尼西亚提出了“建设 21 世纪海上丝绸之路”的倡议。“一带一路”倡议于 2013 年 11 月 12 日被纳入《中共中央关于全面深化改革若干重大问题的决定》,正式提升至国家战略层面,旨在打造政治互信、经济融合、文化包容的利益、命运和责任共同体。

“一带一路”倡议也将为欧洲经济振兴提供机遇。因欧洲经济尚未完全走出欧债危机的影响,又遭受乌克兰危机的打击,欧委会提出3 510亿欧元的战略基础设施投资计划以发展经济。报道聚焦“一带一路”倡议和欧洲经济振兴两个重大主题,倡导将二者结合,推动互联互通建设,实现共赢发展,立意深远,为政策制定者和相关金融机构提供了决策参考,很好地体现出媒体的智库价值。

2. 紧跟热点,强化信息时效性

2014 年澳大利亚 G20 峰会的主题是促进私营企业增长,增加全球经济抗冲击性和巩固全球体系。领导人讨论审议通过布里斯班行动计划,以协调各国在促进贸易和投资、增加就业及加强竞争等方面的共同行动,为全球经济的持续复苏和增长打下坚实基础。

在习近平主席与容克会面的过程中,双方交流了致力于可持续发展的共同愿景。习近平主席同时强调中国作为最大的发展中国家,欧盟作为最大的发达国家联合体,双方应牢牢把握中欧全面战略伙伴关系大方向,加强在国际问题上的协调配合。容克也表示将以欧中建交40周年为契机,推动更加强有力的合作。但双方未对“一带一路”倡议相关内容进行深入交流。

作者依据各国媒体有关峰会内容的报道,直击“一带一路”倡议遭受“冷落”的怪象,历时十余天完成评论,随后被“欧洲之友”等媒体广泛转载,为中欧政策对话提供了具有参考价值的建议。

3. 逐层深入,搭建清晰逻辑线

2008年全球金融危机爆发后,西方国家一直鼓吹“中国责任论”,呼吁中国借助自身影响力承担更多的责任。中国结合自身发展情况提出“一带一路”倡议,以期构建人类命运共同体,回应西方国家的质疑。

作者首先按照时间顺序回顾了“一带一路”倡议的发展历程,主张建构全方位、多层次、复合型的互联互通网络,实现沿线各国多元、自主、平衡、可持续的发展;随后着眼于欧盟所面临的经济下行压力,指出其在推进结构性改革的过程中拒绝“一带一路”倡议是不明智的选择。文章最后结合欧盟内部中东欧及南欧经济发展落后于西、北欧的现状,建议欧盟借鉴21世纪初中国提出的“西部大开发”战略,以缩小区域发展差异。作者在“一带一路”倡议内涵、欧洲经济发展压力及中国成功经验三个纬度分析的基础上,建议以《中欧合作2020战略规划》为框架,增进“一带一路”倡议与欧盟投资计划合作,层层深入,有理有据,具有较强的说服力与可行性。

4. 借力传播,提升话语能见度

纵观我国国际话语权的发展历程,新中国成立初期所提出的“和平共处五项原则”“三个世界理论”等国际关系理念得到了国际社会的广泛认同,伴随恢复联合国合法席位,中国的国际话语权获得进一步提升。但在改革开放后中国经济快速增长的时期,我国面临话语内容被误读及传播平台受限等困境。本文借力传播,以G20峰会为切入点,借助国际峰会的高关注度与影响力,提升了“中国方案”的话语能见度,得到欧盟智库“欧洲之友”、中欧通讯协会、欧洲投资银行等中欧金融机构和组织的高度重视。文章所提出的富有建设性的“中国方案”推动了中欧政府与相关机构实施两大战略的对接,媒体话语的国际影响力凸显,有效提升了中国的国际话语权。

理论延伸 >>>

新闻评论

新闻评论是报纸、广播电视等各种新闻传播工具所常采用的评论性文章的总称，包括社论、评论员文章、短评、专栏评论、述评、编者按语等，通过对客观事实的分析论证，直接表明编辑部或作者的立场和观点。新闻评论以说理为主要表现手段，着重从思想、政治或伦理的角度分析具有普遍意义的新闻事实或社会现象、社会问题，旗帜鲜明地表明态度、阐述自己的见解和主张，借以指导当前的社会实践，影响和引导社会舆论。国际政治新闻评论除遵循新闻评论的一般原则外，也与地缘政治、“再边境化”等国际政治关系理论密切相关。

本案例以媒体关于 G20 峰会的报道为基础，从“一带一路”倡议的内涵、当下欧洲所面临的经济下行趋势及中国相关成功发展经验三个纬度逐层进行分析，认为将中国“一带一路”倡议与欧盟投资计划结合是双方的最优选择。

制造历史错觉的实质是藐视国际正义

【作品类别】文字评论

【所获奖项】第 25 届中国新闻奖国际传播类三等奖

【创作单位】人民日报社

【作品字数】1 642 字

【刊播日期】2014 年 2 月 11 日

【刊播版面】《人民日报》1 版

【主创人员】集体

案例简介 >>>

近年来,日本政府及右翼势力在历史问题上错误言行不断。2014 年初,日本首相安倍晋三在瑞士达沃斯接受记者采访时,把中日关系比作第一次世界大战前的英德关系,暗指中日经济往来密切不能保证以后双方不发生冲突。继 2013 年 12 月参拜靖国神社后,安倍此番言论再次在国际社会上引起轩然大波。除此之外,其错误言行还包括日本右翼政客或否认南京大屠杀、质疑国际社会对日本军国主义的正义审判,或支持修改教科书审定标准,要求各出版社在教科书中含糊侵略史实,将自古以来就是中国领土的钓鱼岛写为“日本固有领土”。

针对该情况,《人民日报》推出评论文章《制造历史错觉的实质是藐视国际正义》,内容翔实、有理有据地对安倍的荒谬言论进行驳斥,生动有力地传达出中国坚持求和平、谋发展的积极形象。该文刊发后,引起国内外舆论广泛关注,有力发挥了涉日舆论斗争作用,在国际舆论场上放大了中国声音,传播了中国立场,维护了中国形象。

点评分析 >>>

《制造历史错觉的实质是藐视国际正义》这篇文字评论针对安倍晋三把中日关系比作第一次世界大战前英德关系的荒谬论调,通过对诸多事实的有力列举,深度揭露安倍晋三在历史问题上颠倒是非、抹黑中国,试图制造历史错觉的实质是藐视国际正义。文章观点鲜明、言辞犀利,有效地引导了国内舆论,影响了国际舆论。

1. 立场鲜明,时效性强

2014 年初,日本首相安倍晋三在出席达沃斯论坛时称"现在的中日关系与第一次世界大战时的英德关系相似",安倍晋三试图以制造历史错觉的伎俩,转移国际社会视线,混淆是非。对此,《人民日报》推出评论文章《制造历史错觉的实质是藐视国际正义》,有理有据地对安倍晋三的荒谬言论进行驳斥,并强调中国"与任何一个帝国主义国家丝毫没有雷同之处",日本"指责中国是当年发动战争的德国,目的是为了遮掩当前日本右翼背离和平轨道的错误行径",其制造历史错觉的实质是藐视国际正义。

这篇文字评论在安倍晋三发表荒谬言论后及时发布,具有很强的时效性和新闻性,指出日本试图抹黑中国国际形象,将恶化中日关系的责任嫁祸于人的事实,坚定有力地发出了中国声音。文章观点鲜明、论据有力、言辞犀利,有效地服务了中央对外工作。

2. 观点有力,感染力强

观点,是新闻评论的要义和灵魂所在。《制造历史错觉的实质是藐视国际正义》这篇文字评论以客观事实为依据,在对中日关系的把脉和思考中,一语中的地指出安倍晋三以及日本右翼政客荒谬言论和无耻行为的实质,并指出解决中日关系当前困难的关键是日本对待侵略历史、二战后的国际秩序和别国的领土主权的态度,令人耳目一新。作者以充分的论据,情绪饱满又论证有力地提出了令人信服的观点,一针见血,新颖而独到,并且文字感染力强,文章结构清晰严谨,起到了很好的舆论引导效果。

3. 言辞犀利,效果显著

《制造历史错觉的实质是藐视国际正义》这篇文字评论使用犀利、直接的语言揭穿了安倍的谎言,直指安倍以“强盗逻辑颠倒是非、抹黑中国”,斥责安倍“顽固不化,大放厥词,一错再错”,并表明“日本执意不认错、不悔过、不反思,这是天理难容的,是国际社会所不能宽恕的”。这般一针见血的言辞不仅表达出中国对于安倍所发表的错误观点的强硬态度,更向国际社会呈现出中国对于中日关系的客观判断与中国维护国际正义的坚定决心。此文刊发后,法新社、韩联社、韩国 KBS 和 YTN 电视台等国际媒体纷纷表示《人民日报》刊发如此言辞犀利的文章是对日本言行的强烈警告,同时也是加大中国涉日宣传攻势的展现。众多国际知名媒体的关注与报道说明此篇文字评论效果显著,有力发挥了涉日舆论的斗争作用。

理论延伸 >>>

1. 中国话语权

在国家层面上,话语权是指在国家政治、经济和社会生活中,国家公民就公共事务表达自身观点和态度的权利。在国际政治层面上,话语权指国家在国际事务中表明自身立场、表达所持观点的资格,以及引导世界主流舆论、参与世界规则制定、传播国家意识形态与价值观念的权利。中国话语权是指中国在参与世界规则制定和引导主流舆论的过程中,定义国际事件、制定国际制度和评判国际事件价值标准的权利。增强国家话语权对内可引导人民群众为共同的目标而奋斗,并维持社会稳定和国家意识形态安全;对外有利于提高国家在世界体系中的国家地位和影响力。《制造历史错觉的实质是藐视国际正义》这篇文字评论除指出安倍晋三以及日本右翼政客荒谬言论和无耻行为的实质外,还通过翔实的论据捍卫了我国求和平、谋发展的国家形象,传播了我国坚持以事实为依据的价值观念,有效地引导了国际主流舆论,在一定程度上为提高我国国际话语权作出了贡献。

2. 新闻评论的特点

新闻评论具有时效性、新闻性、思想性等特点,通过内容的高度与深度启发受众,理性引导社会舆论。一篇出色的新闻评论可以引领读者深入认知评论对象和所阐述的观点,并能在正确的导向中体现出独特的价值与内容品质。《制造历史错觉的实质是藐视国际正义》在安倍晋三发表"现在的中日关系与第一次世界大战时的英德关系相似"这一荒谬言论后及时发布,时效性和新闻性强,起到了很好的引导国内舆论、影响国际舆论的作用。本案例观点新颖独到,论据充分翔实,论证深刻有力,鲜明地指出日本首相安倍晋三在历史问题上颠倒是非、抹黑中国,试图制造历史错觉、藐视国际正义的实质,感染力和思想性强。

民粹一旦被煽动……

【作品类别】文字评论
【所获奖项】第25届中国新闻奖国际传播类三等奖
【创作单位】海峡导报社
【作品字数】630字
【刊播日期】2014年3月21日
【刊播版面】(政治事)台海27版
【主创人员】林靖东

案例简介 >>>

《民粹一旦被煽动……》是一篇报纸评论性文章,成文在“3·18”中国台湾部分团体和学生“反服贸抗争”事件之时,当时台湾岛内学生冲击“立法院”“行政院”,“反服贸”的不理性声音高涨,民粹被煽动,违法行为被全世界所关注。作者作为台湾驻点记者写了此篇有关此次事件的评论性文章,引人深思。作者提出了“民粹一旦被煽动,和平理性的声音不会再有人听见”的观点,希望岛内各政党理性议政,不要挑动民粹消耗社会成本,也警告某些政治人物,这样的后果是非常可怕的,一句“覆巢之下,焉有完卵”道出了民粹主义爆发的最后结局。

《民粹一旦被煽动……》一经见报就被英国广播公司(BBC)转载,该官网以“驻台记者林靖东评论文章……”引出作者观点,同时该文也被环球网、中国网、海外网、人民网、新华网、中新网、新浪网、搜狐网、网易网、腾讯网、凤凰网等主流网络媒体转载,引起广泛关注。

点评分析 >>>

“3·18”中国台湾部分团体和学生“反服贸抗争”事件是台湾岛内社会不稳定因素长期存在的重要体现,社会阶级斗争、政治斗争等成为影响大陆与台湾关系的主要因素。在台湾学生占领“立法院”的动荡时刻,本评论以铿锵有力的声音引导舆论回归理性,肩负起新闻工作者的使命与责任。

1. 开放式评论,全局性把握

该新闻评论刊发时,正值台湾学生占领“立法院”后的第四天,在动荡不安的台湾岛内舆论中充斥着大量非理性的声音和来自多方力量的角逐。在如此复杂的社会环境之下,该新闻评论采用“民粹一旦被煽动……”这样一个开放式的设问,引发读者自主思考,用一个简练的省略号描述出民粹被煽动之后不堪设想的可怕后果,产生了“此时无声胜有声”的强化效果。这种开放式的评论方式不预设立场,让处于聒噪舆论当中的民众放下戒备之心,提升了报道的吸引力。

同时,该评论以大量的疑问句、反问句与读者形成强烈的交流之感,避免将新闻评论的观点强加给读者,采取沟通的姿态启发读者思考。每一个疑问句似乎都是在倾听读者的答案,征求读者的意见,而环环相扣的发问却将读者一步步引入新闻评论最终指向的观点,答案不证自明。一系列精准的问题设计充分体现出评论员对整个事件的前因后果有着全局性的把握与客观理性的认知。

2. 语言精练有力,立意以人为本

《民粹一旦被煽动……》一文短小精悍,全文仅630字,但整体行文流畅、字字扣题;言语冷静客观,但句句铿锵有力。同时,作者抛开了政治性的立场,将关注的焦点放到最根本的民众的生命财产安全上,从以人为本的立场出发唤起读者的共识。评论指出,“人工成本还是要付,这个钱谁出?学生不上学,不断破坏公物,损失谁负?‘立法院’四周封锁,造成民众通行不便,谁来为他们负责?警力四处调拨,无休无假,他们也是别人的父母、别人的孩子,谁动了他们的幸福?”作者由“反服贸抗争”的新闻事件本身延伸到该事件对学生、公共财物、民众日常出行所造成的威胁,用与每个平凡的个体息息相关的问题扣问人心,用父

母亲情的伦理本能启发民众换位思考。评论以一连串排比疑问句的形式接连发文,直指痛点,引人深思。

对于如"反服贸抗争"事件这样具有浓重政治色彩的选题,作者对政治立场的把握尤为重要,既要明确自身立场,还要考虑不同方面的看法与声音,切不可失去理性,成为他人利用的工具。该文章一经刊登就被国内外媒体竞相转载,尤其受到西方媒体的关注,足以证明其"以人为本"的核心思想是世界范围内大多数媒体所共同提倡的主题,符合大多数媒体的价值观。该文章在海外华人世界产生巨大影响,传递了正能量,在国际上传播了"于我有利"的声音,对台湾"反服贸抗争"起到震慑作用。

3. 评论富有节奏,文字发人深省

与图片、视频新闻相比,评论性文章虽然对事件现场的还原能力较弱,但却有着逻辑清晰、议论深入的优势,文字句式的设计、辞藻的运用都能增强评论文章的表意能力。该文章开门见山,直指"反服贸抗争"事件,再以接连几个问句将事件最突出的矛盾表象表现出来,排比问句让文字的气势节节高涨,让人难以回避问题,跟随评论的节奏步步深入。之后,作者的行文节奏放慢,提出整个文章最重要的观点,即民粹主义对于社会安定、人民利益的侵害是不可挽回的,由此明确立场。

此外,作者还利用自己在事件发生第一现场采集新闻时与计程车司机对话的亲身经历为素材,用一位普通计程车司机的言语阐释出典型的民粹情绪,举例鲜活易懂,具有信服力。同时,这简单的几句对话也生动地表现出当时当地的社会氛围,让人如同身临其境。最后,作者再一次用了排比及疑问的手法,将问题抛给读者。事实上,对于这个问题作者在文中早已给了答案,再一次提问进一步加深了读者的认识,也是对开篇"反服贸抗争"事件的又一次抨击。文章最后虽未直指具体的始作俑者,但用一个模糊的词语"某人"代替却能更强烈地抨击台湾相关党政人物,让整篇文章的意义更加深远,这也是吸引更多媒体和受众关注的主要原因。

理论延伸 >>>

新闻评论

新闻评论是目前最传统的新闻写作形式之一，是媒体表明立场以及履行媒体宣传、监督职能的最重要体现。因此，在国际新闻传播中，优质的新闻评论文章能够最直接地发出中国声音，设置中国议题，捍卫我国在国际舆论中的话语权。在本案例中，作者巧妙利用以人为本的世界共通理念，将新闻评论的落脚点放在对"人"的关注上，以此作为"联接中外、沟通世界"的共同话题，营造出由中国话语支配的世界话语场域，体现出记者敏锐的新闻观察力与对新闻价值的成熟把握力。

安倍当须言出必行

【作品类别】文字评论

【所获奖项】第 25 届中国新闻奖国际传播类三等奖

【创作单位】新华社

【作品字数】英文 561

【刊播日期】2014 年 11 月 10 日

【刊播栏目】新华社英文大广播

【主创人员】邓玉山

案例简介 >>>

2014 年 11 月 10 日,中国国家主席习近平在人民大会堂应约会见来华出席亚太经合组织领导人非正式会议的日本首相安倍晋三。习近平表示,中日互为近邻,两国关系稳定健康发展,符合两国人民根本利益。安倍表示,与习近平的会晤是中日双方向改善关系迈出的第一步。正值亚洲邻国及其他国家希望中日改善关系之际,中日两国领导人在北京 APEC 会议期间的这次会晤受到全球瞩目。

"习安会"传递出什么信号?冰封已久的两国关系是否已经开始破冰回暖?接下来该怎么办?针对这些重大、热点和敏感议题,新华社及时推出英文评论《安倍当须言出必行》(*Time for Abe to Walk His Talk*),铿锵有力地发出中国声音,表达中国立场。稿件播发后,《纽约时报》、《华尔街日报》、路透社、共同社、

BBC、半岛电视台等至少23家国内外知名和主流媒体转引了这组稿件,使该评论获得了很好的国际传播效果。

点评分析 >>>

《安倍当须言出必行》这篇文字评论针对习近平主席和日本首相安倍晋三于APEC会议期间的会晤,用生动的语言、犀利的笔锋指出,安倍作为冰封两国关系的始作俑者,必须言而有信、言出必行。文章立足事实,着眼未来,有较强的时效性和新闻性,充分体现了新华社作为中国国家通讯社的权威性和大局意识。

1. 选题敏感,关注度高

中日关系是国际报道中的重大涉华主题,敏感度高,政策性强。2014年11月10日,国家主席习近平在人民大会堂应约会见来华出席亚太经合组织领导人非正式会议的日本首相安倍晋三,引起全球瞩目。新华社紧扣这一重大敏感涉华主题,解读了"习安会"的主要内容,并对两国未来的发展走向做出评论。文章指出,中日关系虽已破冰,但两国仍须抓住当前积极势头,促进融冰回暖。日本作为冰封两国关系的始作俑者,要承担主要责任,尤其是安倍当须言而有信、言出必行。

这篇文字评论在"习安会"当天及时发布,具有很强的时效性和新闻性。文章立足事实、着眼未来,有理、有据、有节地进行观点呈现,语言生动,笔锋犀利,既体现了中国处理中日关系的严正立场,也彰显了我国负责任大国的形象,坚定地发出了中国声音,有效地影响了国际舆论。

2. 观点鲜明,角度精准

《安倍当须言出必行》这篇文字评论针对中日两国领导人在APEC会议期间的会晤,在肯定这次会晤是中日关系从"冰封季"到"融冰季"的转折点的基础上,更鲜明地指出这场具有重要意义的会晤之后的首要任务是"东京要信守承诺,和中国一起采取实际行动,共同致力于完全恢复两国关系的温度和活力"。该评论在以客观事实为依据的背景下,在对中日关系的回溯和展望中,一针见血、言辞犀利地指出,是东京让中日关系困于冰封魔咒,中日关系的下一步发展取决于安倍的行动。文章观点鲜明、角度精准、结构严谨,申明了中方的立场与期待,体现了中国特色、中国风格和中国气派,通过引导国际舆论向日方施加了压力,敦促日本积极维护中日关系。

3. 语言生动,感染力强

《安倍当须言出必行》这篇文字评论语言生动、笔锋犀利、战斗力强,文章通过活泼、辛辣的语言风格和行云流水的行文气势直击中日关系症结,具有很强的说服力和感染力。如文章在阐述观点时提到:"Now that Abe has talked the talk, he now needs to walk the walk.(既然安倍已经把想说的都说了,现在他需要把该做的都做了)"言简意赅的语言表达出中日关系的下一步发展需要安倍言出必行,直击核心观点。该文刊发后,《纽约时报》、《华尔街日报》、路透社、共同社、BBC、半岛电视台等多家国内外知名和主流媒体转引了这篇文字评论。广泛的国际关注度说明该篇评论有效地表达了中国立场,传播了中国声音,发挥了舆论场域的辐射效应,赢得了国际舆论的支持。

理论延伸 >>>

国际新闻评论

日本既是亚太地区的大国,也是中国的邻国。所以对于中国和国际社会来说,友好的中日关系具有极其重要的地缘政治意义,既关乎亚太地区的繁荣发展,也关乎国际局势的和平稳定。在此基础上,一篇出色的有关中日关系的新闻评论可以引领读者深入了解中方对于中日关系发展的态度与观点,体现出新闻评论独特的价值与内容品质。

新闻评论具有时效性、新闻性、思想性等特点,通过具有一定高度与深度的内容启发受众,理性引导社会舆论。所以,及时、客观且深刻的有关中日关系的新闻评论可有效引导国际社会的舆论走向,塑造真实的中国形象。《安倍当须言出必行》这篇文字评论在"习安会"后及时发布,聚焦重大涉华敏感题材,时效性、新闻性和思想性强,既体现了中国处理中日关系的严正立场,也坚定地发出了中国声音,很好地起到了影响国际舆论的效果。

观点,是新闻评论的要义和灵魂所在,新颖有力的观点可以提高评论文章的思想性,给读者以感悟,更好地实现引导舆论的效果。《安倍当须言出必行》这篇文字评论指出中日关系进一步发展的关键是安倍要言而有信、言出必行,观点鲜明,角度精准,论证有力,言辞犀利,直击中日关系症结,说服力和感染力强。

新闻版面篇

11 月 8 日《人民日报(海外版)》要闻 1 版

【作品类别】文字版面

【所获奖项】第 26 届中国新闻奖国际传播类三等奖

【刊播日期】2015 年 11 月 8 日

【刊播版面】《人民日报(海外版)》要闻 1 版

【主创人员】王树成、刘曼军、刘鲁燕、杨凯、石畅、刘晓

案例简介 >>>

2015 年 11 月 7 日下午,两岸领导人习近平、马英九在新加坡香格里拉大酒店会面。15 时许,习近平、马英九相向而行,握手致意。这是 1949 年以来两岸最高领导人首次会面。在中华民族根本利益的高度上,两岸领导人共同确认“九二共识”和“一个中国”的原则是今后两岸关系发展的共同政治基础。这次成功的会面,充分显示了中华民族完全有智慧解决好两岸之间的问题,两岸的中国人将携手并肩,一起将两岸关系推进到全新局面,为两岸和世界的和平与发展作出更大的贡献。

11 月 8 日,《人民日报(海外版)》就此事件在要闻 1 版进行了报道,这篇报道图文并茂,极富张力。作为“习马会”的参与者,马英九通过台湾当局领导人办公室顾问许文彬拿到当日的《人民日报(海外版)》,阅览后对其称赞叫好。海外合作伙伴通过专版、周刊、月刊以及网站等多样化平台,转载了相关版面内容。其中,《人民日报(海外版)》(欧洲刊)等对该版面进行了整版转载。《人民日报(海外版)》在这次报道中成功地实现了对外宣传的目的。

点评分析 >>>

《人民日报(海外版)》对 2015 年 11 月 7 日 的"习马会"给予了高度重视。11 月 8 日在要闻 1 版对此次事件进行了整版报道。这版报道图文并茂,消息、评论、图片等核心要素齐全,标题准确生动,颜色热烈庄严,通栏大照片的超常规处理使版面更添张力,给读者带来视觉震撼。整个版面体现了政治性、新闻性、思想性与艺术性的统一,大气精美。

1. 版式规整,一目了然

2015 年 11 月 7 日,两岸领导人在新加坡香格里拉饭店向世界展示了"世纪之握",双方就推进两岸关系和平发展交换了意见,这是 1949 年以来两岸领导人的首次会面。此次会面对两岸关系而言意义重大。次日,《人民日报(海外版)》对此事进行了大幅报道,获得热烈反响。

11 月 8 日《人民日报(海外版)》要闻 1 版的版面布局结构规范整洁、层次清晰、井然有序。在版面设计上,该版面采取平衡版式,图片居中,上下标题、图片、文字约分为三等分,左右对称,给人以稳定、统一的感觉。在版式分隔方式上,该版面减少了线条的使用,通过对标题、图片、文字的精心安排和适当的留白,实现了自然分隔的效果。版面四周的留白使内容显得集中而又简洁,强化了标题和图片的视觉效果。规整的排版、平实的装饰、醒目的图片使该版面的易读性大幅提升,读者一眼便能浏览到该版面的主要信息。

2. 图文呼应,相得益彰

图片是报纸版面极为重要的组成元素。在实际运用中,它已经突破了点缀、美化版面的功能局限。图片若运用得当,不但会增加读者的阅读兴趣,还能获得画龙点睛的效果。

本版面的图片内容为两岸领导人的"世纪之握",二人位于图片中央,背景简洁,人物的神态、动作呈现得极为细致。二人微笑握手的画面寓意两岸"握手",表明两岸关系取得了重大进展。该版面上方新闻主标题为"跨越 66 年的握手",恰好与照片内容形成呼应。同时,下方稿件标题"'习马会'展示信心与智慧”亦是对该版面中这幅图片的解读。简言之,两岸领导人微笑握手的照片与文字一起向读者传递了整个版面着重展现的信息——两岸会面取得积极进展。图片是文字直观、生动的表达,为整个新闻版面增添了张力和感染力。图片与文字的配合,使得版面的信息更加完整、深入地展现在读者面前。

3. 色彩和谐,赏心悦目

色彩是新闻版面设计的重要组成部分,它能够为版面确定基本色调,塑造版面风格。一般而言,色彩为版面的情感宣泄提供必要前提。当视觉接触到某种颜色,人们便会接收到色彩发出的信号,产生联想。例如,红色代表着热烈、庄重,黄色代表权威、尊严等。

11 月 7 日的两岸领导人会面是世界瞩目的大事件,“习马会”历史性的一握,冲破了两岸交流最后的束缚,翻开了两岸关系历史性的新篇章。这是值得铭记的重要时刻,因此,在 11 月 8 日《人民日报(海外版)》要闻 1 版出现了经典的中国红,重大主题与大气、庄重的红色相结合,更好地凸显了时政新闻版面主题的思想性。版面的红色色调与图片背景大面积的黄色相互搭配,热烈而又庄严。照片左下方的文字用淡红色块突出,不仅起到了装饰效果,突出了版面重点要表现的稿件内容,还使版面更加富有层次感。淡红色块设计与版面红色标题、大量留白相映衬,浓淡相宜,令人赏心悦目。

理论延伸 >>>

1. 党报新闻版面的设计原则

以《人民日报》为代表的党报,新闻版面编排的原则主要有四条。第一,头版统领,大事大处理原则。在报道重大新闻事件时,头版要留出充足的版面位置,让新闻稿件与图片成为视觉中心,做到图文并茂、形象生动。第二,内容为王,梳理好主次的原则。传统媒体必须强化自身固有的内容优势,在采编上下功夫,突出“内容为王”的原则,为读者提供好的新闻作品、好的报纸版面。第三,丰富版面,坚持“四个一”的原则:发好一篇好稿件、处理好一幅(组)好图片、组好一个好专栏、编好一组好信息。第四,版面设计,美观且充分表达的原则。版面设计既要美观,让人赏心悦目,又要充分表达,把版面上的各稿件内容充分地呈现出来。版面既是形式,又有内容,是内容与形式的统一。①

11 月 8 日《人民日报(海外版)》要闻 1 版的版面设计充分体现了以上原则,其为重大事件的报道安排了充足的版面位置,内容扎实,美观丰富,实现了内容与形式的完美统一。

2. 图片在新闻版面中的使用

新闻图片是报纸版面不可或缺的一部分,在报纸版面设计中占据着极其重要的地位。新闻版面上使用的图片必须具有一定的新闻价值和较强的视觉冲击力。一般情况下,图片往往比稿件更加简捷有效,图片可产生“一图胜千言”的冲击力和感染力。在编排上,图片往往被安排在显要位置。在具体内容上,图片应当与文字互为补充、相互呈现。通过图片,读者能够清晰地了解到新闻事件发生的真实场景。使用恰当的图片不仅能美化版面,使整个版面更加富有动感,而且还能与文字相得益彰,增强新闻内容的真实性,获得更好的宣传效果。

在本案例中,“习马会”握手图片占据要闻 1 版约三分之一的版面,且处于读者的视觉中心——版面的中央位置。图片除了直观呈现主标题“跨越 66 年的握手”这一内容外,还通过人物动作、表情细节补充了标题上没有展现的“习马会”良好的氛围。图与文的相互补充,使读者更加迅速地了解到报道的走向,拥有更好的阅读体验。

① 王俊本. 论做好党报新闻版面的几个原则[J]. 新闻爱好者,2012(17):32 - 34.

2014年5月22日《中国日报》要闻18-19版

【作品类别】报纸版面
【所获奖项】第25届中国新闻奖国际传播类三等奖
【刊播单位】中国日报社
【作品语种】英语
【刊播日期】2014年5月22日
【刊播版面】《中国日报》要闻18-19版
【主创人员】张烨、刘鲁园、冯秀霞

案例简介 >>>

2014年,被誉为“世界五大宫之首”的故宫博物院为迎接建院100周年开展了许多筹备活动,在其准备向媒体宣布将对公众开放更多区域之际,《中国日报》对故宫博物院院长单霁翔进行了专访。以“将壮美的故宫完整地交给下一个六百年”为主题,用跨版图表的形式介绍了故宫悠久的历史及其丰富的文化资源。版面力图呈现故宫经过修缮、维护后的壮丽新貌,表现我国对优秀传统文化的传承与对世界文化遗产的保护,体现当代中国人的文化自觉与文化担当。该版面获得2015年世界新闻设计协会举办的第36届新闻设计大赛的卓越奖。

点评分析 >>>

该版面的设计人员按比例精心绘制了故宫的全貌,每一个宫殿、每一个庭院、每一个细节都加以精彩呈现,并运用朱红和赤金等中国传统色彩,向读者展示了故宫的宏伟气魄。作者还在图表中汇集了大量数据,如建筑占地面积、馆藏文物、字画、文献等的数量,详细解读了故宫在历史发展过程中所承载的功能,生动展示了中国深厚的历史文化底蕴,在国际舞台上塑造出良好的文明大国形象。

1. 用可视化处理让新闻“活”起来

近年来,随着大数据和云计算技术的成熟,新闻可视化的报道方式被越来越广泛地应用。报纸的视觉设计从“锦上添花”的角落配图逐渐转向对报道内容进行视觉编辑,承担起了新闻叙事的功能。可视化新闻将新闻信息中的数据与形象用具象化的图表、符号、动画等进行内容的转换与再现,能够有效地提升新闻信息的到达率,转变信息文本传递的模式,将复杂的信息简洁化。同时,富有美学价值的视觉设计也进一步拉近了新闻信息与受众之间的距离,让新闻传播更加直观、形象、有趣。

该版面的创意做到了内容选择与版式设计的有机结合,用真实的故宫平面图作为设计的基本元素,突破了传统版面的设计布局,整体构图设计感强、色彩搭配精美大方,突出了编辑的思路,让读者眼前一亮。在内容编排上,该版面通过在故宫平面图上有顺序地标出文物科技保护中心、内务府、慈宁宫等关键建筑,有重点地介绍了故宫由哪些建筑组成,共有多少奇珍异宝,将为中外游客提供哪些文化盛宴;今日的故宫是否安好,明日的故宫会有哪些变化、创新,面临什么挑战等内容。这种图标式的设计,排列清晰,直观易读,进一步强化了读者对故宫的整体认识。此外,大量可视化数据的运用为每个复杂的数据赋予了重要的意义,激发了受众的形象思维,加深了其对故宫规模、体量的具象化认知,真正让故宫“活”起来。

该版面之所以能在众多优秀的报纸版面中脱颖而出,除了精美的设计编排之外,专题团队做了大量的采访和资料信息收集、分析、整理工作,从前期策划到后期制作，整个报道团队通力合作，共同研讨视觉呈现方式，真正让视觉版面承担起新闻叙事主线的重要职能。

2. 中国文化对外传播的国际化表达

在全球化时代，我们在对外传播领域首先面临的问题就是如何将中国文化的本土化表达转化为国际化表达方式，让中国的对外传播话语体系能够“联接中外，沟通世界”。媒体在传播一种文化理念的同时，也要注意到能否为对方提供一种艺术享受与审美体验，达成心灵间的相互沟通。相对于复杂的文字符号，非文字类文化符号，如依靠视觉图像或听觉符号进行表述的意义载体在跨文化传播中往往能起到更直接、更便捷的作用。

对外传播是西方认知符号与中国故事的融合。对事件进行视觉化解读已成为西方媒体的报道习惯，也早已成为西方读者的阅读习惯，这就要求新闻记者在进行新闻采编时，选用国外读者熟悉的表达方式，突破文字表达的局限。故宫等中国标志性文化建筑在大多数国外读者心中只是一个符号，如何将它壮丽的面貌展现给广大的海外读者群，《中国日报》设计团队本着以受众为本位的创作理念，充分发挥想象力、创造力，对新闻事实和背景资料进行形象化处理，弥补了文字报道单一、冗长、枯燥、视觉效果差的缺憾，以图解文，达到了良好的视觉传播和国际传播效果，打开了构建融通中外话语体系的新视野。

理论延伸 >>>

1. 新闻可视化

伴随着传播理念的变革与媒介技术的成熟，读图时代已经来临。将海量的文字、数据信息变为条理清晰、直观形象的图表已成为当前信息传播的新趋势。新闻可视化是新闻内容与视觉呈现的融合，是以新闻内容为基础、新闻选题为主体，通过图片、图表、插画等视觉元素准确、直观、美观地传播信息的方式。新闻可视化的类型多种多样，有信息表、时间线、数据漫画、数据地图、文字云、泡泡图等。新闻的可视化表达加快了受众对信息的接受和理解速度，使受众实现了从阅读到“悦读”的过渡。本案例紧紧围绕主题，使用等比例绘画的方式对故宫进行了全方位的展示,与传统的文字、数字表达共同形成了一个立体、多维、互动的表达空间,充分体现了信息可视化的优势,做到了传播内容和形式的完美统一。

2. 构建融通中外的话语体系

中华文化是中华民族的血脉和根源。在国际传播当中,我们要树立文化自信,在创造性转化、创新性发展中不断铸就中华文化新概念、新范畴、新表述,把当代中国价值理念、价值判断和核心价值观贯穿到中华文化的国际传播当中,凸显中华文化深厚的历史传承性与发展性,向世界展现中华文化的永久魅力和时代风采,展示社会主义大国的文化自信。

此外,在对外传播时,既需要体现中华文化的厚度,又要考虑到国外受众对中华文化的理解程度。传递中国声音,讲述中国故事,要使用恰当的表达符号与话语方式,在传播过程中不断打造与新时代相适应、面向世界的中国话语,这是我国在国际传播当中构建融通中外的话语体系的关键。

专栏篇

钟　声

【作品类别】报纸专栏

【所获奖项】第26届中国新闻奖国际传播类二等奖

【创办日期】2008年11月29日

【刊播周期】每周6期

【刊播版面】《人民日报》第3版

【主创人员】吕岩松、丁刚、吴绮敏、胡泽曦、赵成

案例简介 >>>

自2008年创立以来,《人民日报》《钟声》栏目不断加大对国际重大事件、热点问题、涉华问题的评论力度,努力在一系列重大国际问题上第一时间发声,阐释官方立场、表达民族情感,培育理性成熟的大国心态,产生了广泛的国际舆论影响力。

《钟声》定位于阐释中国对于重大国际问题和涉华问题的主张,以立场鲜明、反应迅速见长。各国政府部门、驻华使馆以及主流媒体和研究机构高度关注《钟声》,分析解读其中蕴含的政策信号。国外媒体转载评析时,纷纷解读"钟声"的寓意,目前已有"中国声音""中央声音""大众声音"等不同版本的解读。

点评分析 >>>

1. 彰显大国风范,掌握话语主动权

伴随着中国国际地位的提升,中国承担起越来越多的责任和义务,成为国际秩序当中举足轻重的一环。在构筑新型外交关系中,中国正着力展现一个负责任的大国风范。在此背景之下,《钟声》专栏的评论选题视野广泛多元,覆盖世界政治、经济、外交、军事、社会、文化、环境等多个方面,涵盖了国际社会和民众关心的各类问题。其中,在各类地区矛盾、多边关系、区域合作等热点问题中,《钟声》专栏文章进行了及时、透彻的评论,有效配合我国的国际交往与外交部署,积极与国际舆论展开对话,真正有效地传播中国声音、压缩西方媒体负面报道空间。一系列《钟声》文章鲜明有力地表达中国外交立场,主动化解矛盾,传递中国价值,积极促进国际内政外交事务的推进与解决,成为中国媒体外交的战略高地。

2012 年 2 月 4 日,联合国安理会就叙利亚问题决议草案进行表决后,《钟声》栏目连续推出了《怎样做才是真正对叙利亚人民负责》《为什么不能让安理会成为橡皮图章》《持久和平的切实保障》几篇文章,针对叙利亚问题贡献中国智慧。路透社、美联社、美国《纽约时报》、美国《华尔街日报》、美国有线电视新闻网、英国《卫报》、英国广播公司网站、"今日俄罗斯"电视台网等国际性通讯社与多国主流媒体竞相转载热议。2016 年 3 月 11 日,围绕"两会"外长记者会关于朝核问题的相关表态,《钟声》文章《把朝核问题拉回谈判桌》全面阐述了中国在朝核问题上的立场与主张,凸显大国外交气质,引领朝核问题国际舆论。路透社、美国《时代》周刊、美国《新闻周刊》、美国广播公司、美国《赫芬顿邮报》等 110 多家国外媒体对此进行了转载。在各个事关国际时局变化的关键时机,《钟声》专栏把我们想说的和国际社会关注的更好地结合起来,让中国智慧、中国方案、中国气派成为撬动时局的关键性因素,牢牢把握住话语主动权。

2. 主动设置议题,引导舆论理性声音

根据议程设置理论,新闻媒体虽然不能决定你"怎么想",但在决定你"想什

么”方面有着强大的效果。因此，要赢得国际传播的主动权，必须主动设置国际舆论议程，引导国际社会关注真实、全面的中国。《钟声》栏目及时追踪、评析重大热点事件，及时研判国际形势，把握国际时局动向，纠正偏见，通过富有影响力的媒体平台告诉受众该想什么、该关注什么、该从什么方向展开思考。在当今的国际传播场中，对于中国的误读和曲解无时无刻不在发生着。《钟声》反应迅速、先声夺人，最大限度地压缩恶意解读和负面报道的空间，引导国际舆论理性、思辨地认识中国。

2015 年 6 月起，中国股市下挫、人民币贬值、宏观经济数据低于预期等新闻成为西方媒体热议的话题，引发新一轮“中国崩溃论”。《钟声》文章《观察中国离不开改革的视角》择机而发，强调中国持之以恒推动经济结构战略性调整，对于中国经济构成长期性利好，世界观察中国经济需要有改革视角。该文刊发后，路透社当天即发表文章大段援引该文章的观点。多国主流媒体转载该文，在必应(Bing)搜索网站查找该标题，共有42 200多条转载记录。该文章为中国经济营造了良好的国际舆论环境，及时扭转了国际社会对中国经济的负面舆论，并将“改革”这一议程主动融入国际舆论，带给国际舆论一个正确看待中国经济的前瞻性的视角。

3. 有理有据有节，打造国际权威

自 2008 年开办以来，《钟声》栏目凭借高度的政治敏感、专业的评论，成为国际舆论中的权威声音，形成广泛的国际影响力，成为国际社会和民众认识中国的重要信息来源，扮演着中国外交政策的铺路石与政策风向标的角色。

在一系列的评论文章当中，《钟声》栏目秉持有理有据有节的评论风格，坚持用事实说话，为批驳与阐释奠定了坚实的基础。2012 年 2 月 20 日，《钟声》文章《搞清真相是解决叙利亚问题的关键》率先提出联合国加大干预力度的迫切性，成为联合国监督团进驻叙利亚的舆论先导。在南海和东亚安全等热点问题上，《钟声》文章在批判美国、日本、菲律宾等国不当行为的同时，从法律、经济等专业角度，摆事实、讲道理、给建议、出对策。在文章《中国周边紧张吗？数据说话！》中，大量的事实与数据成为对西方不实报道的有力反击。此外，《钟声》栏目凭借其权威、真实、有力的评论文章，成为海外媒体、机构以及官方预测中国外交方略的重要参考文献。美国斯坦福大学胡佛研究中心期刊曾经专门以《钟声》为分析样本，研究中国在叙利亚问题及美国重返亚太问题上的政策走向。

日本驻华使馆多次对有关钓鱼岛和历史问题的《钟声》文章进行调研,试图了解相关表态的官方背景。

理论延伸 >>>

1. 议程设置

议程设置是大众传播的重要社会功能和效果之一。1968 年,唐纳德·肖(Donald Shaw)和麦克斯威尔·麦克姆斯(Maxwell McCombs)通过对美国总统大选的实证研究,调查媒介议程对公众议程的影响效果,并于 1972 年提出议程设置理论。该理论认为大众传播往往不能决定人们对某一事件或意见的具体看法,但可以通过提供信息和安排相关的议题来有效地左右人们关注哪些事实和意见及他们谈论的先后顺序。大众传播可能无法决定人们怎么想,却可以影响人们想什么。在国际舆论环境日趋复杂的今天,议程设置理论依然发挥着作用,媒介议程放大了国际社会对某些问题的关注度,影响着受众对国际社会现实的认知视角。在国际传播当中主动设置议题是争夺国际话语权、抢占舆论制高点的关键。

过去长期以来,国际社会的媒介议程往往由西方媒体设置,中国总处于辩解、辟谣的被动地位。随着我国综合国力的增强,以《钟声》为代表的针对国际问题进行评论的媒体栏目越来越多,我们在立场和态度上更积极、更主动,在方法和语态上更稳健、更成熟,如今在重大国际问题出现时,我国媒体不仅能反应及时、积极发声,还能主动设置议题,在西方媒体有意曲解、歪曲我国立场和形象时给予有力的回击,从而进一步提升我国的国际形象。

2. 国际新闻评论

国际新闻评论也可称为国际时事评论,或简称国际时评、国际评论,是针对国际事务中的重要或者有趣的问题直接发表意见、阐述观点、表明态度,有鲜明针对性和解释性的一种新闻体裁或政论文体。① 国际新闻评论一般涉及政治、

① 赵瑞琦. 地方媒体国际新闻评论解析——基于全球本土化的视角[J]. 中国出版,2014(9):38-41.

经济、文化、社会等多方面的内容,题材较为广泛,常见的评论形式包括社论、署名文章、短评和评论员文章等。由于国际新闻评论的内容聚焦于国际社会热点,反映国际时局动态,往往对厘清国际现实格局、促进地区间合作、缓解国际矛盾冲突等具有积极的引导作用。因此,国际新闻评论相对于普通新闻评论具有较强的政治性、外交性和思想性,带有本国的意识形态,能够彰显该国的政治立场与国家意志。《钟声》栏目是国际新闻评论的典型案例,与其他新闻评论专栏不同,《钟声》栏目作为《人民日报》国际署名评论,有着鲜明的官方立场、浓厚的民族情感、理性的大国心态和广泛的国际舆论影响力。站在世界舆论场,《钟声》发出清晰的中国声音,打造了国际传播领域的中国模式。

行走中国

【作品类别】通讯社专栏

【所获奖项】第25届中国新闻奖电视专题类三等奖

【创作单位】新华通讯社

【创办日期】2011年9月2日

【刊播平台】新华通讯社对外中、英文专线

【主创人员】严文斌、俞铮、黄燕、李凯、程云杰、王丽丽

案例简介 >>>

随着中国综合国力日益增强,“讲好中国故事,发出中国声音”成为越来越重要的对外宣传报道议题。《行走中国》就是针对这一议题做出的重要尝试,该栏目报道的内容是记者行走中国各地的所见所闻,栏目主题聚焦于发生在中国大地上的真实事件和有血有肉的人物,通过对一个个普通人的报道,生动展示中华民族朴实、善良的传统美德与社会主义核心价值观,呈现出昂扬奋进的大众精神风貌。

该栏目“以小见大”,运用小切口展现宏大的社会命题,借助引人入胜的情节,富有时代感、现实感的新闻语言以及细腻鲜活的表达方式,生动讲述当代中国的发展成就、发展道路、发展理念,展示中国社会发展进步的主流以及中国人民蓬勃向上的风貌,主动回应海外关切的热点话题,加深了国际社会对中国的认知和理解。

点评分析 >>>

新时期以来，中国的经济水平不断提升，综合国力不断增强，而与之相适应的国际传播力和话语影响力却尚未实现，这成为我国当前新闻传播事业所面临的重要且紧迫的任务。

《行走中国》栏目聚焦本土真实质朴的人物，用接地气的采编制作方式讲述发生在这些人物身上的鲜活故事，其选题范围开放，覆盖面广，从个体的日常生活小事到国家战略大事皆涵盖于其中。同时，报道不刻意回避敏感问题，用具体而微的小人物小事件讲故事，这样的叙事态度也收到了很好的传播效果。

1. "大立意，小故事"，聚焦多彩新时代

《行走中国》栏目利用小切口讲好新故事，挖掘出有人物、有温度的故事，人物真实具体、细腻鲜活，且富有强烈的时代感。例如在《高铁"淘粪男孩"的不眠夜》一篇中，就讲述了年轻的90后"动车组机械师"田莊和徒弟武振轩的故事。高铁作为新时代的产物，"动车组机械师"这一职业应运而生，他们的工作平凡而又重大。与此同时，文章选取他们工作中清理检查厕所的事情切入，生动具体地展现了他们的日常工作状态与心态，体现了他们对于工作的执着和坚守，在讲述他们这些丰富多彩、微观而生动的小故事的同时，也反映出中国人追求"中国梦"的真实状态。文章避免了外宣式说教的语态，运用平实的语言风格娓娓道来，一个个具体可感的小人物、小叙事的背后也反映了中国广大人民群众的真实状态，丰富的细节、立体的人物也进一步加深了国际社会了解中国的兴趣。

2. 回应海外关切问题，强化国际传播针对性

该栏目没有将选题局限在一个个具体而微的个案上，选题统筹时也把握了国内国际两个大局，把国内和国际形势联系起来做出综合分析、通盘考虑，最大限度地提升了报道的海外贴近度。

除了向海外受众讲述中国故事以外，该栏目还积极回应海外对中国的关切，澄清国外媒体对中国的误解和歪曲报道。如针对野生动物保护的话题，有《雪豹频现 三江源成野生动物"乐园"》《野生动物在西藏伤了人》等文章；针对民族

宗教话题，有《女阿訇在穆斯林妇女生活中作用日益重要》《西藏千年古刹：见证藏汉文化融合之美》《中国投重金保护藏传佛教教派创始人的寺庙》等稿件。此外，该栏目对空气污染、日本否认南京大屠杀、“中国非洲殖民论”、城市发展、老年社会、文化传承等问题也进行了深度解读，以极强的针对性妥善应对国际社会关切，力求因势利导、释疑增信。对于海外关注问题的积极回应，强化了我国国际传播中的针对性，点对点、面对面回应的积极态度也有利于形成良好的国际舆论氛围。

理论延伸 >>>

1. 新闻宣传“走转改”

2011 年，中宣部、中央外宣办、国家广电总局、新闻出版总署、中国记协五部门召开会议时强调，要在全国新闻战线组织开展“走基层、转作风、改文风”活动。《行走中国》栏目是新华社对外部以“走转改”精神为指导，适应新的时代形势打造的外宣栏目，是寻求讲好中国故事、传播好中国声音，探索改进国际传播手段和方法的一次开创性尝试。栏目在报道中“以小见大”的报道思路，化整为零，运用一个个鲜活的案例，一反从前严肃规整的“高大全”的报道风格，是对国际传播报道的语言风格做出的一次有效突破。

2. 境外落地率

在国际传播报道当中，境外落地率的提升对于传播效果具有显著意义。该栏目从两个层面对境外落地率进行把控，其一，整合发挥平台优势，做到全平台联动，强化“大编辑平台”职能，建立较为良好的组织、策划、指挥、协调机制，调集全员力量保证稿件数量，在一定层面提升了境外落地率，也增大了外媒的引用概率；其二，要求记者深入一线，采访对象范围广、层次多，以第一手的见闻为基础，根据对外传播规律，寻找符合海外受众接收习惯的话语体系，以鲜活生动的方式讲述真实而有传奇色彩的中国故事，受到了海外受众的欢迎。

中国声音

【作品类别】新闻专栏

【所获奖项】第 26 届中国新闻奖新闻专栏类二等奖

【创作单位】新华社

【刊播周期】每周 1 期

【创办日期】2011 年 9 月 2 日

【主创人员】李生江、韩松、俞铮、孟娜、林建杨、李志晖

案例简介 >>>

长期以来,“西强东弱”的国际传播格局导致带有倾向性的涉华报道干扰着国际舆论,中国在国际舆论场中常常处于被动接受的局面。随着中国国家实力和国际影响力的提升,中国面对的海外舆论场正在发生变化。一方面,国际涉华报道显著增多,由于信息不对称、意识形态与文化差异等因素的影响,国际新闻中仍存在较多有关中国的不实报道;另一方面,随着中国国际地位的崛起,国际社会对中国所持的态度和立场更为关注。

在这样的时代背景下,新华社在 2011 年 9 月开辟了以传播中国声音、回应海外关切为特色的英文评论栏目《中国声音》(*China Voice*)。在重大主题、重大涉华问题和重大海外关切的议题,特别是党中央治国理政新实践、中国特色社会主义道路、中国梦等议题上,该栏目在英语世界做好议程设置,及时表达中国立场,阐明中国观点,在海外引起较强的反响,已成为新华社国际传播能力建设的旗舰产品之一。

点评分析 >>>

《中国声音》这一英语评论栏目,自2011年9月2日开办以来,每周一期评论,在回应涉华热点问题、围绕党中央治国理政新实践设置议程、澄清和驳斥"中国威胁论"等方面发挥了重要作用。栏目强调"理论深度、思想高度、全局眼光和世界意识",要求思想有张力、语言有表现力,确保在重大问题上不缺位,关键时刻不失语,逐步树立有中国特色的思辨逻辑和语言风格,形成了符合时代潮流、融通中外、富有中国特色的话语体系,与世界舆论有机对接,为中国和平发展和民族振兴争取有利的国际环境。

1. 提高议程设置水平,提升中国国际话语权

《中国声音》注重议程设置,创新话语表达,传播中国声音,积极自塑中国形象。例如,在"四个全面"提出后,该栏目播发《"四个全面"是引领民族复兴的战略布局》和《全面建成小康社会是实现"中国梦"的关键一步》,率先向境外读者全面解读其定义、提出的背景以及影响,保持一贯精练水准,被外国主流媒体大幅转载。针对外媒对"四个全面"的歪曲解读,评论《全面依法治国步入快车道》有针对性地进行纠正,被法新社等转载。在我国开展外交工作收获颇丰的同时,《中国声音》播发《"一带一路"不是中国版"马歇尔计划"》《摒弃对中非关系的"傲慢与偏见"》等,阐述我国坚持走和平发展道路、与世界各国合作共赢的立场。针对西方对中国经济增长放缓和改革滞后的疑虑,《经济增长有所放缓正是改革在进行的信号》《为生存、为共赢,中国需要改革》等报道作出有效回应。

面对海外舆论长期的负面论调,比如"中国威胁论"和"中国崩溃论",《中国声音》及时予以澄清与驳斥。当部分西方媒体提出"中国提出民族复兴的'中国梦'显示其称霸野心",该栏目播发《和平与机遇——"中国梦"的世界意义》,明确声明"世界上最大的发展中国家实现和平崛起,为其他发展中国家提供发展路径借鉴"。评论《中国仍将是世界经济的顺风车》更是反驳了西方媒体唱空中国经济的论调。

《中国声音》紧密、坚定地把握中国立场,凭借观点鲜明、言辞生动、论述清晰简洁、逻辑性强的新闻评论,据理力争、阐述态度。一来打破中国媒体在国际

舆论社会中发声能力较弱的局面，就治国理政新理念、新思想、新战略等进行自主议程设置；二来所发表观点得到各国国际新闻媒体转载与引用，使“中国声音”传播到世界，让“中国故事”为世界所知。这一栏目的开办，对于加强中国国际话语权的实践具有重要意义。

2. 从国际语境出发，注重国际传播技巧

在国际舆论激战中不只要发声，更要使所发之声让人“听得懂、听得进、听得信”，善于提出既体现中国立场、中国价值，又能够被外国受众理解和接受的观点、主张，真正做到“中国话语、国际表达”。《中国声音》的新闻评论与我国对内传播的评论在基本立场与态度上保持一致，在表达方式上更加注重与国际话语方式对接，努力做到观点鲜明、逻辑清晰，避免长篇大论的堆积和情绪化的表达，讲求用事实说话，稿件的结构逻辑、语言习惯、论证方法都能为西方受众接受，但评论的角度与立场则不依附西方视角，而是体现中国智慧。该栏目通过结构编排与语言上的技巧，有效提升了国际新闻评论与外国受众的贴近性。

同时，该栏目在内容选择上注重寻找中外利益的交汇点、话语的共同点与情感的共鸣点，巧妙地将中国国情、中国特色与国外受众的媒介习惯与接受心理结合起来，提高国际新闻传播的针对性与有效性。此外，该栏目所设置的话语语境更为国际化，对国际社会不了解的中国国情与外交实况给予背景补充，将中国故事讲清楚，将中国观点讲透彻。

3. 评论报道及时，助力中国外交

国际新闻报道与外交活动相辅相成。《中国声音》作为中国国际传播的旗舰栏目，在诸多涉华国际问题上及时发表评论，既锻炼了自身报道能力，又能为中国外交助力。有关国家针对中国在南海问题上发难，《中国声音》第一时间发声，明确中国在南海问题上的立场。《不要借南海问题兜售中国威胁论》《南海不应也不是中美之间的问题》《中国在破坏南海航行自由吗?》等稿件生动有力，外国主流媒体纷纷转载，有效影响了西方舆论。当安倍参拜靖国神社、日本右翼媒体抹杀南京大屠杀罪行、安倍发表“8·15”谈话事件发生后，《中国声音》在两三个小时后便播发评论《安倍参拜靖国神社 走出危险的一步》《日本站在历史的十字路口》等，观点鲜明、言之有理，被海外主流英文媒体转载。不论是在南

海问题、中日历史问题、两岸关系、“中国威胁论”上明确中国立场,还是在中国领导人出访等重大外交事件中为外交活动作铺垫,《中国声音》都能够及时、敏锐地就时新问题道明中国观点。

理论延伸 >>>

1. 加强议程设置,提升话语权

国际话语权不仅是一个国家在世界上“说话”的权利,更是“说话”的威力与有效性,本质上体现的是一国在国际社会权力结构中的地位和影响力,是国际政治权力关系的现实反映,是一国“软实力”的重要构成和体现。各种国际话语权之争实质上即国家利益的博弈。一个国家对自身的国际权力最基本的诉求就是在国际话语权格局中拥有与国家实力、地位相称的话语权力,而不是去谋求或维护话语霸权。中国的国家综合实力与国际传播能力存在失衡情况。在促进原有失衡的国际话语权格局变革重建的过程中,中国必须突破西方强势话语压制,提升国际话语权,化被动为主动,这是中国发展崛起之路上绕不开的现实挑战,与国家重大战略利益息息相关。

《中国声音》在“自塑”国家形象、增强软实力、提高话语权等方面发挥的积极作用,可以作为讲解国际新闻定义、功能与作用时的实例。同时,公共外交作为国家软实力的重要组成部分,也是我们提升国际传播能力时必须研究的课题。

2. 媒体外交

外交活动是国际新闻报道的重要内容,新闻报道反映并影响着外交活动。“媒体外交”是一种新型的外交手段,是公共外交的重要形式。首先,外交活动关系到一国的国际地位和形象,是国际新闻报道的重要内容之一。优秀的新闻媒体不仅随着外交事务的演变不断调整自己的报道内容,还能通过富有创造性的独家和深度报道,引领外交活动的进展,为外交造势,从而引导国际舆论。其次,国际新闻报道为外交决策提供信息,在某种程度上也影响着外交政策的轻重缓急。国际新闻媒体对国际信息的选择和编排能够影响国际社会的议程。

网络报道篇

习主席来了

【作品类别】网络访谈

【所获奖项】第 26 届中国新闻奖综合类一等奖

【创作单位】人民日报全媒体平台(中央厨房)

【作品时长】3 分 30 秒

【刊播时间】2015 年 9 月 22 日

【网页地址】http://tv.people.com.cn/n/2015/0923/c239891-27625030.html

【刊播网站】YouTube

【主创人员】王洋、张建波、赵阳、毛文正、倪乐融

案例简介 >>>

2015 年 9 月 22 日,国家主席习近平开始对美国进行国事访问。此次访问前,人民日报全媒体平台(中央厨房)通过走访北京高校,邀请来自 15 个国家的留学生评价他们眼中的习近平。

视频播出当天,英国广播公司等国际主流媒体纷纷对视频进行报道,并向人民日报社驻外记者询问情况。丹麦驻华使馆等机构也致电人民日报社询问相关情况。英国路透社希望得到授权,面向全球媒体客户发布该视频,并前往北京大学对视频中部分采访对象进行二次采访。3 天后,路透社推出长篇报道,称这是迄今为止已知的第一部采访外国留学生评价国家领导人的视频,这种方式“让视频呈现出一种时尚感、时髦感以及酷酷的感觉”。

点评分析 >>>

《习主席来了》(*Who is Xi Dada?*)这一访谈视频创意十足,以轻松愉快的方式展示了习近平主席在外国留学生眼中的形象。在我国领导人访美的特殊时机,视频引起境内外主要媒体、广大网民的关注和热烈反响。

该访谈视频的策划意图和制作思路遵守国际传播规律,在视频传播的时间节点、内容呈现的手法以及传播平台的选取上都具有较广阔的国际视野,成为人民日报全媒体平台通过短视频方式进行国际传播的一次成功实践。

1. 传播节点把握巧妙

2015 年 9 月 23 日,正值中华人民共和国国家主席习近平应美利坚合众国总统贝拉克·奥巴马邀请,对美国进行国事访问。人民日报全媒体平台抓住时机,利用平台优势,顺应时下互联网短视频的传播潮流,进行了一次内容与形式的创新。正是因为把握了巧妙的传播节点,该视频一经推出便与习主席访美的时政外交主题形成传播矩阵,受到广泛关注。英国广播公司等国际主流媒体纷纷对该视频进行报道,同时亦有国际知名媒体向人民日报社询问该视频的相关情况,并希望能进一步采访视频中的学生。"天时地利"的传播时机使得该视频紧扣传播热点,并通过网络这一推手在全世界范围内广泛传播。

2. 传播内容具有吸引力

《习主席来了》创意十足。来自 15 个国家的留学生从多个角度评价他们眼中的习近平。这 15 个国家覆盖范围很广,美洲、欧洲、亚洲、非洲等多个地区的国家都有所涉及。不同国家、地区的学生带来多元的评价,也呈现出更加客观全面的信息。很多评价少了官方话语,以平民化的表达方式传递出最真挚的情感。如有学生认为,习主席是"顾家的人""很可爱""很英俊""像一个伯伯"等,这些接地气、生活化的话语改变了领导人时政信息传播的生硬刻板形象,通过这些外国留学生朴实的评价,该片有效拉近了习主席和人民群众的距离,增强了领导人的亲和力,给人耳目一新之感,成为中国政府软实力的生动体现。

此外,该视频内容循序渐进,以"Who is Xi?(习近平是谁?)""Do you know

Xi Dada?(你知道习大大吗?)”“What will you do if you meet Xi Dada?(如果你见到习大大,你会做什么?)”三个问题清晰简洁地搭建起该片的内部叙事结构,将留学生们的回答有逻辑、系统地联通起来。学生们对习主席的评价也由浅入深、由表及里,全面展现了习主席在留学生心目中的形象,让习主席仿佛走到了留学生们的身边,树立了平易近人的领导人形象。这样的传播方式在国际传播中有着极强的吸引力、传播力和塑造力,更容易吸引国际社会的目光,强化中国话语的影响效果。

3. 传播平台国际化

人民日报中央厨房是面向受众、面向国际、面向未来的新一代内容生产、传播和运营体系,以内容的生产传播为主线,不仅服务于《人民日报》旗下的各个媒体,更是为整个媒体行业搭建了一个支撑优质内容生产的公共平台,聚拢各方资源,形成融合发展合力。刘奇葆同志在文章《推进媒体深度融合 打造新型主流媒体》中指出,“中央厨房”是标配、是龙头工程,一定要建好用好。

作为一个国际化的传播平台,人民日报中央厨房在这次实践中,基于传统媒体的内容优势,经过认真策划、巧妙统筹、精心制作,完成了这一既有传统媒体的内容保证,又包含新媒体传播特点的网络视频。与此同时,新媒体传播速度快、传播范围广的特点迅速扩大了该视频的影响力。这和传播平台的国际化以及内容推广的互联网思维是分不开的。

理论延伸 >>>

1. 中央厨房

在人民日报中央厨房的整体架构中,总编调度中心是指挥中枢,是策、采、编、发网络的核心层,负责宣传任务统筹、重大选题策划、采访力量指挥。采编联动平台是常设运行机构,由采访中心、编辑中心和技术中心组成,负责执行指令、收集需求反馈,人员来自“报、网、端、微”各个部门,大家组成统一工作团队,听从总编调度中心的指挥,进行全媒体新闻产品的生产加工,所有产品直接进入后台新闻稿库。

中央厨房运行机制有以下主要特点:第一,构建适应融媒体生产的策、采、编、发网络,再造策、采、编、发流程。主要是设立总编调度中心,建立采编联动平台。第二,改革采编部门设置,强化各媒体总编室职能。为推进深度融合,中央厨房对编制体制、机构职能、人员配置做出重大改革和调整。第三,强化绩效考核,创新激励约束机制。依托中央厨房形成的新的采编体制机制,需要与之相适应的绩效考核体系来保证。

《习主席来了》这则视频就是中央厨房创作的早期优秀融媒体作品,值得借鉴学习。

2. 短视频的特点

短视频即短片视频,是一种互联网内容传播方式,一般指在互联网等新媒体上传播的时长在5分钟以内的视频内容。随着移动终端的普及和网络的提速,短、平、快的大流量传播内容逐渐获得各大平台、粉丝和资本的青睐。

短视频制作具有生产流程简单、制作门槛低、参与性强等特点,又比直播更具有传播价值,较短的制作周期和趣味化的内容对短视频制作团队的文案以及策划功底有着一定的挑战和要求。这也是人民日报中央厨房面临的巨大挑战。

《习主席来了》这则网络视频制作流程简单,话题性、时效性强,更容易引发关注,得到都市年轻群体的青睐。

习近平的大外交

【作品类别】网络新闻

【所获奖项】第 25 届中国新闻奖国际传播类一等奖

【创作单位】新华网国际部、新媒体产品中心

【点 击 量】页面点击量 138 万、单独访客数 119 万、独立地址访问量 73 万

【首发时间】2014 年 12 月 18 日

【发布网址】http://fms.news.cn/swf/xjpwj/en/

【主创人员】田舒斌、刘加文、雷曼誉、常烨、夏小鹏、马轶群

案例简介 >>>

2014 年是中国外交全面推进的丰收之年。习近平主席通过一系列的出访和外交活动,向全世界传递了中国坚定走和平发展道路的理念,发出了中国与全世界命运与共的呼声,展示了中国作为负责任大国的国际担当。中国特色大国外交成绩斐然,引起国际社会的广泛关注。在这个过程中,新的外交理念被不断提出,一幅宏伟的中国外交蓝图也呼之欲出。

为此,新华网适时推出了重磅多媒体融合报道作品《习近平的大外交》。该报道对习近平主席外交理念和出访成果进行了可视化、多媒体化的展示,在新华网首页头条位置、新华社发布、新华国际客户端、新华炫闻、新华每日电讯进行了集中展示,传播效果显著。

同时,新华网还制作了该作品的英文版本,成为海外受众了解中国外交理念

与外交政策的重要窗口,韩国、日本、吉尔吉斯斯坦等多国媒体纷纷对该作品进行转载。

点评分析 >>>

《习近平的大外交》立足党和国家的发展大局,全方位集中展示了中国新一届领导集体的外交理念与治国方略,卡片式的网络新闻设计让作品的整体结构清晰明朗、重点突出。该作品通过主动设置议题,积极破除西方媒体对中国和平崛起的曲解与误读,呼应国际舆论关切,努力塑造立体、全面、真实的大国形象,是深刻阐释国家重大战略的一次重要尝试,也是新媒体时代媒体融合变革的一次探索与创新。

1. 融合宏观微观视角,呈现大国外交格局

十八大以来,习近平主席所提出的外交理念内涵丰富,形成了立体缜密的理论体系与格局宏大的战略构想。这其中既有宏观层面的全局性的外交方略,也有微观层面实操性的具体政策措施。因此,《习近平的大外交》从宏观与微观相结合的视角对习近平主席的外交理念体系与治国风采进行了全方位的展示。

该报道以大国外交为主线,主题大气恢宏,编排精准有力,立足党和国家的发展大局,从宏观视角把握整体报道格局,创造性地将"习式外交"整理归纳为"大视野""大手笔""大气魄""大格局"四个部分,对习近平主席的外交理念体系进行了高度概括。四个"大"的提法很好地呼应了"大外交"的主题定位,彰显出大国外交中的中国特色、中国气派、中国智慧。而在微观层面上,该报道细数习近平主席的外交足迹,以丰富的数据与图文展示了2014年习近平主席密集的出访活动细节与丰硕的外交成果。"7次出访,涉及18个国家,出访时间47天,出席300多场外交活动",数据背后呈现出的是外交理念的落地与实践,每场出访活动中习近平主席的倡议与行动都成为构成大国外交版图的一块块拼图,成为宏观外交体系的充分印证与有力补充。同时,该报道直接引用习近平主席的原始表述,将其外交理念原汁原味地呈现出来。

整个网络新闻报道框架清晰、重点突出、充实丰满,让读者既能够对"习式外交"理念形成整体的认识,又能对其逻辑框架与具体构成获得深入的了解,通

过搭建宏观微观结合的报道结构,该作品深化理解、凝聚共识,有效增强了政治外交与国家战略传播的时、度、效。

2. 运用互联网思维,优化网络用户体验

《习近平的大外交》从互联网传播的思维出发,呼应互联网的媒介特征与网络用户的使用习惯,通过图文并茂的视觉呈现方式丰富了用户的阅读体验,更便于读者轻松阅读与理解,优化了用户体验。

首先,该作品采用了卡片式的界面设计,色彩搭配年轻时尚,样式风格简洁大方,重点内容鲜明突出,各级标题字大醒目,呈现出较强的吸引力与可读性。这样的呈现方式不仅可以为网络用户带来良好的用户界面体验和视觉感受,也巧妙借助视觉模块设计理清了新闻内容的架构以及传播思路。

其次,非线性、碎片化、多层级的模块结构打破了传统新闻线性、固定的结构模式以及单一的叙事思路,带给互联网用户更加开放的阅读体验与更强的交互性,让用户以自己的兴趣为阅读引导,为用户提供了更加自由的信息获取空间,吻合了网络端、移动端的传播特色及其受众的媒介使用习惯。

最后,《习近平的大外交》中的新闻图片的选择精准严谨,顺应整体视觉设计,与文字配合得相得益彰,图文并茂的形式进一步强化了该网络新闻的吸引力、说服力、传播力。例如,该作品利用地图标识将重要的文字内容条理清晰地串联起来,用可视化的手法为受众创造了阅读情境,让受众对习近平主席的外交思路形成具象化的认知。过去,一些新闻为了设计而设计,导致很多信息重复冗杂,失去重点,而该新闻作品则有效地避免了这一问题,真正实现了让有效的设计为新闻内容服务。

3. 多终端一体化传播,探索媒体融合新模式

媒体融合为传统媒体在新媒体时代的转型创新提供了新的发展路径。在新媒体快速发展的今天,PC 端、移动端已经成为受众接收信息的主要渠道。新媒体的传播方式不仅能够直观立体地呈现新闻信息,还能够精准定位受众,满足受众的信息需求。该新媒体交互新闻作品以媒体融合为方向,涵盖了表格、图片、文字等多种信息表达形式,定位于多样化的传播渠道,积极探索出媒体融合传播的新模式。

该作品顺应多屏时代的传播趋势，采用“响应式”的技术手段，实现 PC 端网页、手机移动端、平板电脑端等的适配，利用多终端一体化的设计理念与传播技术，实现新闻内容的多屏分发、多渠道拓展，有效强化了该融媒体新闻报道的能见度与抵达率。该作品播发后，随即在多个传播平台形成聚合传播的强大影响力，通过脸谱、推特、微博等互联网社交平台的大力推送，形成立体化、矩阵式、互动型的传播路径，并通过转发、评论形成二次传播，极大地延伸了该新闻作品的长尾效应，获得了良好的传播效果。

理论延伸 >>>

1. 网络新闻写作

互联网的传播环境要求网络新闻具有灵活创新的界面样式与智能、交互的传播样态，这需要编辑者开发更加多元的内容与形式来支撑多样的技术手段与元素。同时网络新闻产品的非线性叙事方式也会丰富新闻叙事的线索，强化新闻的层次感。写好一篇网络新闻需要我们研究网络传播的特点，分析出最具有网络传播潜力的内容要素，结合不同网络新闻内容的要求以及传播渠道的属性来灵活设计新闻内容写作的框架。例如，本案例在各个分级标题中就运用了短而有力的“大视野”“大手笔”“大气魄”“大格局”等词汇，这些词汇清晰地描绘出整个新闻作品的最大亮点，同时也呼应了新闻大标题中的“大外交”一词，让新闻的整体感更强。

2. 网络新闻的视觉设计

互联网媒体平台的多元交互技术为新闻的视觉呈现提供了广阔的可能性，更多的视觉元素、媒介形式成为新闻可以采用的工具。随着技术的不断革新与读图时代的来临，人们不再满足于简单的文字信息呈现形式，而对新闻产品的审美价值有了更高层次的期待。因此，未来的融合新闻产品不仅要有清晰明了的新闻内容，还需要通过“高颜值”视觉呈现来吸引受众。这其中会涉及视觉符号设计、交互设计等各类设计学科。因此，融合媒体时代对新闻从业者的技能要求越来越高，新闻业的未来呼唤着跨学科、全媒体的复合型新闻传播人才。

难以忘却的记忆

——全球寻访见证人 口述中国抗战史

【作品类别】网络专题

【所获奖项】第25届中国新闻奖国际传播类三等奖

【创作单位】大众网

【点 击 量】页面点击量335万;单独访客数153万;独立地址访问量108万

【首发时间】2014年9月3日

【发布网址】http://www.dzwww.com/2014/kz/

【主创人员】李冉、邢玉军、魏鹏、张建、张大卫、徐鑫

案例简介 >>>

1931年,随着"九一八事变"一声炮响,日本帝国主义侵略者把战争之火烧至神州大地,其所到之处生灵涂炭。面对敌人的刀刃和子弹,蹚过同胞滚烫的鲜血,中华儿女同仇敌忾、团结一心,开始了可歌可泣、慷慨悲壮的抗日战争。中国是第二次世界大战的主战场之一,中国军民付出了难以想象的惨痛代价,抵抗日本帝国主义侵略者,为世界反法西斯战争取得最终胜利作出了巨大贡献。中国人民全面抗日战争是人类历史上最伟大、最惨烈、最重要的卫国战争。2014年,全国人民代表大会通过决议,将9月3日设立为中国抗日战争胜利纪念日暨世界反法西斯战争胜利纪念日,以提醒世人勿忘历史、珍惜和平。在这个特殊的时间节点,大众网推出了大型网络专题《难以忘却的记忆——全球寻访见证人 口

述中国抗战史》。2014 年 9 月 3 日,各媒体对“台儿庄大战老兵重走战争路”活动进行了网络直播,还在前期寻访了抗战老兵、著名抗战将领后人、抗战史专家以及日本和平人士等,以台儿庄战役为重点,从多个维度讲述抗日战争。同时,该专题在境内外传播广泛:新华网、人民网、中国网、新浪、搜狐、网易、凤凰网等网站在首页或相关频道进行了转载;China Daily 网以英文全文转载主打稿件;中国台湾网在首页推荐专题并转发,国际在线首页对专题进行推荐;香港文汇网对部分内容进行了引用;美国《华盛顿邮报》分上下两期对主稿进行了全文刊发。可以说,该专题取得了不俗的国际传播效果。

点评分析 >>>

1. 选题价值体现人文情怀

优秀的新闻作品必然诞生于优秀的新闻选题之中。《难以忘却的记忆——全球寻访见证人 口述中国抗战史》选题价值极高,通过寻访抗战老兵、著名抗战将领后人、抗战史专家以及日本和平人士,展示了战争的残酷,缅怀了牺牲的先烈,肯定了正义的胜利,昭示了和平的珍贵。本案例采用口述历史的方式,讲述了不同人群对于抗日战争的记忆,使个人记忆被凝练升华,汇聚成一段可歌可泣的中国人民抗日战争口述史。

2. 重大事件融入人情事理

《难以忘却的记忆——全球寻访见证人 口述中国抗战史》没有刻板干瘪地用数字和历史记载去重现抗日战争场景,而是采用口述历史的方式,连点成线、织线成网,从多个维度为用户讲述一段段融入了亲历者记忆的抗战故事。简言之,正是由于采取了口述历史的方式,才能在主题性报道中融情入理,使专题报道真实动人,引起共鸣。优秀的专题报道要积极地寻找情感的共鸣,而情感共鸣往往不是被数据、图表激起的;唯有以情动情,在报道中融入讲述者的情感,报道才鲜活、富有生命力。当我们看到耄耋之年的抗战老兵对着镜头潸然泪下、听到他们颤抖的声音、触摸到他们的伤疤的时候,战争中的苦难、牺牲就不再是一串串数字,而是具象化为我们的父老乡亲、兄弟姐妹,再把我们拉回到抗日战争战场上的金戈铁马、枪林弹雨之中。只有融入人的故事,历史才从白纸黑字中活过来;而只有蕴含了厚重深沉的情感,专题报道才能真正具备触动心灵的力量。

3. 精良策略提升传播效力

好的专题策划与执行离不开对于时机的精准把握。该专题在2014年9月3日当天对"台儿庄大战老兵重走战争路"活动进行了网络直播,同时把专题中的寻访和讲述内容全面上线,把优质内容和时事热点紧密结合,极大地增强了传播力。同时,优质内容必须结合适当的形式才能真正获得好的传播效果。该专题选择了多屏切换式的设计,可以同时满足电脑端和移动设备端的阅读收看需求,顺应"移动化"传播趋势,为用户提供多样化的阅读收看渠道。另外,《难以忘却的记忆——全球寻访见证人 口述中国抗战史》的主打稿件均由中英双语呈现,不仅刊发于大众网,还在山东手机报、山东24小时客户端、大众网官方微博微信同步刊发,并且在多家中央新闻网站、商业网站、境外网站、报纸落地。通过有计划的传播布局形成传播矩阵、激发联动效应,有效强化了传播力。

理论延伸 >>>

1. 口述历史在专题报道中的应用

谈及口述史,一部分学者将口述历史视为一种新的史料,另一部分则将口述历史视作新史学的一种。尽管学界尚无定论,但毫无疑问,口述历史作为一种采访实践,在新闻专题制作中的重要作用是不可小觑的。口述历史通过采访等形式记录个人记忆,并对其加以综合利用,从人的微观视角出发去讲述历史事件。与数据和史料记载不同的是,个人记忆常常会受到个人的经历、心智、知识水平、宗教信仰、道德标准等因素的影响,这使得个人记忆更具有多样性、主观性和不确定性。

然而人在历史事件中的细微体察是任何史家都无法复制的,通过文字压缩人的全部感受、知觉必然会带来细节的缺损,而口述历史中不仅保留了大部分细节信息,还由于讲述人独特的经历而带有不可取代的个体独特性。口述历史的风险在于记忆本身具有不确定性:记忆常会湮灭、缺损、错乱甚至无中生有地生成虚假记忆,而人们试图唤起并讲述记忆的过程则具有更大的不确定性。举例来说,同一位受访者与同一位采访者之间的不同次采访都可能得出不同的结果。

所以,要获得真正翔实可靠的口述历史材料,必须真正做好采访,这对采访者提出了业务上的要求。首先,采访者需要对采访话题做好充分的研究;其次,要对被采访人进行“心灵考古”;再次,要根据被采访者的特点熟练地制定采访策略;最后,要对采访内容进行科学的归纳整理。只有这样,才能有效地剔除个人回忆中的错章漏简,真正发挥口述历史的作用。

2. 融媒体作品如何满足多终端阅读收看需求

随着多种阅读终端,尤其是触屏手机的蓬勃发展,融媒体作品想要获得更强的传播力必须满足多终端阅读收看需求。比如对于单手握持的触屏手机来说,多屏切换式的页面布局在阅读体验上要明显优于单屏滑动式,因为切换意味着不需要频繁地放大缩小,更适合单手操作。融媒体作品呈现形式要根据目标终端的特点来选择,结合内容,综合考虑实用性和美观性,以求达到黄金平衡。

在更深层次上,满足多终端阅读收看需求意味着对结构进行调整。移动终端的兴起使用户的阅读习惯向碎片化发展,这也就要求融媒体作品在结构上实现“去中心化”,以散点的形式结构自身,并确保每个散点既可以单独成篇,又可以通过链接互相关联。无中心、散点化的结构方式意味着更强的被搜索能力和更轻的用户阅读负担。在当下网络传播大环境中,尤其是需要满足移动终端阅读需求时,这不失为一种明智的策略。

新闻摄影篇

印度总理莫迪参观兵马俑

【作品类别】新闻摄影

【所获奖项】第26届中国新闻奖国际传播类二等奖

【作品幅数】单幅

【刊播日期】2015年5月14日

【刊播单位】新华通讯社

【主创人员】丁海涛

案例简介 >>>

2015年5月14日,印度总理莫迪抵达西安,开始对中国进行正式访问。此次西安之行是莫迪上任以来首次访问中国。国家主席习近平14日下午同莫迪正式会见后,两国领导人在西安参观,共话中印友好历史,就中印文化交流及各领域合作等共同关心的问题继续交换意见。

在文化交流活动方面,莫迪首先参观了著名的秦始皇陵兵马俑。拍摄者丁海涛在原本没有拍摄名额的情况下,全力争取到进入兵马俑修复区拍摄的机会,并根据现场实际情况,更换镜头,拍摄到《印度总理莫迪参观兵马俑》这幅作品。照片中莫迪侧身歪头,略微后仰,站在两个肩并肩的兵马俑中间,生动有趣。该作品罕见地被次日《华尔街日报》作为头版大图刊登,并同时被法国《世界报》作为头版大图刊登。在第425期《摄影业务》通报中,"新华社照片登上《华尔街日报》头版"也被列为本周亮点。这幅照片在海内外获得了极高的评价,赢得了观众和网友的一致好评。

点评分析 >>>

《印度总理莫迪参观兵马俑》这一作品记录了印度总理莫迪上任后首次访华的精彩瞬间。与大多时政新闻摄影作品不同的是,该作品风格生动活泼,幽默有趣。其采用近景拍摄,莫迪与兵马俑融为一体,这也昭示着两国文化的碰撞与交融。作品画面色彩对比鲜明,主体突出,抓人眼球。印度总统莫迪动作细节的完美呈现,给了观众更多品味的空间。该作品一经发出即受到各国媒体和网络的关注,获得了良好的传播效果。

1. 作品主体突出,抓人眼球

突出主体是摄影艺术表现的基本原则之一,也是新闻摄影表现主题的最基本要求。主体是艺术创作中主题思想的体现者,是新闻摄影图片中最主要的新闻信息载体,应在画面中占据突出的地位。《印度总理莫迪参观兵马俑》这幅作品主体为中心人物莫迪,在拍摄者的镜头下,莫迪是绝对焦点,其动作、表情、神态等被完整地记录下来,呈现给观众。

作者利用画面结构中心理论,将莫迪置于画面的视觉中心,使观众最先注意到这位关键人物。同时,作者运用主体与陪体对比的方法,从画面色彩出发突出主体。在该作品中,灰色调的秦始皇陵兵马俑为陪体,身着鲜艳花纹服饰的莫迪为主体,两相对比,莫迪成为画面中独一无二的焦点。此外,作者还通过对焦虚实的变化,虚化莫迪身后房间墙壁、窗户等无关紧要的画面元素,将印度总理莫迪及与他并列的兵马俑凸显在观众眼前。

2. 细节捕捉精准,生动有趣

在摄影范畴内,细节就是细腻描绘被摄对象的镜头与画面。好的细节展现,往往是一幅作品的点睛之笔。精彩的细节通常是抓住了典型瞬间,作品因而富有故事性和冲击力。新闻人物的眼神、表情、动作无不传递着新闻人物的内心情感,受众经由这些细节才能更好地感知照片内外的信息,对新闻人物和新闻事件有更多的了解。抓住了新闻人物的动作细节,就把握住了时政新闻摄影的创新之源。

在《印度总理莫迪参观兵马俑》这幅作品中，莫迪的动作细节被摄影师准确地记录了下来。他侧身歪头，仔细端详眼前的一尊兵马俑。最为有趣的是，或许是正在变换角度观察，或许是由于年纪增长，拉开些许距离更能看清，镜头下的他身体略微后仰，对兵马俑的浓厚兴趣展露无遗。整幅作品画面生动有趣，生活化的动作呈现更是让观者倍感亲切。

3. 场景选择巧妙，意涵丰富

《印度总理莫迪参观兵马俑》这张照片是作者在西安秦始皇陵兵马俑修复区拍摄的。作者在前期进行了构想，认为在修复区能够拍摄出高质量的照片，据此，他尽力争取到了进入修复区拍摄的名额。在拥挤狭小的拍摄空间内，拍摄者依照实际，凭借自身敏锐的新闻摄影观察力，及时更换合适的镜头，记录下莫迪观赏兵马俑生动有趣的一刻。

莫迪在中国西安参观兵马俑，看似平淡无奇的外事新闻却被镜头捕捉到值得玩味的画面：莫迪与代表中华文明的兵马俑同框，他戴着墨镜歪头审视两千多年前的兵马俑，兴致十足。莫迪此次访华的目的除贸易合作外，另一大重点便是文化交流。习总书记在会面中提出两国要实施好中印文化交流计划，扩大地方友好往来，推动构建两国全方位、多层次的人文合作大格局。在《印度总理莫迪参观兵马俑》这一新闻摄影作品中，莫迪的表情显现出其对中华文化的浓厚兴趣，这与莫迪此次访华的目的亦形成了巧妙的呼应。

理论延伸 >>>

1. 国际新闻摄影作品评价标准

新闻摄影作品的评价标准主要有“五求”，即求新，追求新闻价值；求真，要求事实真实与形象真实的统一；求活，追求人物形象与现场氛围生动活泼；求情，追求情感淋漓尽致的刻画或含蓄而有情调的表现；求意，追求画面的深层含义。而在国际新闻摄影中，除了基本的“五求”价值判断，还应站在更广阔的国际视野，从世界眼光出发，关注人类的生活与进步，立足世界发展格局与国际政治局势，传递保卫和平、繁荣文明、解决冲突的时代主题。

《印度总理莫迪参观兵马俑》这幅作品在莫迪总统访华的第一时间发出,真实再现了莫迪总统在兵马俑修复区参观的情景。照片中的动作细节生动有趣,感染力强,吸引眼球。最关键的是,该作品的场景选择抓住了国际政治关系走向,兵马俑与印度总理莫迪代表的正是中国与印度不同的文化,印度总统饶有兴趣欣赏兵马俑的照片与当时莫迪访华两国交好的主题高度契合。

2. 国际新闻摄影技巧

新闻摄影是以摄影为技术,对新近发生的事情进行抓拍的一种手段。传统新闻摄影的技巧主要包括摄影角度、摄影高度、构图、拍摄时机、拍摄曝光等。一幅优秀的国际新闻摄影作品,须以它强烈的视觉冲击力、震慑力和感染力吸引人。要达到这一点,作品最佳的拍摄时机往往是信息量大,具有象征性、幽默感的瞬间。简言之,即情景交融、寓意深刻的瞬间。从拍摄技巧上来说,拍摄者在抓拍时要做到胆大心细。针对本案例这类非突发性新闻的抓拍,拍摄者需要事先做足功课,在有限时间内和特定环境下选景构图,等待时机。

《印度总理莫迪参观兵马俑》的拍摄者进入更可能产生优秀作品的拍摄区域——修复区,并依据环境及时调整设备、更换镜头,最终抓拍到精彩瞬间。不仅如此,拍摄者还将拍摄角度、高度、构图等技巧运用得淋漓尽致。其对镜头选用、画面设计、时机把握的精准控制使照片在大气庄严的框架下亦显得生动活泼。作品充分运用中心构图、色彩对比、虚实对比等突出主体的技巧,凸显照片中心人物莫迪,锁定观者注意力。

新闻漫画篇

裂 痕

【作品类别】新闻漫画
【所获奖项】第26届中国新闻奖国际传播类三等奖
【创作单位】中国日报社
【刊播日期】2015年9月17日
【刊播版面】《中国日报》Comment版
【作　　者】罗杰

案例简介>>>

2015年9月,一张小难民遇难的照片令世界哗然。难民问题成为世界关注的焦点。以此照片为契机,《中国日报》刊登了一张新闻漫画,图片中难民儿童趴在沙滩上的遇难照片在欧盟的标志中间打下了一道深深的裂痕,借此影射欧盟各国对于难民问题采取的措施正在分裂欧洲。此漫画首发于《中国日报》,随后于全球同步发行,反映出难民问题对欧洲造成的影响。

点评分析>>>

《裂痕》是一幅人文关怀与新闻时效性兼具的新闻漫画。该作品以为人熟知的小男孩沙滩遇难的照片作为新闻点,以国际性的难民问题为主题,表达出了作者对难民问题的忧虑与遗憾,引发全球受众共鸣。

1. 嗅觉敏锐,呼应时代关切

不同于其他绘画形式,新闻漫画必须具有新闻性,能够同新闻一样迅速及时地反映、报道社会热点。新闻漫画作者要以高度的政治敏感、新闻敏感与判断力深入剖析事件,融入时代背景,并以轻松幽默或讽刺委婉的艺术化形象化表达手法传递新闻观点。

2015 年夏天,在战乱与贫穷困扰下,中东与非洲难民们一路颠沛流离,前往欧洲,也给欧洲带来了危机。在难民去留的问题上,欧盟各国产生了分歧,加深了欧盟国家间本就存在的裂痕。《裂痕》正是对这一现象与问题的艺术性反映。这幅漫画的艺术原型是一张令全世界人民唏嘘的照片——一名叙利亚孩童伏尸沙滩。难民危机伊始,欧洲各国对待难民群体的态度冷热不均。德、英、法等西欧国家以及匈牙利等东欧国家都在难民问题上摇摆不定、闪烁其词。2015 年 9 月,在矛盾最突出的时期,这张照片出现,戳中了西方社会难民问题的痛点,立即引起海量转载与巨大关注。在这张照片的效应下,现实国家利益和人道主义精神的矛盾使欧洲国家陷入两难境地,在矛盾中互相拉扯,国家间与国家内部都出现了"裂痕"。这幅漫画发布于 2015 年 9 月 17 日,正处于全球舆论鼎沸之时。嗅觉灵敏的《中国日报》把握住了新闻漫画的时效性,将不可弥合的欧洲"裂痕"局面与新闻热点相结合,立意深远,揭示出难民问题下欧洲面临的严峻挑战。

2. 内涵深刻,引发理性思考

新闻漫画不是对新闻事件的简单重复性描绘,它不仅包含信息量,具有新闻消息的功能,更富有深刻的思想内涵,具有新闻评论的效果。通过生动形象化的表现手段,新闻漫画能够引发受众对新闻事件的理性思考,对社会舆论进行价值引导。在该案例中,小男孩的遇难照片只是暴露"裂痕"存在的导火索,这幅漫画揭露的实际上是欧盟制度缺陷导致的利益博弈,在全球范围内对欧盟救助难民不力的声讨中,形成了自主独立的态度。这幅漫画突破热点新闻图片的表皮,颇有先见地直指危机背后的深层裂痕。而时隔两年再来回顾,德国急剧上升的避难者人数、国内各界的反对声音、欧盟成员国不合作的态度,迫使德国重新引入边境控制,收紧避难政策,再次应验了危机与裂痕并不是偶然的。漫画作者以艺术的手法，将多重含义蕴藏于画面当中，传递了丰富的信息，简洁直接，直戳人心，鲜明表达了媒体的立场与态度。

3. 巧妙构思，强化视觉传播效果

新闻漫画是一种视觉语言，其艺术性对视觉传播至关重要。新闻漫画需要在方寸之间用艺术性的表达吸引受众、感染受众，使受众对漫画的内涵产生深刻共鸣。这幅漫画创作的背景是中东战乱与难民流离失所，采用这一令人动容的难民小男孩的卡通形象对读者而言具有很强的冲击力，印有欧盟旗帜的蓝色大地象征欧洲各国，在欧盟旗帜上开裂的巨大缝隙巧妙地象征了欧洲难民危机与欧洲各国对待难民的态度。借助视觉传播的易读性与冲击力，该新闻漫画的主旨被直观地传达给受众，富有创意的“裂痕”形象进一步加深了受众的印象，将新闻漫画的思想性与艺术性进行了巧妙的融合。

理论延伸 >>>

1. 新闻漫画

新闻漫画广义上属于新闻图片的一种，指在特定新闻报道载体上，运用夸张、幽默的绘画形象和构图语言，专门报道或评议国内外发生的时事新闻、社会问题的绘画形式。时事漫画或风俗漫画，有讽刺和幽默的作用，特性是借形表意。“意”指的是作者从众多的社会现象抽象出来的某种意见和倾向，“形”则指通过各种形象和形式，以有趣或夸张的方式把作者的意见和倾向表达出来。新闻漫画既是一种绘画创作，又具有很强的新闻性，在新闻创作中常常用作表扬、批评甚至争辩、斗争的手段，具有评论性。

2. 新闻漫画的基本特性

新闻漫画的基本特性有：第一，新闻性。通常情况下，新闻漫画往往比文字更具有说服力和吸引力，一幅有评论、讽刺意义的新闻漫画有时要比一篇上万字的文字评论更具有说服力。第二，评论性。新闻漫画用漫画的形式反映社会热点新闻，起到针砭时弊的社会作用。同时，讽刺幽默的卡通画面又具备很强的批

判意识,表达出作者对新闻事实的评价。第三,艺术性。新闻漫画在进行新闻报道的同时,又具有艺术的形象特质,通过漫画语言把内在的新闻价值与外在的艺术手法有机结合,满足读者看漫画和阅读新闻的双重心理诉求。第四,娱乐性。新闻漫画有很强的娱乐性,能够寓教于乐,幽默诙谐、生动有趣也是新闻漫画的一大亮点。在读图时代,新闻漫画具有很大的优势:内容通俗易懂,开门见山;主题鲜明,诙谐幽默,具有娱乐性。

好 冷

【作品类别】新闻漫画

【所获奖项】第25届中国新闻奖国际传播类三等奖

【刊播单位】中国日报社

【作品长度】单幅

【刊播日期】2014年8月27日

【刊播版面】《中国日报》评论8版

【主创人员】王晓莹

案例简介 >>>

这则新闻漫画指出,“与当下国际火热的冰桶挑战赛相比,世界所面临的各种问题却让地球越发吃不消”。2014年,世界并不太平。载有数百人的MH370与MH17客机先后失事,恐怖主义多国蔓延,致命病毒危害健康,网络黑客使隐私暴露无遗……这一年,恐怖主义、中东问题、埃博拉病毒、环境污染等成为全球关注度最高的热词;反恐安全、卫生安全、环境安全,这些攸关人类生死存亡的非传统安全威胁,一次次挑战着地球的承受极限。

正是在这样的背景下,《中国日报》于2014年8月刊发新闻漫画《好冷》。该作品借用风靡一时的冰桶挑战游戏,将困扰全球的环境污染、埃博拉病毒、中东安全、恐怖主义比喻为挑战全球的冰桶,将地球比喻为游戏者,造型诙谐、生动幽默。漫画紧追新闻热点,引发读者共鸣。

点评分析 >>>

《好冷》作为一则单幅漫画,形式简练却内涵丰富,通过对角色造型的夸张呈现和对新闻事件的准确表达,生动鲜活地展现了世界面临的复杂挑战,用浅显易懂的语言向读者讲述了当下威胁世界和平与发展的反恐问题、卫生问题、环境问题等,立意深刻,创意巧妙,表现力丰富,紧紧贴合时代热点,体现出主流媒体在报道重大国际新闻事件时所发挥的核心作用。

1. 立意深刻,新闻元素选材典型

立意是新闻漫画创作的第一步。立意的对错决定着新闻漫画的成败,立意的高下决定了漫画的思想深度。因此,漫画作者需要具备新闻评论者的素质,对新闻现象有较强的分析和判断能力。

2014 年是国际局势纷繁复杂的一年,作为一幅国际环境全景式呈现的漫画,必须从大局着眼,高屋建瓴地俯视影响全球安全的复杂因素,并从中挑选最具代表性的新闻事件加以准确解读。2014 年,一个不为外界所知的极端组织“伊斯兰国”以猝不及防的速度扩张,拥兵自重;此外,“塔利班”和“圣战”分子也分别在巴基斯坦和欧洲作乱,令人防不胜防。因而,选择“恐怖主义”(Terrorism)和“中东问题”(Mid-East Issue)作为漫画的两个关键词恰如其分,凸显了全球态势的严峻性。另一个牵引世界神经的高频词,则是漫画中提到的“埃博拉”(Ebola)。埃博拉疫情不仅对非洲经济和社会生活造成重创,对非洲以外的人来说,它也是一场人类需要严阵以待的大规模公共安全危机。由此可见,该则漫画主题鲜明,体现出漫画创作者对国际形势的准确判断,并通过生动的呈现透露出作者的创作意图和深刻立意。

2. 创意巧妙,图文结合消弭文化折扣

伴随着读图时代受众兴趣点向视觉符号的转移,新闻漫画在新闻传播中发挥着越来越重要的作用。不同于客观真实的新闻图片,新闻漫画可以根据新闻事件充分发挥创作者的想象力,通过文字符号与图片符号的相辅相成拓展新闻事件的表意空间。

新闻漫画《好冷》借用当年风靡全球的冰桶挑战游戏，将困扰全球的环境污染、埃博拉病毒、中东问题、恐怖主义比喻为挑战全球的冰桶，将地球比喻成挑战者。该漫画形象创意的成功之处在于用图文结合的叙事形式强化新闻事件的国际传播力，以时下全球认知度较高的“冰桶”符号为载体，有效提升了国际传播的时、度、效。直观易懂的新闻漫画直接诉诸人类视觉感官，而视觉感官跨越文字、语言的障碍，极大地降低了国际传播当中的文化折扣，凝聚了全球读者的共识。该漫画对地球进行了夸张变形和拟人化处理，地球在遭受“冰桶实验”后瑟瑟发抖，不堪其苦，这些表情和肢体上的表现让人触目惊心，使全球读者都能够感同身受，产生共鸣，获得了很好的国际传播效果。

3. 细节丰富，漫画手法表现力强

新闻漫画不同于其他新闻作品，它是富含审美价值的艺术作品。新闻漫画在完成信息传递和观点表达的新闻基本功能外，还有着自身的艺术欣赏价值。新闻漫画的表现力与其艺术审美特征密切相关。再好的创意也会被拙劣的艺术审美所埋没，而精湛的美学表现技法能对创意起锦上添花的作用。

漫画《好冷》表现手法娴熟，表现力丰富。首先，漫画大胆使用撞色，红、蓝、黄的巧妙搭配令人眼前一亮，达到了吸引读者的目的；其次，漫画笔法夸张，运用表现情绪和程度的细节来充实和完善形象，水蒸气、倒影、冷汗、倒竖的眉毛增加了表现力，渲染了情绪，令人感同身受；最后，关键信息的补充既扩充了信息量，增加了内涵，又表意准确，阐明了作者的创作意图，寓意深刻，令人观后回味良久。

理论延伸 >>>

1. 新闻漫画的功能与优势

新闻漫画是新闻报道诸多形式中的一种，是以新闻为题材，通过报纸等大众媒介进行传播的一种漫画。它以独特的形式服务于新闻内容，以形象化的宣传手段，融评论性、新闻性、艺术性于一体，形象生动，尖锐泼辣，寓庄于谐，有着文字不可替代的作用。在读图时代，新闻漫画“以图报闻”，满足了媒介融合趋势

下传统媒体传统报道形式创新的需要。新闻漫画兼具艺术价值与新闻价值，不仅容易激发读者的观赏兴趣，更能在幽默讽刺之中促进读者主动思考。

新闻漫画《好冷》用巧妙的创意和生动夸张的趣味表达，鲜活地呈现了世界面临的复杂挑战，用浅显易懂的语言向读者讲述了当下威胁世界安全的诸多挑战，立意深刻，表现力丰富，紧紧贴合时代热点，体现了新闻漫画作为一种特殊的新闻报道形式的功能和优势。

2. 新闻漫画的基本要求

新闻漫画区别于一般的新闻消息，尽管它同样要求新闻具有的真实性、时效性、公开性、针对性，但不强求它完整地传达某个新闻事件的来龙去脉，更不要求它逼真地呈现事物的外观。通常，新闻漫画强调漫画形象、情节的夸张和创意，通过合理的借代、比喻和夸张，用巧妙的角度，通过图画的方式来诠释新闻事件或新闻现象的本质。但新闻漫画所歌颂或讽刺的新闻现象必须客观存在，并具有典型意义，能引发读者思考和强烈的共鸣。

新闻漫画《好冷》选择了引起全球广泛关注的热点问题作为主题，主题鲜明，立意深刻，通过冰桶实验这一风靡全球的游戏形式进行主题深化，令人印象深刻，从而获得了较好的传播效果。

后 记

新闻报道案例能够将马克思主义新闻观理论与当下前沿的媒介实践联系起来，二者相辅相成，生动形象，易于理解，让优秀的新闻实践真正入耳、入脑、入心。本书从行业一线汲取了大量鲜活、优秀案例，深入研读新闻文本内容及记者的创作手记，全面介绍国际新闻报道实务的前沿理念与方法技巧，将一流的新闻工作者多年总结的实践经验以及研究者与业界密切互动的思考融入其中，让新闻传播教育与研究与时俱进。本书是高晓虹教授主持的国家社科基金重大课题“中国特色国际新闻传播人才的培养模式与创新”的研究成果之一，既为探索国际新闻人才培养模式提供了思路，也可作为高校国际新闻专业教学的实用教材。

本书由师生共同参与编写。在编写团队中，既有资深学者，也有年轻教师，还有一批思维活跃、富有创造性的研究生们。本书由高晓虹教授、赵淑萍教授组织统筹，由教师王婧雯、赵希婧、付海钲统稿，研究生蔡雨、蔡艺芃、方雪悦、龚家琦、黄莉莉、李竞、林思雨、刘艺璇、吕振男、孟伟、戎融、唐跃、王恬、肖曼丽、赵鹏菲、周蕴参与编写，杨凤娇教授对全书进行了修改校对。

由衷期待本书可以引发思考、启迪思路、抛砖引玉，我们将根据国际新闻传播行业实践的发展以及高校教学研究的需要及时补充最新案例，形成内容不断充实、理论框架较为完善的国际新闻传播教育丛书。囿于学识和时间的不足，本书还存在诸多不足之处，恳请有关专家、学者和读者批评指正。

图书在版编目(CIP)数据

视角与手法:中国新闻奖国际新闻优秀作品解析 / 高晓虹等著. --北京:中国传媒大学出版社,2019.12

ISBN 978-7-5657-2651-4

Ⅰ. ①视… Ⅱ. ①高… Ⅲ. ①新闻—作品集—中国—当代 Ⅳ. ①I253

中国版本图书馆 CIP 数据核字(2019)第 290541 号

视角与手法:中国新闻奖国际新闻优秀作品解析

SHIJIAO YU SHOUFA:ZHONGGUO XINWENJIANG GUOJI XINWEN YOUXIU ZUOPIN JIEXI

著　　者	高晓虹　赵淑萍　王婧雯　赵希婧　付海钲
策划编辑	王雁来
责任编辑	王雁来
封扉设计	风得信设计·阿东
责任印制	李志鹏
出版发行	中国传媒大学出版社
社　　址	北京市朝阳区定福庄东街 1 号　邮编:100024
电　　话	86-10-65450528　65450532　传真:65779405
网　　址	http://www.cucp.com.cn
经　　销	全国新华书店
印　　刷	北京玺诚印务有限公司
开　　本	710mm×1000mm　1/16
印　　张	22.5
字　　数	385 千字
版　　次	2019 年 12 月第 1 版
印　　次	2019 年 12 月第 1 次印刷
书　　号	ISBN 978-7-5657-2651-4/I·2651　　**定　　价**　118.00 元